Klarant Verlag

Die Sehnsucht nach Meer und weitem Horizont verspürt ***Ulrike Busch***, seit sie denken kann. Fasziniert von der Landschaft Norddeutschlands zog die Autorin 1986 aus ihrer Geburtsstadt Essen nach Hamburg. Auf dem nord- und ostfriesischen Festland, den Inseln und Halligen ist sie seitdem fest verwurzelt. Viele Jahre war die studierte Sprachwissenschaftlerin als selbständige Texterin und Technische Redakteurin tätig. 2013 entdeckte sie eine neue berufliche Leidenschaft: das Schreiben von Krimis – die natürlich in Norddeutschland spielen.

Ulrike Busch

Mordsleben

Ostfrieslandkrimi

Klarant Verlag

Klarant Verlag, www.klarant.de – www.ostfrieslandkrimi.de
ISBN: 978-3-95573-657-6
1. Auflage 2017
Umschlagabbildung: Klarant Verlag

Printed in the EU.

Kapitel 1

Es war einer dieser Spätsommerabende, die das ganze Leben wie einen Traum erscheinen ließen. Über das Grundstück am Neuen Greetsieler Sieltief wehte ein sanfter Westwind. Er trug den Duft von Meer, Fisch und frisch gemähtem Gras in den Garten mit dem wild wachsenden Rasen und der Terrasse, die von Blumenbeeten umgeben war. Das Wasser der Gracht schimmerte dunkelgrün. Auf seiner Oberfläche spiegelte sich das Laub der Trauerweiden, Birken und Hecken, die an den Ufern zu beiden Seiten des Kanals standen.

Altweibersommer! Für Leonie Altinga die schönste Zeit des Jahres. Symbolisierte sie mit ihrem Zauber und der Pracht ihrer Farbtöne nicht ihre eigene schillernde Persönlichkeit und den Glanz eines facettenreichen fünfundsiebzigjährigen Lebens, das sich über Jahrzehnte im Licht der Öffentlichkeit abgespielt hatte?

Theatralisch lehnte Leonie sich gegen eine der Birken, die am Kanalufer wuchsen. Sie spürte dieses Prickeln in sich, das sie in Augenblicken überkam, in denen sie vor Glück hätte weinen mögen. Dass sie nach all der Zeit, die sie in anderen Städten und Ländern verbracht hatte, wieder da leben durfte, wo sie geboren war: in ihrem geliebten Fischerdorf Greetsiel!

Hier hatte alles angefangen.

Rückblenden liefen vor Leonies geistigem Auge ab. Erinnerungen an ihre Zeit als international gefeierte Schauspielerin. An ihre Erfolge als Autorin mitreißender Liebesromane. An ihren Durchbruch als Kriminalschriftstellerin – für sie die Ära einer fiktiven Revanche, einer indirekten Abrechnung auf dem Papier mit dem Autofahrer, der ihre Tochter auf dem Gewissen hatte. Mit dem Fabrikanten, der ihren Mann als Geschäftspartner in eine brisante Situation gebracht und letztlich in den Selbstmord getrieben hatte. Mit dem Verehrer, der ihr Liebhaber geworden war und sie um einen beträchtlichen Teil ihres Vermögens geprellt hatte.

Leonie lachte bitter. Der Schmerz über das, was sie verloren hatte, würde nie versiegen. Sie lehnte den Kopf gegen den Birkenstamm, betrachtete die Baumkrone mit all ihren Verästelungen und gab sich ihren Gefühlen hin.

In Greetsiel hatte alles angefangen, und hier würde es enden. Aber bevor es zu Ende ging ...

»Leonie?«

Die schrille Stimme vom Grundstück nebenan zerschnitt die friedliche Stille des Abends und erzeugte Falten des Unwillens auf Leonies Stirn.

Es war unverkennbar ihre Nachbarin Theda Bubendey, die sie rief. Theda und sie kannten sich seit ihrer Kindheit. Was sie beide miteinander verband, war eine innige Hassliebe. Doch für den Erhalt des nachbarschaftlichen Friedens standen ihre Häuser weit genug auseinander, und die Hecke zwischen den Gärten wirkte wie ein Schutzwall – mit Ausnahme des schmalen Durchgangs, den Theda nach Leonies Einzug hatte hineinschneiden lassen.

»Leonie, brechen deine Literaten heute Abend wieder über Greetsiel herein?«

Leonie stellte sich dumm. »Ist heute der erste Donnerstag im Monat?«, rief sie hinüber, ohne Theda den Kopf zuzuwenden.

»Na klar«, erwiderte Theda irritiert. »Das weißt du doch selbst.«

»Dann werden sie wohl kommen.«

Durch die Zweige der Bäume beobachtete Leonie die Wolken, die sich gemächlich über den Himmel schoben. In einer Stunde, um Punkt acht Uhr, würden die Teilnehmer des Literaturzirkels, den sie vor ein paar Monaten ins Leben gerufen hatte, bei ihr eintreffen.

In der ersten Zeit nach ihrer Rückkehr in die Heimat hatte sie versucht, alte Kontakte wiederaufleben zu lassen. Doch die meisten früheren Bekannten waren entweder verstorben oder weggezogen. Übrig geblieben waren nur Theda und das Greetsieler Urgestein Frido Anders, wie Theda ein Bekannter aus gemeinsamen Schuljahren. Frido hatte sie bei einer zufälligen Begegnung in der Bäckerei auf die Idee gebracht, einen Literatursalon zu eröffnen. Er meinte, mit ihrer Weltgewandtheit, der Bühnenerfahrung und den Erfolgen als Schriftstellerin wäre sie dafür prädestiniert, das Kulturleben des Ortes zu bereichern.

Sie hatte sich nicht zweimal bitten lassen. Auf ihre Einladung in der Zeitung hin hatten sich innerhalb weniger Tage sechs Interessenten aus der näheren und weiteren Umgebung gemeldet, altersmäßig bunt gemischt. Die Jüngste war siebenundzwanzig, der Älteste, Frido, in ihrem Alter. Er brachte seine neue Partnerin mit, Magda Alves, die ebenfalls erst vor nicht allzu langer Zeit gemeinsam mit ihrer Tochter, der Kriminalkommissarin Fenna Stern, nach Greetsiel zurückgekehrt war.

Der Achte im Bunde mit Leonie und den sechs anderen wurde schließlich Meno Christoffers aus Leer, von Beruf Lektor. Ein äußerst angenehmer Mann von Anfang vierzig, gebildet, kultiviert, charmant. Er hatte großes Interesse an einer Zusammenarbeit mit ihr gezeigt. Sie hatte ihm den Gefallen getan, ihn ihrem Verleger zu empfehlen, auch wenn sie selbst mit ihrer bisherigen Lektorin, die im Verlagshaus in Frankfurt saß, weiter zusammenarbeiten wollte. Seit Leonie den

Literatursalon eröffnet hatte, kam Meno jedes Mal eigens aus Leer, um daran teilzunehmen, und sie war stolz auf seine Anwesenheit, war er doch neben ihr der Einzige in diesem Kreis, der beruflich mit Literatur zu tun hatte.

Leonie stapfte durch das hohe Gras zur Terrasse ihres Wohnhauses, das mit seinen verwitterten Backsteinen und den Sprossenfenstern aussah wie das Gemälde eines idyllischen alten Greetsieler Fischerhauses. Sie suchte die Blumenschere aus dem Kasten mit dem Gartenwerkzeug und stellte einen Strauß aus Dahlien und Sommerastern zusammen. Ein schönes Bukett! Sie würde es in die Vase stellen, die zu ihrem Teeservice mit der handgemalten hundertblättrigen Rose gehörte.

Den Tisch wollte sie mit den vergoldeten Kerzenhaltern dekorieren, die in der Familie von Generation zu Generation weitergereicht worden waren. Wenn der Tag der Nacht wich und das warme, flackernde Licht der Kerzen sich Minute für Minute stärker von der Dunkelheit abhob, war die Stimmung für ihren Lesezirkel perfekt. Es würde ein sehr persönlicher, vielleicht sogar etwas heikler Abend werden, denn für heute hatten sie ihre Autobiografie als Thema gewählt.

Vom Kanal her wehte kühle Luft heran. In ein, zwei Stunden würde es zu frisch sein, um draußen zu sitzen. Die Terrassentür konnte noch eine Weile offen stehen bleiben, aber sie würde Neske, ihre Haushaltshilfe, gleich darum bitten, den langen rustikalen Tisch in der Essecke des Wohnraums herzurichten.

Leonie betrat das Wohnzimmer und schaltete das Licht ein. Wenn die Sonne hinter den Bäumen verschwand, wurde es schnell dunkel im Raum. Vorsichtig, beinahe fürsorglich, legte sie den Blumenstrauß auf den Tisch und ging auf die Vitrine zu, in deren Unterschrank die Vasen standen.

Der große Spiegel in dem kunstvoll geschwungenen, vergoldeten Rahmen, der an der Wand zwischen dem Möbelstück und der Tür hing, wirkte wie ein Ölgemälde, dem Leben eingehaucht worden war. In diesem Moment zeigte das Bild die Strahlen der Abendsonne, die zwischen den Baumkronen hindurchfielen. Die Zweige, die leicht im Wind wehten, schienen Leonie zuzuwinken.

Plötzlich pfiff etwas durch den Raum.

Leonie erstarrte. Was war das?

Wie in Zeitlupe zerbarst der Spiegel. Die Scherben fielen klirrend zu Boden und zersplitterten in tausend Fragmente, die über das Parkett schlidderten.

Während Leonie zu begreifen versuchte, was vor sich ging, sauste etwas direkt an ihrem Ohr vorbei.

Das Glas der Vitrine zersprang. Eine bauchige Porzellanvase, die in Augenhöhe in dem Schrank stand, stob in tausend Teilen auseinander wie ein explodierender Ballon.

In Angst um ihr Leben stieß Leonie einen entsetzten Schrei aus. Sie warf sich auf den Boden, kniff die Augen zusammen und legte die Hände schützend über den Kopf. Atemlos horchte sie, was als Nächstes geschehen würde. Doch es blieb mucksmäuschenstill. Kein Laut drang zu ihr durch. Selbst die Vögel hatten aufgehört zu zwitschern. Die Welt schien stehengeblieben zu sein.

Was war geschehen?

Leonie rührte sich nicht. Noch immer wartete sie. Worauf?

»Frau Altinga? Frau Altinga!«

Neske eilte die Treppen hinab. Leonie hörte ihr leichtfüßiges Tapsen näher kommen. Dann ein spitzer Laut. »Frau Altinga! Sind Sie verletzt?«

Thilo, Neskes Mann, stapfte ebenfalls die Treppe hinab. Leonie erkannte ihn an seinem schweren Tritt auf den Holzstufen.

Noch immer wagte sie nicht, sich zu bewegen.

»Leonie?« Das war Theda, die aufgeregt vom Garten her rief.

Leonie antwortete nicht.

Neske beugte sich über sie und berührte ihre Schulter sanft. »Frau Altinga, was ist passiert?«

Langsam nahm Leonie die Hände vom Kopf, drehte sich um und öffnete die Augen.

Theda klopfte gegen das Glas der offen stehenden Terrassentür. Erneut rief die Nachbarin ihren Namen. »Was ist denn hier los?«, fragte sie und machte einen Schritt ins Wohnzimmer. Als sie die Scherben erblickte, die über den Boden verteilt lagen, blieb sie wie angewurzelt stehen.

Benommen richtete Leonie sich auf. Sie versuchte, das Chaos in ihrem Kopf zu ordnen.

Im Garten sah es aus, als wäre nichts geschehen. Nichts und niemand war zu sehen. Aber jemand musste gerade da draußen gewesen sein. Ein Unsichtbarer musste in ihrem kleinen Paradies gestanden und auf sie geschossen haben.

Mit schlaffer Hand zeigte Leonie auf die Terrassentür. »Mach die Tür zu«, befahl sie Theda mit atemloser Stimme. »Schnell, mach sie zu!«

»Ich glaub, wir rufen mal erst die Polizei.« Theda schloss die Tür und ging einen Schritt auf Neske zu. »Nun machen Sie doch schon. Worauf warten Sie noch?«, trieb sie die Haushälterin, die immer noch schockiert neben Leonie hockte, ungeduldig an.

Doch Neske rührte sich nicht.

Das Läuten der Türglocke ließ die drei Frauen zusammenschrecken, während Thilo wie unbeteiligt neben seiner Frau stand.

Wer wollte ins Haus, so wenige Augenblicke nach den Schüssen?

Theda schlug sich erleichtert vor die Stirn. »Deine Literaten«, posaunte sie aus. »Es ist kurz vor acht. Die ersten Leseratten fallen über dich herein.«

»Wenn es aber ein Mörder ist?«, flüsterte Leonie ängstlich.

Neske klammerte sich an ihren Mann. Thilo zeigte keine Spur von Besorgnis. Leonie beneidete ihn um sein robustes Nervenkostüm. Noch nie hatte sie erlebt, dass dieser grobschlächtige Kerl Nerven zeigte. Dabei hatte auch er angeblich welche, wenn man Neske Glauben schenken durfte.

Erneut klingelte es. Theda hastete in die Diele.

»Bleib hier!«, rief Leonie ihr hinterher. Doch ihre Nachbarin stand bereits hinter der Tür.

»Wer ist da?«, rief Theda.

»Das Nachtgespenst«, tönte die heisere, immer ein wenig lächelnde Stimme von Frido Anders, dem Onkel von Hauptkommissar Tammo Anders, schwach durch die Tür. Er klopfte mit der Faust gegen das Holz, als befürchtete er, nicht eingelassen zu werden.

Theda öffnete ihm.

»'N Abend! Die gnädige Frau nicht da?«, fragte Frido froh gelaunt wie immer.

Leonie atmete auf.

Schon stand Frido im Wohnraum, gefolgt von Magda Alves. Völlig überrascht blieben sie Arm in Arm vor dem Scherbenhaufen stehen, der sich ihnen bot.

Auch wenn ihr das Lachen an diesem Abend vergangen war, beim Anblick der beiden musste Leonie schmunzeln. Ganz Greetsiel verfolgte die Romanze des nicht mehr taufrischen Paares, die sich, wenn auch mit etwas Zeitverzögerung, parallel zu der zwischen Tammo Anders und Fenna Stern entwickelte. Unter den Ureinwohnern Greetsiels wurden sogar schon Wetten abgeschlossen, wie sich die beiden Paare demnächst auf die Wohnhäuser verteilen würden. Die einen meinten, Frido würde in das Haus von Magda und Fenna ziehen und Fenna in das von Frido und Tammo, die anderen wetteten, dass es sich umgekehrt ergeben würde. Einig waren sich alle darin, dass eine Doppelhochzeit unvermeidlich war.

»Kommen wir ungelegen?«, fragte Frido vorsichtig.

»Ungelegen nicht gerade«, warf Theda ihm vorlaut zu. »Aber ein halbes Stündchen eher hätte besser gepasst. Leonie hätte gerade dringend Polizeischutz benötigt, und du als so eine Art Außenstelle der Kripo Greetsiel ... Guckt euch das hier an.«

Während Leonie Frido kurz berichtete, was geschehen war, tänzelte Theda durchs Wohnzimmer und zeigte auf die Scherben. »Ich ruf jetzt mal die Eins-Eins-Null«, sagte sie.

»Nee, lass mal«, bremste Frido sie. »Ich hab den direkten Draht.«

»Gönn Fenna und Tammo doch den gemütlichen Abend zu zweit«, maulte Magda ihn von der Seite an.

»Nee, wieso? Ob ich es bin, der sie jetzt anruft, oder die Einsatzzentrale, ist doch wurscht. Ran müssen die beiden sowieso.«

***

Es war einer dieser seltenen Abende, an denen Kriminalhauptkommissar Tammo Anders seinen Beruf vergaß und es ganz gegen seine eher spröde Natur genoss, in Romantik zu schwelgen. Einer der Abende, an denen nichts, aber auch gar nichts darauf hindeutete, dass zwei dumpfe Schüsse drei Straßen weiter seine erotischen Fantasien aus dem Takt bringen könnten.

Er saß neben Fenna auf dem Sofa, der bevorzugten Sitzgelegenheit seiner Kollegin, seit sie das erste Mal in seinem und Onkel Fridos Haus zu Gast gewesen war. Seinen angestammten Platz in dem Ohrensessel auf der gegenüberliegenden Seite des Couchtisches hatte er vor einigen Wochen, als seine Beziehung mit Fenna sich intensiver zu gestalten begann, aus naheliegenden Gründen zugunsten des Zweisitzers aufgegeben. Schnauzermischling Buddy hatte auf diese Änderung der häuslichen Gewohnheiten zuerst mit Verdruss reagiert, den er mit lautem Knurren zum Ausdruck brachte. Doch hatte sich der ansonsten charakterfeste Hund in einem Punkt als bestechlich erwiesen. Mit zwei getrockneten Schweineohren und einigen Stückchen Hundesalami ließ er sich gerne davon überzeugen, dass das Sofa Menschensache war.

Fenna lag in Tammos Arm, den Kopf an seine Schulter gelehnt. Ihr Mund, der dem Kommissar heute Abend sinnlicher erschien als sonst, zumindest betörender als tagsüber auf der Polizeiwache, war ihm verlockend nah. Das Glas Wein auf dem Beistelltisch zu seiner Rechten ebenfalls. Was zuerst? Und was danach?

In dem Moment, in dem Tammo zu einer Entscheidung gelangte, brachte das Handy ihn aus dem Konzept. Er machte den Hals lang, um einen Blick auf das Display zu werfen. »Ist nur privat«, tat er den Anruf ab und ließ Onkel Frido klingeln.

Doch Frido gab so schnell nicht auf. Nach dem sechsten Klingeln sprang der Anrufbeantworter an. Frido kappte die Verbindung und probierte es erneut. Es war der Moment, in dem Tammos Lippen begehrlich auf die von Fenna trafen.

Fenna bog ihren Kopf zurück. Nicht zum ersten Mal hatte Tammo den Eindruck, dass ihr der sechste Sinn angeboren war. Hatte sie die Dringlichkeit von Fridos Anruf etwa aus dem Klingeln herausgehört?

Schnaubend nahm Tammo das Gespräch entgegen. »Kontrollanruf?«, blaffte er genervt in sein Mobilgerät. »Wir sitzen brav auf dem Sofa und halten Händchen. Soll ich euch ein Selfie schicken?«

»Nix Kontrollanruf. Mordanschlag«, knarzte Frido und erklärte seinem Neffen, was sich augenscheinlich im Hause von Leonie Altinga zugetragen hatte.

»Ist sie verletzt?«, erkundigte Tammo sich mehr aus Pflichtbewusstsein als aus Mitgefühl. Schließlich war er nicht im Dienst, und anders als sein Onkel zählte er sich nicht zu den glühenden Verehrern der Leonie Altinga.

»Zum Glück nicht. Nur Sachschäden. Spiegel kaputt, Vitrine zerschossen, und 'ne schöne Blumenvase ist hin. Allerdings alles wertvolle alte Lieblingsstücke. Echt schade drum.«

»Was ist mit den Leuten aus eurem Literaturzirkel? Wart ihr alle bei Frau Altinga, als das passierte?«

»Nö. Magda und ich sind kurz nach den Schüssen eingetroffen. Wir waren ein bisschen früher dran als üblich. Die anderen kommen gerade nach und nach dazu. Außer Leonie war das Hauswirtschafterpaar anwesend, Neske und Thilo Wilken. Sie waren oben unterm Dach, in ihrer kleinen Wohnung. Von den Schüssen haben sie nichts mitbekommen, nur das Krachen, als das Glas zerbrach, und den Schrei von Leonie. Sie dachten, jemand hätte die Terrassentür eingeschlagen. Weißt ja, was Leonie für Neider hat. Kann mal passieren, dass sich jemand einen kleinen Scherz erlaubt.«

»Die Terrassentür einzuwerfen ginge aber schon über einen kleinen Scherz hinaus«, wies Tammo seinen Onkel zurecht.

»Wie dem auch sei, jetzt sitzen wir alle zusammen bei Schummerlicht in der Küche und warten auf die Kripo.«

»Wir sind gleich da.«

Tammo fluchte leise und zog seinen Arm von Fennas Schultern zurück. Er hatte nicht die Absicht gehabt, diese Haltung am heutigen Abend so bald aufzugeben. Oder doch, natürlich hatte er das. Aber zu einem anderen Zweck als dem, dienstlich aktiv zu werden.

Einziger Trost: Mit einer Kripobeamtin als Partnerin blieb ihm die Diskussion darüber erspart, was für einen blöden Job er sich ausgesucht hatte, bei dem es möglich war, dass man ihn ohne Vorwarnung nach Feierabend in den Dienst zurückbeorderte. Bei einer Frau wie Fenna brauchte er sich nicht einmal groß dafür zu entschuldigen, dass der Abend unromantisch zu Ende ging. Sie würde ihn sogar begleiten, denn auch ihr Feierabend war soeben zerschossen worden.

»Sieht nach einem Mordanschlag auf Leonie Altinga aus«, erklärte er Fenna mit bedauerndem Achselzucken und schubste sie vom Sofa. Mehr musste er nicht erläutern. Fenna wusste, was das für den weiteren Verlauf dieses Abends bedeutete.

»*Die* Leonie Altinga?«, fragte sie ungläubig, als sie sich erhob und ihren Pulli glatt strich.

»Genau die. Die famose ehemalige Theater- und Filmschauspielerin und heutige Autorin schwülstiger Liebesromane.« Er machte ein gequältes Gesicht.

»Liebesromane schreibt sie schon lange nicht mehr«, korrigierte Fenna ihn. »Das war früher. Heute ist sie Krimiautorin, recht erfolgreich sogar. Sie wird als Agatha Christie Ostfrieslands gehandelt. Noch nie was von ihr gelesen?«

»Muss ich das?«, fragte Tammo, während er sich seine Jeansjacke überzog.

Fenna schnappte sich den Hausschlüssel vom Schlüsselbrett, das über der Kommode in der Diele hing, und wartete, bis Tammo seine Schuhe zugeschnürt hatte. »Zu Fuß oder mit dem Wagen?«, fragte sie.

»Zu Fuß geht's schneller. Quer durch den Ortskern, dann über die Fußgängerbrücke am Neuen Greetsieler Sieltief. Mit dem Wagen müssten wir ganz um den Ort herumfahren.«

»Ganz schön dreist, so dicht vor unserer Haustür morden zu wollen!«, entrüstete Fenna sich. »Wer könnte es denn auf die Altinga abgesehen haben? Sie ist doch erst vor einem halben Jahr nach Greetsiel zurückgekehrt. Hat sie sich in der kurzen Zeit schon Feinde geschaffen, oder hat sie mit jemandem eine dieser berühmten alten Rechnungen offen, die noch nach Jahrzehnten zu Racheakten führen?«

»Bin ich ihr Autobiograf?«, fragte Tammo in Anspielung an die Memoiren der Diva, die vor Kurzem erst erschienen waren und von denen zurzeit ganz Ostfriesland sprach.

2. Kapitel

Das Küchenfenster von Leonie Altingas Haus lag im Dämmerlicht. Nur eine dicke rote Kerze, die in der Mitte des Tisches stand, warf ein flackerndes Licht auf die Gesichter der Anwesenden.

Leonie saß gemeinsam mit Magda und vier weiteren Frauen um den Tisch, Frido und ein anderer Mann standen im Hintergrund. Während ihre Gäste sich lebhaft gestikulierend unterhielten, stierte Leonie mit abwesendem Blick hinaus auf die schmale Straße, die am Ufer des Neuen Greetsieler Sieltiefs in einer Sackgasse endete. Die Hausherrin schien so in Gedanken vertieft, dass sie die Ermittler nicht bemerkte.

Frido sprang zur Tür und ließ seinen Neffen und dessen Kollegin herein.

Leonie begrüßte Tammo und Fenna mit kraftlosem Händedruck. Sie ging voraus ins Wohnzimmer und bat die Kommissare mit einer gebieterischen Handbewegung, Platz zu nehmen. »Darf ich Ihnen etwas zu trinken anbieten? Meine Haushälterin hat gerade frischen Tee zubereitet. Etwas Gebäck dazu?«

Tammo fand Leonie Altingas Haltung zu aufgesetzt. Als stünde sie auf der Bühne und Fenna und er wären die Nebendarsteller. »Danke, das passt jetzt nicht so recht«, erwiderte er, noch immer verärgert über die Unterbrechung der romantischen Zweisamkeit. »Wir waren gerade beim Wein angelangt, als der Anruf meines Onkels kam. Wenn wir hier durch sind ...« Er spürte Fennas spitzen Ellenbogen in seinen Rippen und riss sich zusammen. »Wir möchten uns jetzt ganz auf die Aufnahme dessen konzentrieren, was hier geschehen ist, bevor wir da weitermachen, wo wir vorhin aufgehört haben.« Das sollte ein verheißungsvoller Wink an Fenna gewesen sein. Ihrem verkniffenen Gesichtsausdruck nach zu urteilen, hatte er allerdings keinen Treffer gelandet. Fenna war einfach zu pflichtbewusst. Wenn sie im Dienst war, war sie im Dienst.

Leonie zog eine Augenbraue hoch. »Sie trinken Wein auf der Wache?« Sie musste den Kommissar zwangsläufig missverstehen, denn sie wusste nichts von der Liaison der beiden Kripobeamten und konnte nicht ahnen, dass Frido sie mit seinem Anruf vom Sofa gescheucht hatte.

»Wir waren nicht im Dienst, als wir hergerufen wurden«, erklärte Fenna ihr. »Aber lassen Sie uns auf das zu sprechen kommen, was sich heute Abend in Ihrem Haus ereignet hat. Es wurde auf Sie geschossen, zweimal, wie Herr Anders uns am Telefon berichtet hat. Wo haben Sie sich zu dem Zeitpunkt aufgehalten?«

Leonie erhob sich von ihrem Sessel. Nach einem ängstlichen Blick in den Garten stellte sie sich ungefähr dort auf, wo sie gestanden hatte, als erst der Spiegel und darauf die Vitrine samt Blumenvase zerbarst. Sie blieb einen Augenblick mit dem Rücken zu den Ermittlern stehen, dann drehte sie sich zu ihnen um. »Wer macht so etwas?«, fragte sie.

»Niemand schießt aus heiterem Himmel«, stellte Fenna fest. »Sehr wahrscheinlich gibt es einen ganz konkreten Grund, der unmittelbar mit Ihrer Person zusammenhängt. Haben Sie sich in letzter Zeit von jemandem bedroht gefühlt? Hat es offene oder versteckte Hinweise darauf gegeben, dass ein Anschlag auf Sie geplant war?«

»Nein«, erwiderte Leonie. »Dann hätte ich mich bestimmt bei Ihnen gemeldet. Eine Drohung hätte ich nicht auf die leichte Schulter genommen.«

»Hatten Sie einen persönlichen Zusammenprall mit jemandem?«, hakte Fenna nach.

»Auch nicht. Ich bin kein streitsüchtiger Mensch«, betonte Leonie trotzig.

»Es muss nicht unbedingt ein handfester Krach gewesen sein oder eine Drohung, die offen ausgesprochen wurde«, schaltete Tammo sich in die Befragung ein. »Möglicherweise ist eine uralte, schwelende Feindseligkeit neu aufgebrochen.«

Leonie lehnte sich gegen die hohe Kommode neben der Vitrine, stützte den Ellenbogen darauf und legte nachdenklich einen Finger an den Mund.

»Sie haben ja lange im Ausland gelebt«, sagte Fenna. »Durch Ihre Rückkehr sind Sie für viele Menschen, mit denen Sie früher zu tun hatten, wieder erreichbar geworden. Gibt es jemanden, dem Sie in alten Zeiten mal sehr wehgetan haben und der Ihre Rückkehr zum Anlass nehmen könnte, sich an Ihnen zu rächen?«

Leonie überlegte lange. »Ich hab es in meinem Leben schon mit vielen Spinnerten zu tun bekommen«, sinnierte sie. »Es gab Männer, die mir nie persönlich begegnet sind, die mich nur von meinen Auftritten her kannten und mich trotzdem vom Fleck weg heiraten wollten. Frauen, die mir unbedingt ihre Modeentwürfe oder Schmuckkollektionen aufschwätzen wollten. Oder Menschen, die mich um Geld angebettelt haben, weil sie der Überzeugung waren, dass ich genug davon habe und mal locker ihre Schulden bezahlen könnte. All diese Leute sind bei mir abgeblitzt. Aber dass ich mich von einem von denen bedroht gefühlt hätte? Nein. Ich kann mir wirklich keinen Reim darauf machen, warum auf mich geschossen wurde.«

Tammo hatte den Eindruck, Leonie nahm ihre Rolle als Opfer eines unbekannten Schützen wie eine Bühnenrolle wahr, die es auszuschmücken galt. Noch während sie sprach, wandte er seine Blicke von ihr ab und studierte die Glasscherben. Vorsichtig lief er darum herum und ging auf die Terrassentür zu. »Die stand offen, als die Schüsse fielen«, stellte er fest. »Sonst wäre die Scheibe zerschossen.«

»Ja, die Tür stand offen. Theda, meine Nachbarin, hat sie später geschlossen.«

»Ihre Nachbarin war zum Zeitpunkt des Anschlags ebenfalls im Haus?«, fragte Fenna.

»Nein. Zuerst waren wir beide im Garten und haben über die Hecke hinweg miteinander gesprochen. Dann ist jede von uns in ihr Haus zurückgegangen. Sie war drüben, als das hier passiert ist.« Verärgert zeigte Leonie mit beiden Händen auf den goldenen Rahmen, der ohne das Spiegelglas wie tot wirkte, und auf die zerschossene Vitrine mit den zersplitterten Resten der Blumenvase. »Als Theda mich schreien hörte, ist sie sofort zu mir rübergelaufen.« Leonie schüttelte entsetzt den Kopf. »Ganz schön riskant, wenn ich jetzt darüber nachdenke. Sie hätte glatt in die Schusslinie geraten können.«

»Willst du mir jetzt vorwerfen, dass ich mir Sorgen um dich gemacht habe?«, rief Theda dazwischen. Unbemerkt von Leonie, die in den Garten starrte, hatte sie sich aus der Küche geschlichen und war im Türrahmen zum Wohnzimmer stehen geblieben.

Heftig drehte Leonie sich zu ihr um. »Quatsch«, warf sie ihrer Nachbarin an den Kopf. »Ich stelle mir nur vor, es wären noch mehr Schüsse gefallen. Du hättest von einer Kugel getroffen werden können.«

Theda blieb kühl. »Dann läge ich jetzt tot bei dir im Garten.« Sie zeigte auf das Blumenbeet, von dem Leonie vorhin die Dahlien und die Astern abgeschnitten hatte.

»Wie wahr! Und ob du dann aus Sorge um mich gestorben wärst oder aus Neugier, sei dahingestellt«, ereiferte Leonie sich.

»Egal aus welchem Grund, jedenfalls wärst du mich jetzt für alle Zeiten los.«

»Theda!«, brüskierte Leonie sich und hob mit dramatischem Augenaufschlag die Hände zum Himmel.

Tammo zwickte sich in die Nasenspitze. Er hätte vor Wut losbrüllen mögen. Den kuscheligen Abend mit Fenna hatte er nicht aufgegeben, um sich dem Gezicke zweier älterer Damen hinzugeben. Er schielte zu Fenna hinüber, um sich in seinem Frust bestätigt zu sehen. Doch die Frau, die zwei Töchter alleine großgezogen und durch die Pubertät gelotst hatte, ohne dabei unterzugehen, wusste mit dieser Situation offensichtlich gelassener umzugehen.

Fenna ging über Thedas Provokation und Leonies dramatischen Anflug hinweg und lenkte die Aufmerksamkeit der beiden Damen wieder auf das Ereignis zurück, das Tammo und sie hierher geführt hatte. »Wie war das eigentlich mit den Schüssen? Die müssen doch höllisch laut gewesen sein«, sagte sie in die Runde, zu der jetzt auch Neske und Thilo Wilken gestoßen waren, während Frido und Magda sich nach wie vor gemeinsam mit den übrigen Mitgliedern des Literaturzirkels in der Küche aufhielten.

Theda schüttelte den Kopf. »Ich hab keinen einzigen Knall gehört. Nur Leonies Schreie und das Gescheppere der Scherben.«

»Es ging alles so schnell«, sagte Leonie. »An Schüsse kann ich mich nicht erinnern. Ich weiß nur, dass der Spiegel auf einmal zersprang und ich nicht verstand, was vor sich ging.«

»Und Sie?«, fragte Tammo das Hauswirtschafterpaar.

»Nichts gehört«, sagte Neske Wilken. Sie blickte ihren Mann verunsichert an. »Du, Thilo?«

»Nö«, sagte Thilo, den Blick auf die zerschossene Vitrine gerichtet.

Tammo wunderte sich über die hohe Stimme des vierschrötigen Mannes, den er bisher nur vom Sehen kannte und der ihm, ganz anders als die feingliedrige, scheue Neske, unsympathisch erschien. Neske stand immer noch sichtlich unter dem Eindruck des Geschehens. Tammo fragte sich, was die Haushälterin wohl am meisten erschütterte: die Tatsache, dass Leonie jetzt hätte tot sein können, oder die, dass der schöne Spiegel, die Vitrine und die wertvolle Blumenvase den Schüssen zum Opfer gefallen waren.

Neskes schüchterne Blicke aus blassblauen Augen, die in dem schmalen Gesicht mit der spitzen Nase und den hohen Wangenknochen tief verborgen lagen, schweiften traurig zwischen dem leeren goldenen Rahmen und der zersplitterten Vitrine hin und her. Der schwergewichtige Thilo dagegen stand wie eine aus Fels gemeißelte Statue im Raum. Die Arme standen steif von seinem voluminösen Rumpf ab. Einzig die Tatsache, dass er unentwegt an seinen Fingernägeln knibbelte, zeigte, dass ihn tief in seinem Inneren etwas bewegte.

Mit skeptischem Blick beobachtete Tammo das Ehepaar, das um die siebzig sein mochte. Währenddessen lief Fenna nachdenklich im Wohnzimmer auf und ab. »Der Schütze hat ohne Frage einen Schalldämpfer benutzt«, schloss sie. »Damit schießt man zwar auch nicht ganz lautlos. Aber bei der Entfernung, aus der er geschossen haben muss, und wenn man davon ausgeht«, sie sah Leonie und das Hauswirtschafterpaar wie um Entschuldigung bittend an, »dass das Gehör mit der Zeit naturgemäß oft ein wenig nachlässt ...«

Sie stellte sich an der Terrassentür auf und nahm mit den Augen Maß. Anscheinend prüfte sie, aus welcher Richtung die Schüsse gekommen sein mussten, um durch die offene Terrassentür hindurch erst den Spiegel treffen zu können und dann die Vitrine, die sich links vom Spiegel befand.

»Sie sagten, Sie waren beide im Garten, bevor die Schüsse fielen. Haben Sie jemanden da draußen bemerkt?«, fragte die Kommissarin mit Blick auf Leonie und Theda. »Hat sich möglicherweise eine Person am Ufer hinter den Sträuchern versteckt gehalten?«

»Ich habe niemanden gesehen«, sagte Leonie entschieden. »Nein, da war keiner.«

Auch Theda verneinte die Frage.

Frido tauchte im Türrahmen auf. Er klopfte vorsichtig gegen das Holz, um sich bei den Anwesenden Gehör zu verschaffen.

»Was ist denn?«, fragte Tammo, der über die Unterbrechung etwas ungehalten war.

»Der Lesezirkel wartet auf eine Entscheidung, wie es heute Abend weitergeht. Sollen wir alle wieder nach Hause schicken?«

»Nein«, rief Fenna ihm zu, »sie sollen sich bitte gedulden. Wir möchten sie noch kurz sprechen.«

»Okay. Magda und ich halten das Klübchen fest.«

Fenna wandte sich wieder Leonie Altinga und Theda Bubendey zu, entschuldigte sich für die Unterbrechung und bat sie, noch einmal darüber nachzudenken, ob ihnen nicht doch etwas aufgefallen sei.

»Ich kann mir nicht vorstellen, dass ein Fremder im Garten gewesen sein soll«, überlegte die Hausherrin. »Ich hab ja, kurz bevor ich ins Haus gegangen bin, selbst noch an der Birke da hinten gestanden. Wenn jemand in der Nähe gewesen wäre, hätte ich ihn bemerken müssen. Und rings ums Haus sind hohe Sträucher gepflanzt. Da kommt niemand durch. Höchstens durch die Lücke, die Theda in die Hecke zwischen unseren Gärten geschnitten hat«, sagte sie mit einem strafenden Seitenblick auf ihre Nachbarin.

»Ach, jetzt bin ich mal wieder schuld«, protestierte Theda. »Womöglich hab ich den Kerl auch noch eingeladen. Vielleicht sogar dafür bezahlt, dass er auf dich schießt.«

Wieder dieses Gezicke! Tammo wandte sich genervt ab. »Und Sie, Herr und Frau Wilken«, nahm er die Befragung des Hauswirtschafterehepaars auf. »Sie sitzen doch da oben, soweit ich weiß.«

Thilo hatte seine wurstigen Finger ineinander verschränkt. Er drehte die Daumen umeinander und ließ sie kreisen wie Windmühlenflügel, die vom Sturm angetrieben wurden. »Wir haben nicht aus dem Fenster geguckt«, kam es wie aus der Pistole geschossen aus ihm heraus.

Tammo nickte. Was er soeben vernommen hatte, war vermutlich der längste Satz, den Thilo Wilken bisher in seinem Leben von sich gegeben hatte.

»Um die Uhrzeit lief im Fernsehen ein Quiz«, verteidigte Neske sich und ihren Mann, »und vorher ›Notruf Hafenkante‹.«

Theda trat aus dem Kreis heraus, den die Anwesenden im Laufe der Befragung unwillkürlich gebildet hatten, und blieb mit einem Schritt Abstand vor Tammo stehen. »Glauben Sie uns, Herr Kommissar: Es hat wirklich niemand im Garten gestanden. Als ich Leonies Schrei gehört hab, bin ich sofort rausgerannt. Ich hätte doch sehen müssen, wie jemand wegläuft, wenn einer da gewesen wäre.«

»Aber Sie werden einsehen, gnädige Frau«, blaffte der Kommissar sie an, »dass die Schüsse unmöglich von niemandem abgegeben worden sein können.«

Fenna schob sich vor ihn, als wollte sie Theda vor weiteren verbalen Angriffen vonseiten ihres Kollegen schützen. »Hatten Sie denn gar keine Angst, als Sie durch die Gärten liefen?«, fragte sie ungläubig.

»Nein. Ich wusste ja gar nicht, dass hier rumgeballert worden ist«, ereiferte sie sich. »Und es war niemand da, vor dem ich Angst hätte haben können. Schon gar keiner mit 'ner Knarre in der Hand.«

Fenna ging hinaus in den Garten, Tammo folgte ihr.

»Pass auf, dass wir keine Spuren zertreten«, ermahnte Fenna ihn.

Dass sie ausgerechnet ihn darauf aufmerksam machte! Tammo kniff die Augen zusammen und sah zum anderen Ufer des Neuen Greetsieler Sieltiefs hinüber. »Ich schätze, der Schütze ist gar nicht von der Landseite aus gekommen, sondern über den Kanal«, meinte er. Er trat näher ans Ufer und warf einen Blick in beide Richtungen der Gracht.

Schließlich wandte er sich zu Leonie, Theda und dem Ehepaar Wilken um. Wie von einem Drehbuch vorgegeben, standen alle vier in einer Reihe vor der Terrassentür, die Hände vor dem Körper verschränkt und die Blicke auf die Ermittler gerichtet. »Ein Boot haben Sie nicht zufällig vorbeifahren sehen?«, rief er ihnen zu.

Alle vier schüttelten schweigend den Kopf.

»Ich schlage vor, wir schicken gleich Benno und die anderen uniformierten Kollegen los«, überlegte Fenna. »Sie sollen in den Häusern mit Ufergrundstücken nachfragen, ob heute Abend ein Boot gesehen wurde. Um die Tatzeit herum ist auf den Grachten für gewöhnlich überhaupt nichts mehr los. Tretboote werden dann nicht mehr vermietet. Wenn ein einsamer Paddler oder Ruderer dahergekommen sein sollte, dürfte das dem einen oder anderen Anwohner aufgefallen sein. Mit Glück bekommen wir sogar noch eine Personenbeschreibung dazu.«

»Hast recht«, erwiderte Tammo und zückte sein Handy. »Ich ruf Benno sofort an. Er soll die Kollegen mobilisieren.«

»Die werden sich freuen«, meinte Fenna und lehnte sich unauffällig an Tammos Schulter.

»Warum soll es denen heute Abend anders ergehen als uns«, konterte der Kommissar.

»Höre ich da einen leicht sarkastischen Unterton heraus?« Fenna knuffte ihn in die Rippen.

Theda trat an die Ermittler heran. »Ich denke, ich bin hier überflüssig. Sie wissen ja, wo ich wohne«, verabschiedete sie sich von ihnen und zog sich in ihr Haus zurück. Bevor sie durch die schmale Schneise in der Hecke schlüpfte, blickte sie sich noch dreimal um.

»Ich wette, die steht den ganzen Tag hinter der Gardine«, raunte Tammo. »Wenn die nicht doch was gesehen hat ...« Er legte den Arm um Fennas Schultern. »Dann lass uns mal den Literaturzirkel eröffnen. Meinst du ernsthaft, von den Teilnehmern erfahren wir noch was?«

»Lieber einmal zu viel fragen als einmal zu wenig, Herr Kollege«, frotzelte Fenna.

Leonie hatte die Mitglieder ihres Lesekreises ins Wohnzimmer gebeten. Tammo und Fenna stellten sich ihnen vor.

»Echte Kripobeamte«, strahlte eine Frau von Ende dreißig, die Frido den Kommissaren als die literaturbeflissene Wiebke Hagge vorstellte. »Ich find das toll!«, warf Wiebke aufgeregt in die Runde. »Jetzt schreibt Frau Altinga nicht nur Krimis, sie erlebt auch mal selbst einen.«

»Ich hätte drauf verzichten können«, erwiderte Leonie trocken und guckte indigniert an Wiebke vorbei.

Während Tammo sich als stiller Beobachter im Hintergrund hielt, stellte Fenna sich vor die Teilnehmer des Zirkels, die an dem Esstisch Platz genommen hatten und zu ihr aufsahen. Sie erläuterte dem Kreis, dass jeder kleinste Hinweis wichtig sein könnte, und fragte, ob einem von ihnen in letzter Zeit etwas aufgefallen sei, was mit den heutigen Ereignissen in Verbindung stehen könnte.

Alle Anwesenden schüttelten stumm den Kopf.

Fenna gab so schnell nicht auf. »Ich würde gerne laut mit Ihnen darüber nachdenken, ob ein zeitlicher Zusammenhang zwischen den Schüssen auf Frau Altinga und der Zusammenkunft des Literaturkreises bestehen könnte.«

»Wie bitte?«, brauste Leonie Altinga auf.

Frido, der zwischen Magda und der Gastgeberin saß, tätschelte beruhigend ihre Hand. »Lass man, Leonie, die Frau Kommissarin weiß schon, warum sie diese Frage stellt.«

Fenna tat, als hätte Leonie sie nicht unterbrochen. Souverän lief sie vor dem Tisch auf und ab, blickte jedem einzelnen Teilnehmer ins Gesicht und setzte ihre Befragung fort. »Worauf ich hinauswill, ist: Halten Sie es für möglich, dass die Schüsse nicht Frau Altinga gegolten haben, sondern dieser Veranstaltung?«

Wieder erntete Fenna betretenes Schweigen und Kopfschütteln.

Tammo sah Fenna an, dass sie nicht mehr daran glaubte, von den Mitgliedern dieses Zirkels einen brauchbaren Hinweis zu erhalten, dem sie nachgehen könnten. Es zeichnete seine Kollegin aus, dass sie so hartnäckig war und selbst dann nicht aufgab, nach der viel zitierten Stecknadel im Heuhaufen zu suchen, wenn der Heuhaufen höher war als der Mount Everest.

»Haben Sie außerhalb dieses Literaturzirkels mit jemandem über das gesprochen, was Sie hier diskutieren?«, bohrte sie nach.

»Was soll denn diese Frage schon wieder?«, fragte Leonie schroff. Ihre Nerven schienen aufs Äußerste angespannt zu sein. Womit sonst war zu erklären, dass sie Fenna derart in die Parade fuhr? »Mein Literatursalon ist kein Geheimbund. Was wir hier besprechen, darf durchaus nach außen getragen werden.«

Die Kommissarin ließ sich nicht aus der Ruhe bringen. Sie blieb stehen und wandte sich an Leonie. »Halten Sie es für möglich, dass ein Autor, der hier in der Gegend lebt und dessen Buch in Ihrem Kreis negativ besprochen wurde, sich angegriffen fühlt? Oder dass ein fanatischer Leser eines derart kritisierten Autors sich dazu berufen fühlt, einen Pfeil auf Sie abzuschießen, um Sie zur Mäßigung zu bewegen?«

Frido Anders und Magda Alves nickten sich gegenseitig zu. »Gute Überlegung«, sagte Frido. »Gar nicht so abwegig. Guckt euch doch nur die Hasskommentare der Leser an, die es nicht ertragen, wenn ihr Lieblingsautor mal 'ne schlechte Rezension bekommt.«

Ein Mann von vielleicht Anfang vierzig, der zwischen Fennas Mutter und Wiebke Hagge saß, hob den Finger. Er hatte eine kräftige Statur, ein kantiges Gesicht, volles dunkles, leicht gewelltes Haar, das vom Stirnansatz nach hinten wuchs, und er wirkte furchtbar eitel.

»Ja, bitte?«, erteilte Fenna ihm das Wort.

»Entschuldigung«, begann er. »Meno Christoffers ist mein Name.« Er hielt sich die Hand vor den Mund und hüstelte. Unauffällig wischte er sich über die Oberlippe, auf der sich Schweißperlen gebildet hatten, die im Licht der Tischleuchte glänzten. »Ich hätte da eine Idee.«

Alle blickten ihn gespannt an.

Tammo missfiel die Art, wie dieser Mann stumm um sich blickte, um sich zu vergewissern, dass alle ihn beachteten. Christoffers zelebrierte seinen kleinen Auftritt regelrecht. Der Kommissar tauschte einen kurzen Blick mit seiner Kollegin aus, die ein Schmunzeln unterdrücken musste. Angesichts solcher Egomanen war sie nicht so leicht auf die Palme zu bringen wie er.

»Frau Altinga«, fuhr Christoffers fort, »hat doch kürzlich erst ihre Autobiografie herausgegeben. Vielleicht liegt darin des Pudels Kern.«

Tammo verdrehte die Augen. Christoffers schien vor Stolz zu platzen, dass er ein Zitat aus Goethes Faust bringen konnte, was in diesem Kreis doch eigentlich als Selbstverständlichkeit gelten durfte. »Können Sie Ihren Verdacht konkretisieren, Herr Christoffers?«, fragte er. »Sie haben die Autobiografie von Frau Altinga gelesen?«

»Gelesen?«, scharwenzelte Christoffers und lugte mit einem verschmitzten Lächeln zu Leonie Altinga hinüber. »Verschlungen hab ich sie. Verschlungen!«

Leonie schmachtete ihn genauso an wie er sie.

»Irgendeine Idee, was daran derart provokant ist, dass es eine so harte Reaktion hervorgerufen haben könnte wie die von heute Abend?«, fragte Tammo.

Meno Christoffers warf sich auf seinem Stuhl zurück und hob ergeben die Hände. »Es steht vieles darin, das harsche Reaktionen hervorrufen könnte. Liegt es nicht im Wesen einer Autobiografie, dass sie manch einen, der das Leben des Autors gekreuzt hat, verletzt oder geradezu provoziert?«

Eine junge Frau warf ihm giftige Blicke zu. »Das haben wir ja gerne! Die Lebenserinnerungen der Frau Altinga so zu zerreißen! Sie sagen, Sie haben das Buch gelesen? Dann müssten Sie doch wissen, was diese arme Frau alles mitgemacht hat!«

»Ja«, erwiderte Christoffers mit windelweicher Stimme, »das weiß ich in der Tat.« Er deutete eine Verbeugung in Leonies Richtung an. »Meine Hochachtung, Madame, was Sie alles hinter sich haben! Und trotzdem immer Optimistin geblieben, immer stark. Immer den eingeschlagenen Weg weitergegangen. Aber ...« Er machte eine Pause und hob mahnend den Zeigefinger. »Manch einer fühlt sich möglicherweise durch das provoziert, was nicht in der Autobiografie erwähnt wird.« Er lachte schallend über seinen eigenen Witz und riss die anderen mit. Nur Leonie Altingas Gesicht versteinerte augenblicklich.

»Womit wir mitten in der Diskussion wären«, sprang Wiebke Hagge ihm bei. »Denn das ist doch das Thema des heutigen Abends: die Autobiografie unserer lieben Gastgeberin.« Sie nickte höflich zu Leonie hinüber.

Frido fing die Blicke von Tammo und Fenna auf und erwies sich als geschickter Moderator des Kreises. »Meine Lieben«, rief er laut aus und pochte mit einem Finger auf die Tischplatte, »können wir uns darauf einigen, dass die Kommissare Anders und Stern sich die Autobiografie einfach mal zu Gemüte führen? Wenn darin Zündstoff enthalten ist, der die Schüsse auf unsere verehrte Leonie erklären könnte, werden sie mit ihren Spürnasen schon darauf stoßen.«

Noch während er sprach, drangen von der Straße aus Motorgeräusche ins Haus.

»Tja, meine Damen und Herren«, sagte Tammo und klatschte einmal leise in die Hände, »betrachten wir den Vorschlag von Frido Anders als vorläufigen Schlusspunkt. Wir sollten hier abbrechen, denn wenn ich mich nicht irre, treffen unsere Kollegen von der Spurensicherung gerade ein. Wenn Ihnen noch etwas Sachdienliches zu den Ereignissen von heute Abend einfällt, melden Sie sich bitte bei uns auf der Polizeiwache.«

Die Mitglieder des Literaturzirkels steckten ihre Köpfe zusammen und tuschelten. Das Gemurmel wurde durch die Türglocke übertönt. Fenna ließ die Mitarbeiter der Spurensicherung herein. Tammo bat die selbst ernannten Literaturkritiker, die Zusammenkunft für heute zu beenden und das Feld der Kripo zu überlassen.

Die Ermittler zeigten ihren Kollegen die Einschüsse an Spiegel und Vitrine, gingen mit ihnen den Garten ab, stellten sich ans Ufer und sprachen den Ablauf des Geschehens mit ihnen durch.

Eins kam Tammo merkwürdig vor. Leonie Altinga war auf die Vitrine zugegangen, als der erste Schuss fiel. Die Terrassentür stand offen, und das Licht im Wohnzimmer war eingeschaltet. Der Täter hatte demnach vollen Einblick in den Raum gehabt. Auch wenn die Rahmen der Sprossenfenster seine Sicht etwas behindert hatten, konnte er genau sehen, wo Leonie Altinga stand. Trotzdem hatte er nicht auf sie geschossen, sondern gut einen Meter an ihr vorbei, mitten in den Spiegel. Und damit schien er keinen Zufallstreffer gelandet zu haben.

Beim Anblick des zersplitternden Spiegels war Leonie, wie sie berichtet hatte, vor Schreck stehen geblieben, die offene Terrassentür im Rücken. Sie war eine stattliche Frau, nicht zu übersehen, und hatte in dieser Haltung aus Sicht eines potenziellen Mörders eine gute Zielscheibe abgegeben. Der Schütze hätte ihre Lunge zerfetzen können oder ihr Herz. Und trotzdem ging auch der zweite Schuss an Leonie vorbei. Er hatte sie nur um wenige Zentimeter verfehlt. Doch es schien so, als wäre das die Absicht des Täters gewesen. Auch mit dem zweiten Schuss hatte er nicht Leonie Altinga treffen wollen, sondern die Vitrine, vermutlich sogar ganz gezielt die wertvolle Vase.

»Irgendwas ist faul an der Sache«, sagte Tammo zu seinen Kollegen, nachdem er sich all diese Fakten noch einmal vor Augen geführt hatte. »Ich glaube, der Schütze wollte Leonie Altinga gar nicht töten. Er wollte ihr nur einen Schrecken einjagen.«

Fennas nachdenklichem Nicken sah der Kommissar an, dass sie ähnliche Gedanken hegte wie er. Doch die Skepsis in ihrem Blick sagte ihm, dass sie eine andere Schlussfolgerung zog.

»Spuck's schon aus«, forderte er sie auf. »Was sagt die Profilerin in dir?«

»Nicht, dass du mir wieder Schwarzseherei vorwirfst«, sagte Fenna zögerlich. »Aber ich glaube nicht, dass der Täter Leonie Altinga nur erschrecken wollte.«

»Was dann?«

»Ich fürchte ...« Nachdenklich zupfte Fenna ein Blatt von der Birke ab, die am Ufer stand, zerrupfte es in winzige Stückchen und überließ sie dem Wind. Dabei sprach sie ihre Gedanken laut aus. »Die Sache war zu gut durchdacht. Der Weg, auf dem der Täter sich herangeschlichen hat. Die beiden Schüsse, der erste, der relativ weit an ihr vorbeiging, und der zweite, mit dem er zeigen wollte, dass er sie hätte treffen können, wenn er gewollt hätte.«

»Sag ich doch.«

Fenna hakte Tammo unter und ging mit ihm zum Haus zurück. »Dann die Tatsache, dass er beide Male nicht einfach in die Wand oder in die Kommode geschossen hat, sondern mitten in zwei oder sogar drei wertvolle Familienerbstücke. Diese Aktion war bestens vorbereitet. Der Schütze muss Leonie Altinga eine Zeit lang genau beobachtet haben. Er kannte ihre Einrichtung und ihre Vorliebe für wertvolle Dekoration und wusste vermutlich sogar, wie sehr ihr Herz an diesen Gegenständen hing. Er hat sich ganz bewusst den Spiegel und die Vitrine mit der Blumenvase ausgeguckt.«

»Und?«, fragte Tammo. »Was schließt du daraus?«

»Der Schütze hat nicht das Leben, sondern seelische Opfer von Leonie Altinga gefordert.«

Fenna hatte recht. Tammo ahnte, worauf ihre Überlegungen hinausliefen. »Was bedeutet das letztlich?«

»Ich vermute, dies war nur der Prolog. Es war eine erste Botschaft an Leonie Altinga. Der Täter treibt ein Spiel mit ihr. Ein Spiel, von dem wir nicht wissen, worum es geht und wie es enden soll.«

***

»Noch den Rest Wein?«, fragte Tammo, nachdem Fenna und er sich von Leonie und den Wilkens verabschiedet hatten.

»Klar, den haben wir uns jetzt verdient.«

»Thilo Wilken gefällt mir nicht«, grummelte Tammo, während sie über die hölzerne Fußgängerbrücke, die über das Siel führte, in den historischen Ortskern zurückschlenderten. »Gefällt mir gar nicht.«

»Kennst du ihn näher?«

»Nicht so richtig«, gab Tammo zu. »Bei Jonne in der Kneipe hab ich mal gehört, dass er früher Hufschmied gewesen sein soll. Niemand weiß genau, wo, aber die Leute sagen, die Tiere hätten Angst vor ihm gehabt, und die Pferdehalter sollen ihm am liebsten aus dem Weg gegangen sein.«

Fenna lachte. »Ich ahne es: Dem traust du alles zu. Geschossen haben kann er aber nicht«, bremste sie Tammos Gedankenspiele aus. »Zum Tatzeitpunkt war er in seiner Wohnung unterm Dach. Geschossen wurde aus Richtung des Ufers. Von hinten durch die Brust ins Auge kann auch ein abgehalfterter Hufschmied nicht.«

»Ich weiß«, sagte Tammo. »Entweder war es ein Phantom mit Tarnkappe, das mitten im Garten gestanden und drauflosgefeuert hat. Oder es war ein Schlauchbootfahrer, der fliegende Enten schießen wollte und dabei versehentlich Leonie Altingas liebste Blumenvase getroffen hat.«

»Deine wertvollen Beiträge zur Lösung dieses Falles sollten wir gleich morgen im Kreis der Kollegen diskutieren«, witzelte Fenna.

Schüsse auf eine alternde Diva, kein greifbares Motiv und kein Täter in Sicht, das waren die Fälle, die Tammo sich wünschte wie einen Wasserrohbruch, während er eingeseift unter der Dusche stand. Er fischte den Hausschlüssel aus der Hosentasche, schloss die Tür auf und hoffte darauf, dass Fenna seine zugegebenermaßen etwas albernen Bemerkungen nicht weiter kommentieren würde.

Frido empfing das Paar in der Diele. Er hatte sich schon in seinen blau-weiß gestreiften Schlafanzug geworfen. Der Duft des Kräutertees, der in der Küche zog und den er sich für die Nacht mit auf sein Zimmer nehmen wollte, schwebte durchs Haus. »Jetzt habt ihr unsere Leonie auch mal von Nahem erlebt. Ein tolles Weib, was?«

»Lass das nicht die Magda hören!«, sagte Tammo mit erhobenem Zeigefinger.

»Ich finde, sie macht gar nicht so einen schrecklich berühmten Eindruck«, überlegte Fenna. »Eigentlich wirkt sie wie eine ganz normale Frau. Bisschen abgehoben vielleicht, etwas distinguiert und leicht überkandidelt. Das bringt der Beruf wohl mit sich. Aber sie hat ja schließlich auch ganz schön was erreicht in ihrem Leben, und sie wird es auch nicht immer leicht gehabt haben.«

»Bisschen abgehoben ist gut«, widersprach Tammo. »Ich finde, sie kreiselt ziemlich weit oben. So mit Nase hoch und ganz vornehm tun.«

»Ach, du mal wieder«, sagte Fenna. »Jedes Mal, wenn du auf Leute triffst, die ein bisschen anders sind als der Durchschnittstyp, sind sie für dich entweder höchst verdächtig oder abgehoben. Leonie Altinga hat bestimmt eine Menge erlebt. So was prägt einen Menschen nun mal.«

»›Eine Menge erlebt‹ ist maßlos untertrieben«, bekräftigte Frido die Meinung der Kommissarin. »Hast du mal ihre Autobiografie gelesen?«

Fenna verneinte. »Ich wusste ja bis heute nicht mal, dass sie eine geschrieben hat.«

»Moment!«, rief Frido. Barfuß, wie er war, hastete er die steile Holztreppe hinauf in sein Zimmer und kehrte kurz darauf mit einem dicken Schmöker zurück. Er hielt den beiden Ermittlern die Ausgabe dicht vor die Augen. »›Leonie Altinga‹«, sagte er auf. »›Fünfundsiebzig Jahre Schatten und Glück‹. Das Buch ist anlässlich ihres Geburtstags im März erschienen.«

»Schatten und Glück«, äffte Tammo seinen Onkel nach. »Wenn ich das schon höre. Die Madame lebt in Saus und Braus. Sie hat sich fast fünfzig Jahre lang überall, wo sie auftrat, hofieren lassen. Hat sich in den weichsten Betten getummelt und von den feinsten Büfetts genascht. Und jetzt, wo ihr Stern langsam verblasst, macht sie einen auf Schatten und Glück. Ist doch nur Effekthascherei, um noch mal im Rampenlicht zu stehen. Würde mich, ehrlich gesagt, gar nicht wundern«, redete er sich in Rage, »wenn die Schüsse heute Abend von ihr selbst inszeniert ...«

Fenna hielt den Atem an, und Fridos Augenbrauen schossen in die Höhe. »Du, pass mal auf!« Frido fuchtelte mit dem Buch vor Tammos Augen herum. »Die hat schon mal so eine Situation erlebt, bei der sie nur durch Zufall nicht erschossen wurde.«

Tammo winkte ab, doch Fenna wurde hellhörig. »Wann und wo war denn das?«

Frido blätterte in der Autobiografie vor und zurück. »Och, ist schon ein paar Jährchen her, aber trotzdem. Sie war mit einer Freundin in Venedig. Auf dem Markusplatz ist es passiert. Sie haben in einem Café gesessen und wollten gerade mit zwei netten Herren, die sie da kennengelernt hatten, zu einer Gondelfahrt über den Canal Grande aufbrechen, als auf einmal die Knallerei losging. Ein Mann, der einen Tisch weiter gesessen hatte, wurde getroffen. Der war sofort tot.«

»Schreibt sie was darüber, wer der Schütze war?«

»Ein Mafioso. Sie ist mit ihren Begleitern in einen Streit zwischen echten italienischen Paten geraten«, antwortete Frido.

»In einen Mafiakrieg, der ausgerechnet vor einem Café auf dem Markusplatz austragen wurde?«, fragte Fenna.

Frido hob die Hände. »So was kann überall passieren. Wieso wundert dich das? Ihr habt doch in eurem Job Tag für Tag mit Leuten zu tun, denen irgendwas Böses zufällig genau da passiert, wo sie sich gerade aufhalten. Und viele überleben es nicht. Leonie hat jetzt zum zweiten Mal großes Glück gehabt. Aber ...«, wieder fuchtelte er mit der Autobiografie vor Tammos Gesicht herum, »ich sag es noch einmal: Das Schicksal hat ihr auch oft genug ziemlich übel mitgespielt.«

»Nun gut«, beendete Tammo das Gespräch. Er wollte endlich wieder mit Fenna alleine sein und über anderes sprechen als über Leonie Altinga und wild um sich schießende Italiener. »Einen Mafioso würde ich im Fall der Schüsse, die heute Abend Leonie Altingas Haus getroffen haben, ausschließen, und ich glaube, Frido, dein Kräutertee dürfte nun lang genug gezogen haben.«

Frido murmelte etwas Unverständliches und schlurfte in die Küche. Tammo schob Fenna vor sich her ins Wohnzimmer, wo Buddy ein Auge öffnete und im Halbschlaf registrierte, dass das jüngere seiner beiden Herrchen samt Begleitung zurückgekehrt war.

Frido kam noch einmal ins Wohnzimmer und legte die Autobiografie auf den Couchtisch. »Müsst ihr unbedingt mal lesen. Dann gute Nacht.« Die Thermoskanne in der Hand, stieg er die Treppe hinauf.

Kaum hatte Frido die Tür seines Zimmers hinter sich geschlossen, nahm Tammo das Buch und schob es in den untersten Boden eines Regals.

»Leg es nicht zu weit weg«, ermahnte Fenna ihn. »Vielleicht liegt in dem Werk tatsächlich der Schlüssel zum Geheimnis um die Schüsse auf Leonie Altinga.«

3. Kapitel

Die Kollegen im Gebäude an der Hauener Hooge hatten aufgehört, darüber zu grinsen, wenn Tammo und Fenna morgens zur selben Zeit aus derselben Richtung zum Dienst erschienen. Sie hatten sich daran gewöhnt, dass der morgenmuffelige Hauptkommissar, der weiß Gott nicht zu denen gehörte, die ihre Gefühle zur Schau stellten, Hand in Hand mit der schwungvollen und immer, na gut: fast immer ausgeglichenen Kollegin Fenna Stern auf die Wache zutrottete.

Und nein: Sie standen nicht mehr mit angehaltenem Atem, aber verräterisch quietschenden Sohlen hinter halb geöffneten Bürotüren in der Hoffnung, das verliebte Paar bei einem Kuss auf dem Gang zu erwischen. Sie hatten begriffen, dass es über das Händchenhalten hinaus im Dienstalltag keine körperlichen Beweise der gegenseitigen Zuneigung geben würde. Und sie hatten zur Kenntnis genommen, dass auch ein Polizistenpaar bei der gemeinsamen Lösung eines Falles völlig unterschiedliche Ansichten vertreten konnte, dass es zwischen den beiden blitzen und donnern konnte und dass sie sich trotzdem abends gemeinsam auf den Heimweg machen würden.

Kurz und gut: Nach der anfänglichen Unsicherheit, weil plötzlich eine Frau ins Team gekommen war, und der darauffolgenden pubertären Neugier der Kollegen war mittlerweile so etwas wie ein Normalzustand eingetreten. Die Atmosphäre auf der Wache hatte sich in eine Richtung entwickelt, mit der Tammo, der sein Innenleben und alles Private gern unter Verschluss hielt, sich gut arrangieren konnte.

Wachtmeister Benno Pötzschke hantierte wie üblich in der Teeküche herum, als Fenna und er die Wache betraten. Die Lautstärke, mit der das Klappern des Geschirrs bis zur Eingangstür hallte, ließ auf schlechte Laune des Wachtmeisters schließen. Ganz anders sah es bei Rambo aus. In sichtbar freudiger Erwartung scharwenzelte der Polizeihund um die uniformierten Beine seines Herrchens herum. Er hoffte, dass Benno zwischen dem Aufgießen des Tees und dem Zusammenstellen einer Batterie von Bechern ein paar Leckerli aus der Tüte befreite, die fest verschlossen und für das Tier unerreichbar im Schrank über dem Wasserkocher stand.

»Trotz der Spätschicht so früh schon auf den Beinen?«, spöttelte Tammo. »Hat die Befragung der Anwohner des Siels denn was gebracht?«

»Wenn dem so wäre, hätte ich euch wohl gestern Nacht noch angerufen«, raunzte Benno den Kommissar unter seinem gezwirbelten Schnurrbart hindurch an. Polternd stellte er die Teebecher auf ein Tablett und schielte Tammo dabei an. »Ihr müsst mir nicht zugucken«, knurrte er. »Geht schon mal in den Besprechungsraum. Der Tee und ich kommen gleich nach.«

»Wenn's denn was zu besprechen gibt?«, meinte der Kommissar und wandte sich achselzuckend dem Konferenzraum am hinteren Ende des Ganges zu.

»Dicke Luft«, flüsterte Fenna ihm ins Ohr. »Denk dran, Bennos Nacht war deutlich kürzer als unsere.«

»Und mit Sicherheit auch deutlich langweiliger«, raunte Tammo zurück. »Du kennst ja seine Frau.« Er ging voran und öffnete die Tür zum Besprechungsraum.

»Puuuh«, machte Fenna, als ihr die abgestandene Luft entgegenschlug, und wedelte mit der Hand vor ihrem Gesicht herum. Sie riss die Fenster weit auf, damit die frische Nordseebrise den Büromief vertreiben konnte.

Tammo begann, ein paar Stühle, die das Reinigungspersonal in einer Ecke übereinandergestapelt hatte, um den Tisch herum aufzustellen.

Fenna half ihm dabei. Schließlich schälte sie sich aus ihrer Jacke und hängte sie über die Rückenlehne ihres Stuhls. »Nimm dich gleich ein bisschen zusammen«, ermahnte sie Tammo. »Auch ein Benno Pötzschke hat mal einen sensiblen Tag.«

»Hmhm«, machte Tammo. Er ließ sich auf einen Stuhl in Fensternähe fallen, streckte die Beine aus und bemühte sich, seine Blicke nicht zu auffällig über Fennas gut geformte, sportliche Figur gleiten zu lassen.

»Und außerdem«, ergänzte Fenna, »besteht kein Grund, Stress zu machen. Noch stehen wir nicht unter Erfolgsdruck.«

»Wer redet hier von Erfolgsdruck?«, fragte Benno. Wohl zum ersten Mal seit seiner langen Zugehörigkeit zum Team der Greetsieler Wache hatte er es geschafft, das Tablett mit dem Geschirr trotz seiner poltrigen Laune vollkommen lautlos hereinzutragen.

Tammo zog verärgert die Nase hoch. Er unterstellte seinem Kollegen, sich mit der Absicht herangeschlichen zu haben, die Kommissare heimlich zu belauschen.

Benno verteilte die Tassen, zündete das Teelicht an und platzierte die Kanne auf dem Stövchen.

Auf Fennas mahnenden Blick hin unterdrückte Tammo eine beiläufige Bemerkung der Art, der Wachtmeister habe ausbaufähige hausfrauliche Fähigkeiten. Er beließ es dabei, Fenna zuzuzwinkern und geduldig darauf zu warten, dass der Rest der Belegschaft hinzukam.

»Selbstbedienung«, grantelte Benno mit einem Fingerzeig auf die Teekanne und nahm Fenna gegenüber Platz. Die übrigen Kollegen, die ihn gestern Abend bei der Befragung der Bewohner unterstützt hatten, stolperten nach und nach in den Raum, grüßten mit einem dahingeworfenen ›Moin‹ und setzten sich dazu.

»Hoffentlich alle ausgeschlafen«, eröffnete Tammo die Besprechung.

Fenna schob der saloppen Begrüßung ein herzliches Dankeschön für den gestrigen unermüdlichen Einsatz zu so später Stunde hinterher.

Tammo blickte die Männer der Reihe nach an und schenkte jedem eine Sekunde Aufmerksamkeit. »Eurer übersprühenden Redseligkeit und dem Glanz in euren Augen entnehme ich«, sagte er, »dass die Anwohner, die ihr angetroffen habt, im fraglichen Zeitraum keinen einzigen Kanuten, Paddler oder Tretbootfahrer mit einer Schusswaffe in der Hand auf dem Neuen Greetsieler Sieltief bemerkt haben.«

Benno gähnte demonstrativ. Mit einer Hand zwirbelte er seinen Schnurrbart zurecht, in der anderen hielt er einen Teelöffel und grub damit unermüdlich die Kluntjes in der Schale mit dem Zwiebelmuster um, die vor ihm auf dem Tisch stand.

Das leise klickernde Geräusch, das dabei entstand, ging Tammo auf die Nerven. Umso mehr, als er in einer gewissen lähmenden Hoffnungslosigkeit versank, was den aktuellen Fall betraf. Wo sollten sie ansetzen, wenn es Schüsse gab, die offenbar von einem Gespenst mit Tarnkappe abgegeben worden waren? Wen sollten sie befragen, wenn Leonie Altinga nicht einmal den Hauch einer Ahnung hatte, aus welchem Grund auf sie geschossen worden war?

»Hat Jan Peters sich schon gemeldet?«, fragte er, weil er im Moment nicht wusste, wonach er sonst hätte fragen können. Natürlich war ihm klar, dass der Chef der Spurensicherung in Aurich noch keine Rückmeldung gegeben hatte, weil seine Mitarbeiter so früh am Morgen noch nichts von all dem ausgewertet haben konnten, was sie gestern am Tatort vorgefunden hatten. Wenn die Kollegen denn überhaupt etwas entdeckt hatten.

Benno nickte eifrig, als wäre er erleichtert, auf diese Frage eine positive Antwort geben zu können, wenn schon die Befragung der Anlieger so ergebnislos geblieben war. Sein überdimensionaler Schnurrbart konnte nicht verbergen, dass er jetzt lächelte – vermutlich zum ersten Mal an diesem Tag. »Jan hat heute in aller Frühe angerufen. Um die Uhrzeit habt ihr noch im Bett gelegen.«

Tammo wollte ihm eine Rüge erteilen, doch Fenna reagierte schneller als er. »Schön, dass du trotz der kurzen Nacht so früh schon hier warst. Die Uhrzeit des Anrufs interessiert uns im Moment weniger. Was hat Jan gesagt?«

»Die zwei Kugeln, die abgegeben wurden«, fuhr der Wachtmeister fort, »steckten tief in der Wand. Die Kollegen haben sie rausgepuhlt und prüfen jetzt, ob sie sie einer Waffe zuordnen können. Ansonsten gab es nicht viel.« Benno senkte den Kopf, guckte von unten nach oben in die Runde und stellte unter Beweis, dass er seine Stirn in unermesslich tiefe Falten legen konnte. »Keine erkennbaren Fußabdrücke am Ufer, kein weggeworfener Zigarettenstummel mit hübscher DNA und auch kein versehentlich aus der Tasche gerutschter Personalausweis oder Führerschein.«

»Wäre ja auch zu schön gewesen«, kommentierte Fenna. »So kommen wir nicht weiter. Lasst uns mal das Umfeld von Leonie Altinga betrachten. Hat sie Verwandte?«

Fast alle am Tisch schüttelten den Kopf.

»Doch«, riefen Benno und ein weiterer Kollege gleichzeitig aus. Nach einer wortlosen Abstimmung untereinander tat Benno kund, was er wusste. »Sie hat eine Cousine, und die hat einen Sohn. Beide wohnen unter einem Dach, am Ortsrand, an der Hafenstraße. Ansonsten wüsste ich nicht, dass von der Familie noch jemand übrig geblieben wäre. Du?«, wandte er sich an den Kollegen.

Der schüttelte den Kopf. »Nö, mehr gibt's da nicht, soweit ich weiß.«

Fenna beugte sich über ihren Block und notierte etwas. »Eine Cousine und deren Sohn, also ein Neffe zweiten Grades«, wiederholte sie beim Schreiben. »Kennt ihr die Namen?«

»Fine und Norwin Nansen«, antwortete Benno. »Typ Glucke und Muttersöhnchen. Er hat es bis heute nicht geschafft, aus dem Hotel Mama auszuziehen, und Muttern ist rundherum glücklich, dass es so ist.« Er schlug mit einer Pranke auf den Tisch und lachte sein tiefes Lachen. »Der Frau kommt kein Mädel über die Schwelle, das ihrem Jungen gefährlich werden könnte.«

»Wie alt ist denn der Junge?«, erkundigte Fenna sich.

»Knapp über vierzig. Seine Mutti ist etwas jünger als die Altinga.«

Tammo erinnerte sich daran, Fine und Norwin Nansen mal bei einem Dorffest kennengelernt zu haben. Sie saßen eine Zeit lang am selben Tisch wie er, und ein Nachbar von Frido hatte sie ihm vorgestellt. Die Frau hatte ein paar belanglose Worte mit ihm gewechselt, während der Sohn versuchte, mit einem jungen Mädchen zwei Tische weiter anzubandeln. Dann gab die Mutter dem Jungen einen Klaps auf den Hinterkopf, und der Flirt war zu Ende.

Jetzt, nachdem er von der verwandtschaftlichen Beziehung erfahren hatte, meinte Tammo, aus der Erinnerung heraus eine familiäre Ähnlichkeit zwischen Leonie Altinga und Fine Nansen zu erkennen. Beide hatten runde Gesichter mit auffällig fein geschnittenen Zügen. Die schmalen Lippen ließen die Mienen verletzlich wirken, und die Nasen, deren Spitzen leicht nach oben gebogen waren, verliehen den Frauen trotz des fortgeschrittenen Alters etwas kindlich Neugieriges.

Das sehr dünne, hellblonde Haar schien selbst im Alter noch seine natürliche Farbe behalten zu haben. Oder die Frauen hatten denselben wirklich guten Friseur, der bei jeder von ihnen die gleiche Tönung verwendete. Aber das glaubte er nicht.

»Wissen wir was über die Beziehung zwischen Leonie Altinga und den Nansens?«, fragte Fenna weiter.

Benno schüttelte den Kopf.

Der andere Kollege, der von dem Verwandtschaftsgrad wusste, meldete sich zu Wort. »Meine Schwester wohnt in derselben Straße wie die Nansens. Von der Cousine weiß sie, dass die Altinga über die Jahrzehnte hinweg immer den Kontakt zu ihr gehalten hat. Sie hat ihr oft geschrieben und ab und zu ein Ticket für 'ne Premierenfeier geschickt. Seit sie wieder in Greetsiel lebt, ist die Altinga relativ häufig bei den Nansens zu Besuch. Teekränzchen oder Abendessen. Das Verhältnis zwischen denen ist wohl ganz passabel.«

Fenna hatte sich aufrecht hingesetzt und sämtliche Antennen ausgefahren, als der Kollege von der Verwandtschaft berichtete. »Und der Sohn«, fragte sie, »dieser Norwin, wie steht der zu seiner Tante?«

Der Polizist zuckte mit den Schultern. »Nix Genaues weiß man nicht. Er ist physisch vorhanden, läuft aber wohl irgendwie nebenher. Keine Ahnung, ob der überhaupt eine Meinung zu seiner berühmten Tante hat.«

»Okay, bei den Nansens laden wir uns mal zum Tee ein.« Fenna holte sich mit ihren Blicken das stumme Einverständnis von Tammo. »Ich gehe davon aus, dass die Cousine und deren Sohn als Erben von Leonie Altinga infrage kommen. Damit dürften sie die Einzigen sein, die von dem Tod der Diva profitieren würden. Oder hab ich was übersehen?«

»Die Wilkens«, warf Tammo ein. Er legte seine Hand neben die von Fenna, deren linker Arm ausgestreckt auf dem Tisch lag. Die Geste entlockte Benno ein demonstrativ spöttisches Schmunzeln wie seit Langem nicht mehr. Der Kommissar zog die Hand wieder zurück. »Da müssten wir mal nachhaken. Wäre bekanntlich nicht das erste Mal, dass ein Hauswirtschafterpaar mit einer Erbschaft rechnen könnte.«

Fenna klopfte mit ihrem Kugelschreiber auf ihren Block. »Du darfst nicht vergessen, dass Leonie Altinga erst seit einem halben Jahr wieder in Greetsiel ist. Die beiden haben doch sicher erst nach Leonies Rückkehr in die Heimat angefangen, für sie zu arbeiten. Das ist kaum die Situation, in der man so ein Ehepaar als Erben einsetzt.«

»Und wenn doch?«, beharrte Tammo. »Schließlich haben die Wilkens ihre Wohnung aufgegeben und sind zu ihr ins Haus gezogen. Wer weiß, mit welchen Versprechen sie sie gelockt hat?«

»Bevor wir hier noch lange herumrätseln«, beschloss Fenna, »befragen wir am besten Frau Altinga selbst dazu. Damit sollten wir die heutige Besprechung beenden. Lasst uns an die Arbeit gehen.«

Während sich die Kollegen von den Plätzen erhoben und Tammo Fennas Nähe suchte, klingelte das Telefon. Wie meistens nahm Benno das Gespräch entgegen. »Ah, Jan!« Gebannt lauschte er eine Weile. »Danke, ich geb's weiter.« Er legte auf und schwieg bedeutungsvoll.

»Nu mach's nicht so spannend«, forderte Fenna ihn auf, zu reden.

»Die Kugeln stammen aus einer Waffe, die in Deutschland nicht registriert ist.«

Tammo stupste seine Schulter gegen die von Fenna. »Also doch ein Mafioso.«

***

Fine Nansen saß am Frühstückstisch, die aufgeschlagene Tageszeitung neben sich. Eingehend studierte sie selbst die kleinsten Meldungen, die in der schmalen Spalte am Rand abgedruckt waren. Sie platzte vor Neugier. Von den Schüssen auf Leonie wurde heute leider noch nichts berichtet. Sie hatte gehofft, der Reporter, der bekanntlich einen guten Draht zur Kripo hatte, hätte nach seinen Gesprächen mit den Beamten schon etwas mehr gewusst als das wenige, das Leonie ihr gestern stockend am Telefon berichtet hatte. Aber der Vorfall hatte sich zu spät am Abend ereignet, um noch einen Platz in der heutigen Zeitung finden zu können.

Fine ließ das Blatt sinken und schnupperte. Ein äußerst unangenehmer Geruch strömte auf einmal ins Zimmer. Der Bauer düngte das Feld gegenüber ihrem Haus. Mit gerümpfter Nase schoss sie von ihrem Stuhl auf und schloss das Fenster geräuschvoll, um ihren Protest gegen diese Belästigung zum Ausdruck zu bringen.

»Du bist doch sonst immer so für die Natur!«, warf Norwin ihr höhnisch zu. Er beobachtete seine Mutter aus dem Augenwinkel, während er auf seinem Tablet-PC herumwischte.

Vor langer Zeit hatte Norwin die gedruckte Morgenzeitung gegen dieses seltsame Gerät eingetauscht, über das er die digitale Ausgabe des Blattes erhielt. Zuerst war Fine darüber glücklich gewesen, weil sie seitdem die Oberhoheit über ihre geliebte Zeitung aus knisterndem Papier innehatte. Doch mit der Zeit hatte sie zur Kenntnis nehmen müssen, dass ihr Sohn sich regelrecht in die digitale Welt verkroch. Er sah nicht einmal mehr auf, wenn sie mit ihm sprach. Es konnte unmöglich die Tageszeitung allein sein, mit der er sich beschäftigte, wenn er über diesem rätselhaften Tableau hing.

»Dieser Jauchegestank verdirbt mir den Appetit«, schimpfte Fine, nachdem sie sich damit abgefunden hatte, dass ihr Sohn ihr auch jetzt keine weitere Aufmerksamkeit schenken würde.

Norwin wischte energisch über das Display und lächelte kühl. »So hysterisch, wie du dich nach Leonies Anruf aufgeführt hast, müsste er dir seit gestern Abend schon gründlich vergangen sein.« Er legte das Tablet aus der Hand, ging in die Garderobe und holte sein Handy aus der Jackentasche.

»Wie hast du es bloß von der ersten Tasse Tee bis jetzt ohne dieses vermaledeite Ding aushalten können?«, rief Fine ihm hinterher.

»Nehmen dich die Schüsse auf Leonie wirklich so mit, oder tust du nur so?«, fragte Norwin. »Oder anders ausgedrückt: Was nimmt dich mehr mit: die Tatsache, dass auf Leonie geschossen wurde, oder die, dass sie nicht getroffen wurde?«

»Norwin!« Fine hatte kein Verständnis für die Gefühlskälte, die ihr Sohn offenbarte, wenn es um Leonie ging. Er hatte seine Tante nie sonderlich geliebt. In gewisser Weise konnte sie verstehen, dass sie ihm fremd geblieben war. Norwin war auf die Welt gekommen, als Leonie bereits im Ausland lebte. Sie begegneten sich nur bei den seltenen Familienbesuchen. Daher hatte er nicht die Möglichkeit gehabt, von Kindesbeinen an eine engere Beziehung zu ihr aufzubauen. Das konnte sie nachvollziehen.

Aber warum diese gehässige, von Grund auf ablehnende Haltung, die er nicht aufzugeben bereit war, obwohl Leonie sich wirklich Mühe gab, über all seine Eigenheiten und die versteckten Feindseligkeiten hinwegzusehen? Lange Zeit hatte sie darauf gehofft, dass Norwin, wenn er erwachsen war, eine gewisse Bewunderung für Leonie entwickeln würde und für das, was sie erreicht hatte. Dass er stolz sein würde auf die Verwandtschaft mit ihr. Und wenn sie ehrlich war: Sie hätte sich gewünscht, dass Norwin sich seine Tante zum Vorbild nahm. Es gab so vieles, das er sich von ihr hätte abgucken können. Die guten Manieren, das weltgewandte Auftreten und vor allem diese Liebe zum Theater und zur Literatur.

Noch viel schöner wäre gewesen, wenn Norwin wenigstens eins der Talente geerbt hätte, mit denen das Schicksal Leonie so reichlich gesegnet hatte. Wie stolz wäre sie gewesen, wenn ihr Sohn Schauspieler geworden wäre oder Schriftsteller oder wenigstens Fernsehmoderator. Was für ein Vermögen hätte er damit verdienen können!

Aber nein, der Junge kam ganz auf seinen Vater hinaus. Der war Teehändler geworden und frühzeitig an einer Leberzirrhose gestorben. Weil er zu viel Tee getrunken hatte. Mit reichlich Rum versetzt.

Norwin hatte den Laden übernommen, ihn aber gleich zum Spirituosenhandel umgebaut. Wenigstens darin war er konsequent und zielstrebig gewesen.

»Was schiebst du denn da immer hin und her?« Misstrauisch beäugte Fine das hektische Wischen auf dem Tablet. Sie verstand nichts von diesen digitalen Aktivitäten. Sie wusste nicht, was für Geschäfte ihr Junge über das Gerät tätigte und was für Kontakte er darüber pflegte. Ihr war das alles nicht geheuer.

Fine klopfte mit dem Teelöffel gegen das Orangensaftglas, um auf sich aufmerksam zu machen. »Du versinkst schon wieder bis über beide Ohren in dieser Welt, die gar nicht wirklich existiert.«

»Beleg doch an der Volkshochschule einen Kurs ›Internet für Senioren‹ und kauf dir auch so ein Teil«, nuschelte Norwin. Er schob die Teetasse zur Seite, zog das Tablet näher zu sich heran und tippte mit zehn Fingern auf dem Display herum wie auf einer Schreibmaschine.

Fines Lippen wurden schmal. »Musst du nicht langsam in den Laden?« Demonstrativ hob sie den Arm und blickte auf die Uhr mit dem schmalen silbernen Band. »Es ist kurz vor zehn. Was werden die Kunden sagen, wenn sie vor verschlossener Tür stehen?«

Norwin machte eine übertrieben erstaunte Fratze und hob die Stimme. »›Oh, der hat noch nicht geöffnet‹, werden sie sagen. ›Da müssen wir wohl später noch mal wiederkommen.‹«

»Oder sie freuen sich über den geöffneten Laden auf der anderen Straßenseite«, stichelte Fine.

Norwin lächelte verschmitzt. »Mach dir keine Sorgen. Nora ist da.«

»Wenn du glaubst, dass eine Aushilfe den Chef ersetzen kann ...«

Norwin schaltete das Tablet aus, lehnte sich zurück und streckte die Beine aus. Seine Augen wurden zu Schlitzen. »Was mich mal interessieren würde«, sagte er bedächtig. »Was würdest du tun, wenn ...?« Er rieb sich übers Kinn und machte eine lange Pause, als müsste er sich genau überlegen, was er jetzt sagen sollte.

Fine zog eine Augenbraue hoch. »Was willst du wissen?«, forderte sie ihn auf, weiterzureden. »Was würde ich tun, wenn was wäre?«

Entschlossen beugte Norwin sich vor und legte die verschränkten Arme auf den Tisch. »Was würdest du tun, wenn Leonie gestern totgegangen wäre?«

»Totgegangen?« Fine verzog das Gesicht und schüttelte sich angewidert. »Was ist denn das für eine Ausdrucksweise!«

»Nun sag schon, Mutti, was würdest du jetzt tun mit all dem Geld, das du von deiner geschätzten Cousine erben würdest?«

»Norwin! Leonie lebt, sie ist nur unwesentlich älter als ich und kerngesund, und solange sie lebt, ist ihr Geld ihr Geld. Ich denke nicht darüber nach, was ich mit einem Vermögen machen würde, das mir nicht gehört.«

»Ach, wirklich nicht? Und warum triffst du dich dann so häufig mit diesem charmanten Anlageberater aus Aurich? In der letzten Woche gleich drei Mal?« Norwin lehnte sich genüsslich zurück.

Fine spürte, wie ihr das Blut in die Füße sank. »Was soll das? Woher weißt du von ...?« Sie biss sich auf die Zunge, bevor ihr der Name des Mannes herausrutschen konnte, mit dem sie sich seit Monaten heimlich traf. Norwin musste zum jetzigen Zeitpunkt wirklich noch nichts von dieser Liaison wissen. »Spionierst du mir etwa hinterher?«, fragte sie spitz.

Norwin klappte die Schutzhülle über sein Tablet und stand auf. Beschwingt ging er in die Diele und schob es in die große lederne Umhängetasche, in der bereits sein Notebook steckte und in deren Seitenfach gleich auch noch das Smartphone verschwinden würde, auf dem er jetzt herumtippte. Fine war sicher, eines Tages würde er eines dieser Geräte heiraten. Aber es gab ja noch diese – wie hieß sie noch? Nora!

Norwin stand mit dem Rücken zu seiner Mutter in der Diele und telefonierte. Er redete so leise und so schnell, dass Fine, die immer noch am Tisch saß, seine Worte nicht verstand.

Wie hatte er von ihren Treffen mit Fritz erfahren? Etwa über eins dieser digitalen Geräte? Hatte er in ihrer Handtasche oder sonst wo eine winzige Kamera installiert, die ihm ihren Tagesablauf auf den Bildschirm übertrug? Unwillkürlich griff sie sich hinters Ohr, als vermutete sie dort eine heimlich implementierte Wanze.

Während sie Norwin, der ganz in sein Telefonat vertieft war, skeptisch beobachtete, dachte sie an Fritz. Den gut aussehenden galanten Mann mit den blitzgescheiten Augen, die so messerscharf dreinblicken konnten, hatte sie Anfang des Jahres bei einer Theateraufführung in Aurich kennengelernt. In der Pause, als sie sich einen Sekt spendieren wollte, stand er auf einmal neben ihr. Sie hatte das Gefühl, er hatte sich regelrecht mit spitzen Ellenbogen durch den Pulk, der sich vor dem Sektstand angesammelt hatte, durchgekämpft, um an ihrer Seite zu landen.

›Darf ich Sie einladen?‹, hatte er gefragt, und sie hatte seinem Lächeln beim besten Willen nicht widerstehen können. Es war nicht die erste Einladung dieser Art seit dem Tod ihres Mannes, aber es war die erste, der sie gefolgt war. Und wie lange war Tönne schon tot!

Nach dem Stück hatten sie die Telefonnummern ausgetauscht. Eine Woche darauf hatten sie sich in einem Café am Großen Meer getroffen, und seitdem verabredeten sie sich immer wieder zum Spaziergang oder auf einen Tee, jedes Mal zu Zeiten, zu denen sie Norwin im Laden wusste.

Bisher war es eine rein platonische Liebschaft gewesen, aber sie spürten es wohl beide: Langsam wurde mehr daraus. Vorletzte Woche hatte Fritz sich getraut, ihr beim Abschied einen Kuss auf die Wange zu drücken. Seitdem kamen seine Lippen den ihren jedes Mal um ein, zwei Millimeter näher als beim vorherigen Abschied. Letztens hatte er sich sogar getraut, von einem gemeinsamen Urlaub zu fantasieren. Nicht mehr lange ...

Fritz hatte als selbstständiger Anlageberater viel Geld verdient. Seit mittlerweile zehn Jahren war er Rentner, doch noch immer war er sporadisch für Kunden tätig, um nicht ganz aus der Übung zu kommen, wie er sagte. Natürlich hatte er auch ihr angeboten, ihre Geldanlage aufzuhübschen. ›Damit musst du warten, bis ich geerbt habe‹, hatte sie scherzhaft geantwortet, ›vorher lohnt es sich nicht.‹ Und dann hatte er ihr eine Frage gestellt, die so ähnlich klang wie die, die Norwin ihr gerade vor die Füße geworfen hatte: ›Angenommen, du würdest eine große Erbschaft machen, wie würdest du das Geld anlegen?‹ Fritz wusste allerdings nicht, dass es tatsächlich jemanden gab, den sie im Falle eines Falles beerben würde. Ihre Verwandtschaft mit Leonie hatte sie ihm bis heute verschwiegen.

Norwin kehrte noch einmal ins Esszimmer zurück. »Mit wem hast du gesprochen?«, fragte sie ihn geradeheraus.

Norwin setzte sich wieder ihr gegenüber an den Tisch und schenkte sich noch einen Tee ein. Beide Ellenbogen aufgestützt, führte er die Tasse zum Mund und schlürfte ein paar Schlucke. »Du und dein Anlageberater, was besprecht ihr denn so, wenn ihr euch trefft?«, fragte er über den Tassenrand hinweg.

Dann nahm er wieder diese überhebliche Haltung an, lehnte sich zurück, streckte die Beine aus und verschränkte die Hände hinter dem Kopf. »Soll ich dir verraten, was ich tun würde, wenn ich meinen Anteil an Tante Leonies Vermögen auf dem Konto hätte?«

Fine schüttelte den Kopf. Nein, das sollte er nicht.

Er tat es trotzdem.

»Ich würde ein Imperium gründen. Ich würde einen richtig schicken Online-Handel aufmachen. Für Spirituosen und alles, was zu einem guten Tropfen dazugehört.« Er grinste breit. »Ich würde den besten Webdesigner engagieren, den ich bekommen könnte. Den mit den spritzigsten, geschmackvollsten Ideen. Von dem würde ich mir einen

Internetauftritt basteln lassen, wie man ihn in meiner Branche noch nicht gesehen hat. Die Website würde ich in viele Sprachen übersetzen lassen, damit Kunden aus aller Welt bei mir bestellen können.«

Fine lauschte ihrem Sohn sprachlos. Er hatte schon als kleiner Junge Rosinen im Kopf gehabt. Aber was er ihr jetzt präsentierte, waren so konkrete Pläne, dass sie erschrak. Er konnte sich nicht erst seit heute Morgen damit beschäftigt haben. Widersprüchliche Bilder purzelten durch ihren Schädel. Auf der einen Seite stand Norwin Nansen, ihr eigen Fleisch und Blut. Auf der anderen Seite stand ein krimineller Kerl mit einer Schusswaffe in der Hand. Beide hatten das gleiche Gesicht.

Fine gefror das Blut in den Adern.

»Und dann würde ich massiv in die Logistik investieren«, spann Norwin seine Träume weiter. »Ich würde ein großes klimatisiertes Lager errichten lassen, von dem aus ich schnell und günstig in alle Richtungen liefern kann. Dazu gehört natürlich ...«

Fine verharrte regungslos auf ihrem Stuhl. Norwins weitere Ausführungen rauschten an ihr vorbei.

Norwin strahlte. »Das alles kostet natürlich eine Kleinigkeit.« Mit einem zufriedenen Kopfnicken schloss er seinen Vortrag und stand auf. »Ich denke, du hast recht: Es ist Zeit, in den Laden zu gehen. Die Kunden warten sicher schon auf mich.« Auf dem Weg zur Haustür nahm er seine lederne Tasche vom Boden auf und hängte sie über die Schulter. Dabei drehte er sich noch einmal halb zu Fine um, die aufgestanden und ihm gefolgt war. Er legte ihr eine Hand auf den Arm. »Soll ich dir verraten, was ich tun würde, wenn ich auch deinen Anteil erben würde?«

Fine erschrak.

»Nein«, sagte er. »Du willst es lieber nicht hören.« Er öffnete die Tür, stieg die vier Treppenstufen zur Straße hinab und blinzelte in die Sonne. »Heute nehme ich den Wagen. Ich mach noch einen Schlenker zum Großhändler«, rief er. »Hab einen schönen Tag!« Er winkte Fine vom Garagentor aus zu wie ein Erstklässler seiner besorgten Mutti.

Fine wartete, bis sie den Audi um die Straßenecke verschwinden sah. Dann schloss sie die Tür und lehnte sich dagegen. Kalter Schweiß lief ihr den Rücken hinab. Was war nur aus ihrem Jungen geworden?

Zurück im Esszimmer, dachte sie nach.

Sollte sie Leonie anrufen? Musste sie ihre Cousine warnen? Unsinn, sagte ihre innere Stimme. Du steigerst dich in etwas hinein. In eine völlig irrige Gedankenspielerei. Es gibt nichts, keinen einzigen Beweis dafür, dass Norwin der Schütze war. Er hat doch gar keine Waffe, er hat niemals schießen gelernt. Und er war schon immer ein bisschen seltsam. Wie sein Vater. Mit dem, was er ihr gerade vorgesponnen hatte, wollte er sich wichtigtun, ihr einen Schrecken einjagen. Zwei Stunden weiter, und sie würde über die abstruse Vorstellung, die Norwin gerade gegeben hatte, lachen. Wie konnte sie nur ihren eigenen Sohn einer solchen Tat verdächtigen!

Ob sie mit Fritz darüber reden sollte, um sich ihre albernen Sorgen von der Seele zu reden? Auch keine gute Idee. Der Mann kannte ihren Sohn nicht. Er würde die Schilderung dieses unseligen Gesprächs womöglich völlig falsch einschätzen. Aber trösten, das könnte er sie vielleicht. Sie wollte warten, bis sie sich wieder gefangen hatte. Wenn sie wieder ruhig atmen konnte und ihre Stimme unbeschwerter klang, würde sie ihn anrufen. Oder auch nicht.

Sie begann, den Tisch abzuräumen. Ihre Hände zitterten. Sie musste vorsichtig mit dem Geschirr umgehen. Nicht, dass eins der alten Familienstücke hinfiel und zerbrach. Während sie die Teller zusammenstellte, dachte sie an Leonie. Ihre Cousine hatte es gut. Sie hatte eine treue Hilfe im Haushalt und den alten Thilo fürs Handwerkliche. Einen Mann im Haus zu haben, der zupacken konnte, wäre nicht schlecht. Fritz war so einer. So elegant seine Erscheinung war, so patent und lebenstüchtig war er. Er hatte für alles eine Lösung.

Woher wusste Norwin, dass sie sich mit Fritz traf?

Fines Gedankenkarussell drehte sich den ganzen Vormittag lang. Erst das Läuten der Türglocke brachte es zum Stoppen.

4. Kapitel

Der erste Weg nach der Teambesprechung führte die Ermittler zu Leonie Altinga, bei der sie sich telefonisch angekündigt hatten. Neske Wilken bat sie herein und führte sie ins Wohnzimmer.

In ein buntes, bodenlanges Gewand gehüllt, thronte Leonie auf ihrem Ostfriesensofa. »Bitte«, sagte sie mit einem angedeuteten Lächeln und zeigte majestätisch auf die umstehenden Sessel. Mit dem gleichen gebieterischen Ausdruck wandte sie sich zu der Hauswirtschafterin um, die auf einen Hinweis wartete, was sie servieren solle. »Tee und Gebäck, bitte.«

»Sehr freundlich, Frau Altinga«, sagte Fenna, »aber machen Sie sich bitte keine Umstände. Wir wollen Sie gar nicht lange aufhalten. Zuallererst wollten wir uns nach Ihrem Befinden erkundigen.«

»Das ist mal so, mal so, wie Sie sich denken können«, sagte Leonie. »Einerseits bin ich froh, mit dem Leben davongekommen zu sein. Andererseits grüble ich, wer es denn wohl auf mich abgesehen hat.«

»Das wäre unsere nächste Frage gewesen«, erklärte Fenna. »Wir hatten gehofft, über Nacht wäre Ihnen vielleicht eine Person eingefallen, die noch eine Rechnung mit Ihnen offen hat.«

Leonie schlug die Hände über dem Kopf zusammen. »Wenn es danach ginge ...«

»Darf ich mal?«, fragte Fenna und zeigte auf die Wand zu ihrer Rechten, die über und über mit Fotografien bedeckt war.

»Selbstverständlich. Schauen Sie sich die Bilder nur in aller Ruhe an.«

Auf jeder der Aufnahmen war Leonie Altinga zu sehen. Auf der Bühne in großer schauspielerischer Geste. In der Garderobe. Nach einer Aufführung vor ihren Bewunderern am Bühnenrand hockend. In Hotelfoyers mit riesigen Blumensträußen im Arm. Auf Feiern im Kreis nicht minder berühmter Kollegen. Dann ein Wechsel der Kulisse: Leonie vor einem Stapel Bücher beim Signieren in einer Buchhandlung, auf dem Podium während einer Lesung oder im Gespräch mit dem Regisseur während der Verfilmung eines ihrer Liebesromane.

Leonie selbst oder ein Helfer hatte sich die Mühe gemacht, die Fotos chronologisch zu gruppieren. Ganz links war Leonie in jungen Jahren zu sehen, zu Beginn ihrer Karriere. Je weiter Fenna sich nach rechts begab, desto älter war die abgelichtete Leonie Altinga und desto größer waren die Blumensträuße, die ihr überreicht wurden.

Leonie stellte sich neben Fenna. »Wenn es danach ginge, wer noch eine Rechnung mit mir offen hat«, sagte sie, »sehen Sie sich mal die

Riege der Schauspielerinnen an, die zu meiner Zeit nach oben wollten.«

Fenna verstand nicht, worauf Leonie hinauswollte. »Was ist mit denen?«

»Alles Frauen, mit denen ich in bitterer Konkurrenz gestanden habe. Jede von ihnen wollte eine der Rollen haben, die letztlich an mich vergeben wurden. Was meinen Sie, wie es zugeht in diesem Geschäft?«

Tammo gesellte sich zu den beiden Frauen. Auch er betrachtete die Fotos. Fenna sah ihm an, dass er der ehemaligen Schauspielerin bei Weitem nicht so viel Anerkennung entgegenbrachte wie sie selbst. Sie wusste, wie viel Mühe es ihn kostete, einen Anflug von Bewunderung auf sein Gesicht zu zaubern, um der Gastgeberin gegenüber nicht zu kühl und unbeeindruckt aufzutreten. »Man liest ja immer wieder davon, wie schwierig es ist, in Ihrer Branche Karriere zu machen«, versuchte er, Respekt zu bekunden. »Dabei kann ich mir gar nicht vorstellen, dass ausgerechnet Sie mit harten Bandagen gekämpft haben sollen.«

Leonie lachte. »So hart waren die auch gar nicht. Ich habe viel Glück gehabt. Aber genau das ruft die Neider auf den Plan.«

»Was meinen Sie«, kam Tammo nun zur Sache, »müssen wir unter all Ihren ehemaligen Konkurrentinnen nach derjenigen suchen, die Ihnen nicht verziehen hat, dass Sie ihr eine große Rolle vor der Nase weggeschnappt haben?«

»Das will ich nicht hoffen«, erwiderte Leonie mit gespielt bekümmerter Miene. »Damit wären Sie nämlich den Rest Ihres Berufslebens beschäftigt.« Sie ging zu ihrem Platz auf dem Sofa zurück. »Und glauben Sie nicht, dass Sie die Täterin finden würden. Sie wäre eine so gute Schauspielerin, selbst wenn Sie die Waffe bei ihr finden würden, würde sie Sie und Ihre Kollegin restlos davon überzeugen, dass sie mir eher einen Heiratsantrag machen als mir den Tod wünschen würde«, sagte sie mit unüberhörbarer Ironie in der Stimme.

»Sie machen uns richtig Mut«, flachste Fenna. Ihre Blicke streiften die Bilder noch einmal. Dann kehrte sie, gefolgt von Tammo, zu Leonie an den Couchtisch zurück.

Neske hatte Tee und Kekse serviert, während sie die Fotos betrachtet hatten. Beim Anblick des Gebäcks bekam Fenna Appetit.

»Bitte, greifen Sie zu«, sagte Leonie.

Fenna kam der Aufforderung nach. So hatte sie Gelegenheit, die Frage hinauszuzögern, die sie als Nächstes würde stellen müssen, nämlich die nach einem möglichen Täter im engsten Umfeld des

Beinaheopfers. Sie befürchtete, dass Leonie nicht sehr verständnisvoll darauf reagieren würde.

Tammo, den die Kekse nicht reizen konnten, erbarmte sich und übernahm den Part. »Bevor wir uns auf Ihre Kolleginnen stürzen ...«, fing er an und blickte verlegen lächelnd zu Leonie hinüber. »Sie wissen vermutlich, dass Anschläge, insbesondere solche auf Frauen, meist Beziehungstaten sind.«

Leonie wehrte die Frage mit erhobenen Händen ab. »Ich habe seit Jahren keine Beziehung mehr.«

Tammo suchte nach Worten der Erklärung.

Nun erlöste Fenna ihn. »Sie dürfen den Begriff der Beziehung bitte nicht zu eng fassen, Frau Altinga. Wir meinen damit nicht unbedingt eine Liebesbeziehung.«

»Ah, verstehe, eine Beziehung im weiteren Sinne. Aber wer käme denn da infrage?«

»Zum Beispiel eine Freundschaft, die zerbrochen ist. Ein Bekannter, der sich von Ihnen besonders brüskiert oder zurückgewiesen fühlt.«

Leonie wies diesen Gedanken heftig von sich. »Freundschaften, ob mit Männern oder Frauen, hatte ich im Laufe meines Lebens zahlreiche. Aber keine war so eng, dass ich jemanden besonders hätte enttäuschen können.« Sie trank von ihrem Tee und stierte vor sich hin. »Außerdem dürfen Sie nicht vergessen«, meinte sie dann mit einer gewissen Wehmut im Blick, »dass viele von denen, die mir im Leben über den Weg gelaufen sind, nicht mehr unter uns weilen.«

»Nun machen Sie aber mal 'nen Punkt, Frau Altinga«, protestierte Tammo scherzhaft. »Sie sind doch immer noch eine Frau in den besten Jahren. So früh werden Ihre Freunde und Kollegen doch nicht das Zeitliche gesegnet haben!«

Leonie lächelte geschmeichelt. »Manch einer hat sich totgesoffen, weil er mit dem Ruhm nicht klarkam«, erklärte sie den Ermittlern. »Oder auch, weil er nicht damit zurechtkam, dass er wieder verblasste. Andere konnten sich mit dem Altwerden nicht arrangieren und haben ihrem Leben selbst ein Ende gesetzt. Sie wissen ja: Selbstmord aus Angst vor dem Tod.« Sie lachte gezwungen. »Und dann kommt hinzu, dass wir Schauspieler wesentlich intensiver leben, als Sie sich das überhaupt vorstellen können. Bei vielen von uns zählt jedes Jahr doppelt, denn wir leben ja ständig zwei Leben: unser eigenes und das der Figur, die wir gerade auf der Bühne oder vor der Kamera verkörpern. So gesehen bin ich hundertfünfzig. Und das nennen Sie nicht alt?«

»Donnerwetter«, staunte Tammo. »Da haben Sie ja sogar Johannes Heesters weit übertroffen!«

Was für eine Charmeoffensive Tammo da hingelegt hatte! Ab sofort würden sie Leonie Altinga wohl zu jeder Unzeit aufsuchen können. Das könnte die Recherchen vereinfachen – wenn sie denn endlich einen Aufhänger finden würden, um richtig loslegen zu können. Bisher hatten sie keinen einzigen Anhaltspunkt, der sie dem Täter näher bringen könnte.

»Dass ich heute immer noch so fit bin«, schob Leonie nach, »liegt sicher auch daran, dass ich in einem nicht allzu fortgeschrittenen Alter mit der Schauspielerei aufgehört und ins Autorendasein gewechselt habe.«

»Glücklicherweise!«, meldete Fenna sich wieder zu Wort. »Ich habe einige Ihrer Krimis gelesen und bin ganz begeistert.«

»Danke«, hauchte Leonie und verneigte sich. Sie schien von den Worten der Kommissarin ehrlich berührt zu sein.

Tammo holte die beiden Frauen aus der Welt der Kunst in die Nüchternheit zurück. »Lassen Sie uns bitte noch mal zur Sache kommen«, warf er ein. »Frau Altinga, wer gehört konkret zu Ihrem persönlichen Umkreis, speziell hier in Greetsiel?«

Leonies Gesicht wurde schlagartig ernst. »Also, wenn Sie glauben, dass ich jetzt Verdächtigungen gegen die Menschen in meiner engsten Umgebung aussprechen werde ...«

Fettnapf! Fenna suchte nach einer Erklärung, die Tammo aus dem Topf herausziehen würde. »Bitte missverstehen Sie uns nicht. Es geht nicht darum, einen Verdächtigen aus Ihrem Umkreis herauszupicken. Wir müssen lediglich eine Bestandsaufnahme der Menschen machen, die sich um Sie herum bewegen. Daraus kann sich ein Netz von Beziehungen zu weiteren Personen ergeben. Vielleicht entdecken wir darin jemanden, von dem Sie selbst gar nichts wissen, der aber über eine Ihnen nahestehende Person indirekt Kontakt zu Ihnen hat.«

»Ah, verstehe«, meinte Leonie. »Sie meinen so etwas wie meine Cousine, deren beste Freundin, davon die Nachbarin, deren Chauffeur.«

Fenna lachte. »So ungefähr, ja.«

Tammo rutschte auf die Kante seines Sessels vor. »Und trotzdem ...« Er wand sich und setzte erneut an. »Trotzdem muss ich Ihnen eine Frage stellen, die mir furchtbar unangenehm ist.«

Leonie blickte ihn skeptisch an. »Ja?«

»Wer würde Sie im Falle Ihres Todes beerben?«, fragte Tammo unumwunden.

Leonie ließ die Hand mit dem Keks sinken, den sie gerade zum Mund hatte führen wollen. »Sie sind mir aber wirklich einer.« Ihre stattliche Brust hob und senkte sich, bis sie sich zu einer Antwort durchrang.

»Sie können es sich sicher denken: meine Cousine und mein Neffe. Meine einzigen noch lebenden Verwandten.« Leonie erhob sich, ging zur Terrassentür und biss in den Keks. Feine Krümel rieselten zu Boden.

»Frau Altinga«, ermahnte Tammo sie, »auch wenn ich jetzt keine direkte Gefahr wittere, ich an Ihrer Stelle würde mich nicht so ganz dicht an die Tür stellen.«

Leonie ging zum Sofa zurück, den Blick auf den Boden gerichtet. Sie platschte auf den Sitz. »Sie brauchen nicht mal Ihre zehn Finger, um sich auszurechnen, dass meine Cousine sich keine großen Illusionen über eine Erbschaft macht, zu der sie auf natürlichem Weg gelangen könnte. Wir sind fast gleich alt. Wer von uns zweien länger durchhält, sei dahingestellt. Sie werden es ja erleben.«

»Aber Frau Altinga!«, rief Fenna aus.

Die mortalen Gedanken schienen Leonies Appetit nicht zu zügeln. Erneut wählte sie einen Keks aus der Schale und vernaschte ihn, bevor sie fortfuhr. »Mein Neffe, Norwin Nansen, wird derjenige sein, der am Ende am lautesten lacht. Fragen Sie mich bitte nicht, ob er das verdient hat. Mein Verhältnis zu ihm ist nicht das herzlichste. Doch er wird nun mal der Letzte sein, der von unserer Familie übrig bleibt. Aber ...«, sie hob den Zeigefinger. »Meine Cousine und nur sie hat eine notariell beglaubigte Vorsorgevollmacht. Die Entscheidungsgewalt über mich würde ich meinem Neffen im Ernstfall niemals überlassen. Niemals!«

»Danke für die ehrliche Auskunft, Frau Altinga«, sagte Fenna, tief beeindruckt von der Offenheit und der nüchternen Denkweise der Diva. »Eine letzte Frage noch.« Die Kommissarin blickte um sich, um sicherzustellen, dass Neske Wilkens nicht gerade in diesem Moment den Raum betrat. Dann fragte sie mit gedämpfter Stimme. »Wie steht es denn mit Ihrem Hauswirtschafterpaar?«

»Mit den Wilkens?«, fragte Leonie ein wenig amüsiert. »Die werden mir kein Arsen in den Kaffee kippen. Finanziell stehen die beiden nicht wirklich auf der Sonnenseite des Lebens. Bei mir haben sie freie Kost und Logis. So schön wie hier haben sie noch nie gewohnt. Sie bekommen ein stattliches Taschengeld, mit dem sie ihre Rente aufbessern, und sie arbeiten sich bei mir ja nicht tot.«

»Woher kennen Sie die beiden?«, fragte Tammo. »Ich meine, es gehört schon eine Portion Vertrauen dazu, mit wildfremden Menschen unter einem Dach zu leben.«

»Beziehungen«, sagte Leonie und biss erneut in einen Keks.

Bei Fenna und Tammo gingen die Alarmglocken an. Hatten sie Leonie nicht gerade erst erklärt, wie das mit Beziehungen im weitesten Sinn war? Wie es sich mit dem Spinnennetz verhielt, in dem die Fäden von einer vertrauten Person aus dem engsten Kreis zu dem großen Unbekannten im weiteren Umfeld gesponnen wurden, der sich im Nachhinein als fataler Kontakt erwies?

***

Gleich nach dem Gespräch mit Leonie begaben die Ermittler sich zum Haus von Fine und Norwin Nansen. Sie standen auf der obersten Stufe der schmalen steinernen Treppe mit dem gusseisernen Geländer, gespannt, ob sich hinter der schmucken Haustür etwas regen würde. Als sie vorgefahren waren, hatte jemand in dem Zimmer, das zum Vorgarten hinausging, ein Fenster schräg gestellt. Fenna hatte gemeint, durch die Glasscheibe, in der sich der Himmel und das gegenüberliegende Feld spiegelten, die schmale Silhouette einer Frau erkannt zu haben, in der sie die Hausbesitzerin vermutete.

Warum öffnete niemand? Das Haus war doch definitiv nicht verwaist!

Tammo legte seinen Finger erneut auf den messingfarbenen Klingelknopf, diesmal etwas länger. »Frau Nansen?«, rief er. »Meine Kollegin und ich sind von der Kripo. Bitte machen Sie uns auf. Wir haben ein paar Fragen an Sie.«

Unsicher, ob die Frau ihn durch die Tür reden hören konnte oder ob sie womöglich hinter der Gardine stand und hinauslugte, trat er ein paar Schritte zurück und hielt seinen Ausweis hoch.

»Lass den Quatsch«, raunzte Fenna ihn an. »Glaubst du etwa, damit gewinnst du Frau Nansens Vertrauen? Wie soll sie auf zehn Meter Entfernung erkennen können, dass das ein Dienstausweis der Kripo Greetsiel ist? Wenn du so da stehst, denkt sie doch, es kommt einer daher, der ihr einen neuen Telefonvertrag andrehen will. Oder ein Abo für ›Das goldene Blatt‹.«

»Ist ja schon gut«, beschwichtigte Tammo sie. »Was regst du dich so auf? Hab ich zu laut geschnarcht letzte Nacht?«

Er steckte den Ausweis wieder ein. Als er die Hand zum dritten Mal an die Klingel legen wollte, wurde die Tür ein Stückchen aufgezogen. Im Türspalt erschien das blasse Gesicht einer älteren Dame, die das hellblonde Haar streng nach hinten gekämmt und zu einem Knoten zusammengefasst hatte. Tammo war sicher, in der Frau die Dame zu erkennen, die ihm vor langer Zeit auf dem Dorffest als Fine Nansen vorgestellt worden war.

»Fine Nansen?«, fragte er trotzdem höflichkeitshalber.

Die Frau zog die Stirn in Falten. Sie schien zu überlegen, ob ihr dieses Paar, das ihr einen Überraschungsbesuch abstattete, schon einmal begegnet war.

»Wir gehören zum Team der Kripo Greetsiel. Hauptkommissare Fenna Stern und Tammo Anders«, stellte Fenna sich und ihren Kollegen vor. Sie lächelte die Frau verbindlich an und streckte ihr ihren Ausweis entgegen. »Wir kommen wegen Ihrer Cousine, Leonie Altinga. Dürfen wir Sie einen Moment sprechen?«

Fine guckte die Ermittler erschrocken an. »Ist schon wieder was passiert?«

»Was meinen Sie mit ›schon wieder‹?«, fragte Fenna vorsichtig.

»Na ja, nach den Schüssen gestern Abend ...« Fines Hand umklammerte die Kante der Tür.

»Nein«, beruhigte Fenna sie. »Seitdem ist zum Glück nichts mehr passiert.«

»Zu der Sache von gestern Abend kann ich gar nichts sagen.« Fine schob die Tür einen Zentimeter zu. Tammo drückte vorsichtshalber mit einer Hand dagegen.

»Sie werden doch sicher dazu beitragen wollen, dass wir den Anschlag auf Ihre Cousine so bald wie möglich aufklären«, versuchte Fenna, die etwas sperrige Dame zum Einlenken zu bewegen. Dass sie mit Fine Nansen reden mussten, stand außer Frage. Das Gespräch mit ihr würde jedoch deutlich einfacher verlaufen, wenn es gelänge, ihr das Gefühl zu geben, dass es ihre eigene Entscheidung war, die Kommissare auf ein Tässchen Tee hereinzubitten.

»Natürlich will ich das.« Fine wirkte unentschlossen. Der Türspalt blieb unverändert schmal.

»Na, sehen Sie. Wir sind auf jeden kleinsten Hinweis angewiesen. Kann gut sein, dass ausgerechnet Sie uns den entscheidenden Tipp geben können, auch wenn Sie im Moment überzeugt sind, nichts zur Lösung des Falles beitragen zu können.«

»Na, wenn Sie meinen.« Der Türspalt wurde etwas breiter.

»Wir möchten Ihre Zeit auch nicht lange beanspruchen, zehn Minuten vielleicht. Wenn Ihnen etwas am Leben Ihrer Cousine liegt ...« Fenna legte den Hundeblick auf, den sie Buddy abgeguckt hatte.

Nun ging die Tür weit auf. Fine Nansen machte eine einladende Geste. »Darf's ein Tässchen Tee sein?«

Na also. »Gerne«, sagte Fenna.

Fine ging voran ins Wohnzimmer und bedeutete den Ermittlern mit einem Fingerzeig, sich an den Esstisch zu setzen. »Tee kommt sofort.« Sie verschwand in der Küche.

Im Raum roch es nach frischer Luft, mit einer Spur von Jauche durchsetzt. Das Zimmer war gutbürgerlich eingerichtet, doch die Möbel, die in der Anschaffung teuer gewesen sein mochten, wirkten alt und verwohnt, ganz anders als im Haus von Leonie Altinga. Der

Teppich, der sicherlich wertvoll gewesen war, war an den Rändern abgeschabt und ausgefranst. Keine Frage, entweder fehlte es Fine Nansen an Geld, die Einrichtung zu erneuern, oder aber sie legte keinen Wert darauf. Letzteres widersprach ihrer gepflegten Erscheinung und dem kultivierten Auftreten.

Fine kam mit einer großen Kanne zurück ins Esszimmer. Sie ließ die Ermittler nicht aus den Augen, als sie Tassen aus dem Schrank holte und den Tee einschenkte. Mit langsamen Bewegungen hob sie das Stövchen von der Anrichte auf den Tisch und zündete das Teelicht an. Während sie das Streichholz ausblies, schien sie zu überlegen, was sie noch tun könnte, um den Beginn des Gesprächs hinauszuzögern.

»Bitte setzen Sie sich doch«, sagte Fenna, als wäre sie hier zu Hause.

Fine gehorchte. »Ja, dann ...«, sagte sie und zerbrach das Streichholz vor lauter Nervosität. Hektisch griff sie nach einer Serviette, die wohl vom Frühstück auf dem Tisch liegen geblieben war, und wischte sich die Finger ab, die das abgebrannte Ende des Zündstäbchens schwarz gefärbt hatte. Sie war sichtlich bestrebt, den Blickkontakt zu den Ermittlern zu vermeiden.

»Frau Nansen«, begann Fenna, »Sie haben all die vielen Jahre, die Leonie Altinga im Ausland gelebt hat, in Greetsiel verbracht. Haben Sie in der Zeit den Eindruck gehabt, dass hier im Ort jemand lebt, dem Ihre Cousine so wehgetan hat, dass er ihr das nicht vergeben konnte?«

Fine gab sich erstaunt über die Frage. Während sie nach einer Antwort suchte, begann sie, mit dem Zeigefinger über die Bügelfalten der Tischdecke zu fahren. Dann erhellte ein Geistesblitz ihr Gesicht. »So jemand würde kaum zu mir kommen und sagen: ›Wenn die Leonie mal wieder zurückkommt nach Greetsiel, dann knall ich sie ab.‹«

Die Dame war gewiefter, als Fenna es ihr zugetraut hätte. »Man müsste schon ziemlich dämlich sein, um solch ein Vorhaben zu äußern«, gab die Kommissarin zu. »Wir fahnden natürlich nach einer Person, die den Gedanken gehegt haben könnte, ohne ihn laut auszusprechen.«

Das Telefon klingelte. Das Geräusch kam aus einem anderen Raum, vermutlich aus dem Zimmer nebenan. Fine entschuldigte sich und überließ die Ermittler sich selbst. Tammo und Fenna hörten, wie sie sich am Apparat meldete. Sie sprach halblaut, kündigte etwas deutlicher hörbar einen Rückruf in spätestens einer halben Stunde an, legte wieder auf und kehrte ins Esszimmer zurück.

»Nein«, sagte sie entschieden, als hätte es keine Unterbrechung der Befragung gegeben. »Ich kenne niemanden, der Leonie so böse sein könnte. Wer sollte denn das auch sein?« Sie zog den Kopf zwischen die Schultern, als machte ihr etwas Angst. Wieder widmete sie ihre ganze Aufmerksamkeit den Bügelfalten auf der Tischdecke.

Fenna fokussierte das Gesicht der Frau, die vor ihr saß wie eine verängstigte Schildkröte. War ihr der Name eines möglichen Verdächtigen eingefallen – einer Person, die sie decken wollte?

»Sie beerben Frau Altinga im Falle ihres Ablebens.« Tammos Zuruf kam völlig unvorbereitet und traf Fine sichtlich bis ins Mark. Augenblicklich ließ sie die Bügelfalten Bügelfalten sein, und ihre hellblauen Augen verdunkelten sich. »Na, hören Sie mal! Sie reden ja daher wie mein ...« Sie schluckte das Ende des Satzes hinunter.

Tammo drehte sich auf seinem Stuhl zur Seite und ließ einen Arm über die Rückenlehne baumeln. »Ich rede daher wie wer?«

Fines Stimme wurde weinerlich. »Was trauen Sie mir eigentlich zu? Ich werde mich über Sie beschweren! Ich nehme mir einen Anwalt.«

»Mein Kollege hat sich vielleicht ein wenig zu forsch ausgedrückt«, schob Fenna die Schuld für die blitzartig vergiftete Atmosphäre auf Tammo. »Aber er wollte Sie ganz sicher nicht verdächtigen. Er ist nur bemüht, die Fakten zu klären. Bitte fassen Sie die Frage nach dem Erbe nicht als eine Art Schuldzuweisung auf.«

»Wie soll ich das denn sonst verstehen?«, jammerte Fine.

»Wer außer Ihnen würde noch vom Tod Ihrer Cousine profitieren?«, fragte Tammo, nun in deutlich weicherem Tonfall. »Das wären doch Sie und Ihr Sohn, wenn ich richtig informiert bin?«

Fine nickte. In die eine Hand stützte sie ihr Kinn, die andere befasste sich wieder mit den Bügelfalten. »Das haben wir nun davon, der Norwin und ich, dass wir die Einzigen sind, die von der Familie übrig geblieben sind.«

Fenna spürte, dass Fine Nansen den Tränen nah war. Unter dem Tisch trat sie Tammo mit dem Absatz vors Schienbein. Er würde schon verstehen, was sie ihm damit sagen wollte.

Auf der Anrichte an der gegenüberliegenden Wand stapelten sich Computerzeitschriften. Sicher nicht die bevorzugte Tischlektüre von Fine Nansen. Daneben lag ein elegantes Feuerzeug. Fine benutzte Streichhölzer, wie sie vorhin beim Anzünden des Teelichts unter Beweis gestellt hatte.

»Sie leben allein in diesem Haus?«, tastete Fenna sich vor. »Abgesehen von Ihrem Sohn natürlich.«

Fine nahm Haltung an und bog die Schultern zurück. »Seit dem Tod meines Mannes habe ich keine neue Beziehung aufgenommen«, sagte sie. Sie fixierte Fenna mit einem Blick, der so eisern war, dass die Profilerin davon ausgehen musste, dass diese Aussage eine Lüge war.

»Ihr Sohn ist nicht im Haus?«, fragte Tammo.

»Mein Sohn hat mit der Sache nichts zu tun«, entgegnete Fine. Wieder dieser harte Blick. Sie machte den Hals lang und prüfte, wie viel Tee die Ermittler noch in ihren Tassen hatten. »Noch ein Tässchen?«, fragte sie im Ton eines Gastgebers, der mit dieser Frage die Hoffnung verband, dass die Gäste antworteten: ›Nein, danke. Wir müssten dann auch mal wieder ...‹

»Danke, nein«, antwortete Fenna. »Wir möchten Ihre kostbare Zeit nicht länger in Anspruch nehmen.« Sie erhob sich und reichte Fine die Hand. »Vielen Dank für Ihre Auskünfte.«

»Gerne«, antwortete Fine ungerührt.

»Wenn noch was anliegt«, sagte Tammo, als er ihre Hand schüttelte, »kommen wir wieder auf Sie zu. Wir sehen uns!«

Die Tür fiel lautstark zu, noch während die Ermittler auf der obersten Stufe standen. Sie hörten, wie der Schlüssel in dem schwergängigen Schloss zweimal umgedreht wurde.

»Wie ist dein Eindruck von ihr?«, fragte Fenna, als sie sich ein Stück weit vom Haus entfernt hatten.

Tammo wiegte den Kopf hin und her. »Sie hat sich zu brav und unschuldig gegeben. So ganz unwissend ist sie nicht, wetten?«

Fenna drehte sich nach dem Haus der Nansens um. Sie glaubte, zu erkennen, dass die Gardine des Küchenfensters sich ein wenig bewegte. »Sperrig ist sie und nicht sehr kooperativ, da geb ich dir recht. Verdächtig ist sie in meinen Augen nicht, aber sie hält etwas unter Verschluss. Ich frag mich, ob ihr klar ist, was sie tut und warum sie so handelt.«

»Und was für Folgen daraus entstehen können«, fügte Tammo instinktiv hinzu. »Meinst du, ihr Sohn steckt mit drin?«

Fenna hob die Schultern. »Er steht ganz oben auf der Liste derjenigen, die ich mir ansehen möchte.«

5. Kapitel

Norwin Nansen installierte das Handy in der Freisprechanlage seines Wagens und wählte die Telefonnummer seines Ladens.

»Spirituosen Nansen, Sie sprechen mit Nora Heins. Was kann ich für Sie tun?« Die Begrüßung klang wie geölt.

»Tu nicht so, als hättest du meine Nummer nicht erkannt«, kehrte Norwin den Chef heraus. Ihm ging heute der Sinn für langes Drumherumgerede ab. Natürlich sollte Nora sich am Telefon professionell und freundlich melden, aber wenn er in der Leitung war, reichte ein ›Moin‹.

Nora sagte nichts mehr. Offenbar hatte er sie verschreckt.

»Wird heute ein bisschen später bei mir«, informierte er sie etwas freundlicher.

»Was du nicht sagst! Wäre mir ja knapp nicht aufgefallen«, antwortete Nora, die über den nun sanfteren Tonfall erleichtert schien. »Heute schon mal auf die Uhr geguckt?«

Der geheime kuschelige Abend mit Nora, die nicht nur seine Aushilfe, sondern auch der heftigste Flirt seines Lebens war, hatte sich bis zwei Uhr morgens hingezogen. Diese Stunden hatten sich in seine Erinnerung eingebrannt und erzeugten jetzt noch eine prickelnde Gänsehaut auf seinem Rücken. Doch er musste Nora nicht auf die Nase binden, dass er danach so erschöpft gewesen war, dass er heute Morgen eine Stunde länger geschlafen hatte als üblich.

Sie spielte ohnehin zu oft auf seine mangelnde Kondition an. Welcher Lover hörte das gern? Zugegeben: Sie war nicht nur hübsch anzusehen und eine überzeugende Verkäuferin, sie war auch sportlich, in vielen Disziplinen zu Hause und hatte ganz schön Ausdauer, wenn man bedachte, dass sie ebenfalls schon über vierzig war. Wenn er länger mit ihr zusammenbleiben wollte, würde er daran arbeiten müssen, seine Fitness zu steigern. Sonst würde er neben ihr ziemlich alt aussehen.

»Ich bin unterwegs zu einem Großhändler«, leitete er nahtlos zum Geschäftlichen über. »Wenn was sein sollte, ich bin nur im Katastrophenfall zu sprechen. Alles andere hat Zeit bis zum Nachmittag.«

»Verstanden, Chef. Mutter abwimmeln, hartnäckige Verehrerinnen auf die späten Abendstunden vertrösten und Reklamationen an die Abteilung für abgelehnte Anträge weiterleiten.«

Norwin grunzte. Nora mit ihrer frechen, unbekümmerten Art war ein Goldstück. »Wenn du so weitermachst, überrasche ich dich eines Tages doch noch mit einem Heiratsantrag.«

»Uiiii«, schwärmte Nora. »Wie sich das anhören würde: ›Spirituosenhandel Nora und Norwin Nansen‹! Aber solange deine Mami noch lebt, sehe ich in dieser Hinsicht wirklich keine Gefahr für mich. Gute Fahrt, und lass dich vom Händler nicht übern Tisch ziehen!« Nora sandte einen Schmatzer durch die Leitung und legte auf.

Norwin betrachtete sich im Rückspiegel und strich mit der Hand eine widerspenstige Strähne seines pomadisierten Haars zurecht. Nora war die einzige unter all den Frauen, die er bisher näher an sich herangelassen hatte, der er den Laden blind anvertrauen konnte. Nicht auszuschließen, dass er eines Tages doch noch über den Schatten seiner Mutter springen und ihr einen Antrag machen würde. Wenn es sein musste, sogar mit einem Kniefall, einem Strauß roter Rosen in der Hand und dem Versprechen auf drei Wochen Flittern in Venedig.

Seine Frau Mama würde sicher nicht vor Freude Hiphop tanzen. Seit sein Vater mit den Füßen voran das Haus verlassen hatte, in einen Sarg aus schwarz glänzendem Holz verpackt, bekam sie traditionell hysterische Anfälle, wenn ihr Sohn den Namen eines weiblichen Wesens, das in sein Leben einzudringen drohte, auch nur erwähnte. Sie klammerte und kläffte wie eine eifersüchtige Hündin. Wie lange mochte das wohl noch so weitergehen?

Warum eigentlich galt dieses ›Finger weg von den Frauen‹, das Fine von ihrem Sohn verlangte, nicht auch umgekehrt für sie? Was würde seine Mutter sagen, wenn er vor Eifersucht platzte, weil sie sich mit einem Mann traf? Und überhaupt: Was sollte das heimliche Turteln zwischen ihr und Fritz Bade?

In der Zeit als frischgebackene Witwe hatte Fine oft genug verkündet, für den Rest ihres Lebens ohne Partner zu bleiben. Was war dran an diesem Anlageberater, dass seine Mutter all ihre Vorsätze über den Haufen schmiss? Norwin unterstellte ihm deutlich andere Interessen als die Erfüllung des Wunsches eines einsamen, alternden Gentlemans nach trauter Zweisamkeit. Ob Bade nicht wusste, dass bei der Familie Nansen kein Geld zu holen war, solange Leonie Altinga nicht daran dachte, der Erde den Rücken zuzukehren?

Das Handy klingelte. Natürlich, seine Mutter! Er ließ sie klingeln. Später würde er ihr sagen, er hätte das Gerät lautlos geschaltet, um sich auf das Gespräch mit dem Großhändler konzentrieren zu können, zu dem er gerade fuhr. Sie würde dann wieder über diese moderne Technik schimpfen und fragen, warum er sich ein Mobiltelefon angeschafft hatte, wenn er unterwegs nicht erreichbar sein wollte.

Der Großhändler ... Wenn Fine wüsste, wen er damit meinte!

Norwin schaltete das Autoradio ein und suchte einen Sender. Keinen dieser Kanäle, die er normalerweise hörte, sondern einen mit klassischer Musik. Er wollte sich einstimmen auf das Treffen mit dem Verehrer seiner Frau Mama, der ganz bestimmt kein Rock 'n' Roller war. Ein paar Tasten betätigen, dann hatte er das Passende gefunden. Er lehnte sich entspannt zurück. Diese sinfonische Musik hatte eine andere Wirkung als das Hardrock-Gedröhns, mit dem er sich sonst gern aufpeitschte.

Bevor er sich ganz der seriösen Stimmung hingab, die diese Klänge verströmten, trat er das Gaspedal durch und rauschte an einem BMW vorbei, der mit achtzig Kilometern pro Stunde über die Landstraße schlich. Elegant scherte er wieder auf die rechte Spur ein, ging etwas vom Gas herunter und blickte konzentriert nach vorn, auch wenn die Gedanken rückwärts liefen.

Über all die Monate hinweg, seit sie sich mit Fritz Bade traf, war seine Mutter sichtlich aufgelebt. Ihre Wangen hatten Farbe bekommen, und ihre fahrigen Bewegungen waren geschmeidig geworden. Sie achtete verstärkt auf ihre Kleidung, kaufte sich sogar gelegentlich ein neues Stück, was sie seit Jahren nicht mehr getan hatte, und ging öfter zum Friseur als nötig. Sie hatte sogar überlegt, sich ihr feines, platinblondes Haar farblich aufpeppen zu lassen.

›Findest du, ich sehe fade aus?‹, hatte sie vorletzten Sonntag gefragt, als Leonie zu Besuch war. Sie stand vor dem Spiegel und probierte verschiedene Hochsteckfrisuren aus. ›Was meinst du, ist mein Blond zu blass? Soll ich ein paar rote Strähnchen machen lassen?‹

›Wozu?‹, hatte Leonie geantwortet. ›Glaubst du, dann ruft Hollywood nach dir?‹

Jetzt saß sie zu Hause und grübelte bestimmt darüber nach, woher er wusste, dass sie diesen Verehrer hatte.

Er hatte es schon vor der sichtbaren Veränderung seiner Mutter herausgefunden. Die Festnetznummer von Fritz Bade, die ihm bis dato unbekannt gewesen war, war urplötzlich aufgetaucht und dann verdächtig häufig im Wählspeicher des Telefons erschienen, das im Wohnzimmer auf dem halbhohen Bücherregal zwischen Tür und Fernseher stand. Beim ersten Mal war ihm die Nummer nur am Rande aufgefallen. Beim zweiten Mal dachte er an eine neue Bekannte, die seine Mutter in einem Museum oder bei einem Theaterbesuch kennengelernt haben mochte. Dann aber waren die Telefonate in immer kürzeren Abständen eingegangen, letztlich sogar täglich. Keine Frau konnte sich so eng mit seiner Mutter verbandelt haben, dass es diese zahlreichen Anrufe gerechtfertigt hätte.

Schließlich hatte er Detektivarbeit geleistet. Er hatte die Nummer notiert und im Internet eine Rückwärtssuche gestartet. Praktisch, diese Online-Telefonbücher! Es war nicht schwer gewesen, Fritz Bade ausfindig zu machen. Als Anlageberater hatte er einen Telefonbucheintrag mitsamt Adresse in den Gelben Seiten. Sogar eine Website war angegeben. Auf der fand Norwin die Kontaktdaten, ein vermutlich vom Fotografen geschöntes Konterfei und einen Hinweis auf die stattliche Sammlung von Oldtimern, die Bade im Laufe der Zeit zusammengetragen hatte.

Letzteres machte den Mann interessant. Wenn es wider Erwarten zu einer ehelichen Verbindung zwischen Bade und seiner Mutter kommen sollte und er Bade klarmachte, was für ein guter Kurator der Sammlung er wäre, vielleicht würde es dann von dem Mann mal was zu erben geben. Leonies Euros und Bades Autos ... eine interessante Kombination!

Den Termin mit Fritz Bade hatte er unter einem Pseudonym vereinbart. Mit jedem Kilometer, den er auf der Fahrt nach Aurich zurücklegte, verwandelte Norwin Nansen sich ein Stück mehr in Arnd Hampel, einen Mann, der in Kürze das ansehnliche Vermögen seines soeben verstorbenen Großonkels sein Eigen nennen dürfe und der sich zudem brennend für alte Automobile interessierte.

Norwin sog die Luft ein. Sollte Bade eines Tages bei ihnen zu Hause erscheinen, würde er ihm einiges beichten müssen. Die Frage war nur, ob es so weit kommen würde.

»Sie haben das Ziel erreicht«, verkündete das Navigationssystem.

Norwin fuhr die Auffahrt des Grundstücks hinauf und parkte vor der großen Garage, die neben dem Wohngebäude errichtet war. Sie konnte gut und gerne zwei Wagen der oberen Mittelklasse beherbergen und vielleicht noch einen Smart dazu. Die Villa stand am südlichen Rand eines Grundstücks, das von der Straße aus kaum einsehbar war. Ganz hinten auf der Wiese, dort, wo die vielen Bäume standen, lag eine große Halle. Darin waren sicher die auf Hochglanz polierten Oldtimer untergebracht.

Norwin schlug die Wagentür zu. Zeitgleich öffnete sich die Eingangstür des Hauses. Auf der obersten Treppenstufe erschien ein Mann mit einem gewinnenden Lächeln und tiefblauen Augen. Fritz Bade. Mit dem gleichen Gesichtsausdruck, den er jetzt zeigte, blickte er die Besucher seines Webauftritts an. Nur dass die Augen in der realen Welt den Gast zu durchleuchten schienen wie Röntgenröhren.

Zugegeben, der Mann hatte Ausstrahlung, und Fine hatte, was Männer betraf, doch noch Geschmack bewiesen.

»Willkommen in meinem Haus, Herr Hampel.« Bade umfasste Norwins Rechte mit beiden Händen und zog den Besucher förmlich in die Diele hinein. »Bitte«, sagte er und wies nach links. »Einmal hier entlang und dann gerade durch. Da liegt mein Besprechungszimmer.«

Der Hausherr zeigte auf zwei Kannen und eine bauchige Flasche, die zusammen mit Tassen und Gläsern auf einer Anrichte standen. »Tee, Kaffee oder Cognac?«, fragte er mit einer elegant angedeuteten Verbeugung, als wäre Norwin ein hochrangiger Staatsgast.

»Tee, bitte«, antwortete Norwin, während er in dem komfortablen Korbsessel am Konferenztisch versank. Bade verstörte ihn ein wenig. Der Mann wirkte authentisch und souverän. Dagegen kam er selbst sich in seiner Rolle als Arnd Hampel klein und hässlich vor, unbedeutend und heuchlerisch. Warum bloß hatte er sich diesen lächerlichen Nachnamen ›Hampel‹ verpasst?

Mit ruhiger Hand und der Selbstverständlichkeit eines Butlers stellte Fritz Bade Tassen, Sahne und Kluntjes auf den Tisch. Währenddessen suchte Norwin händeringend nach einem Thema, mit dem er den Smalltalk beginnen konnte, der unter Geschäftsleuten üblich war, bevor sie auf den eigentlichen Grund ihrer Zusammenkunft überleiteten. Sonst fiel ihm doch immer spontan etwas ein, warum heute nicht? Lag es an Arnd Hampel?

»Schon mal der Leonie Altinga begegnet?«, fragte Bade unvermittelt. »Die wohnt doch jetzt wieder bei Ihnen in Greetsiel.«

Eine Fangfrage? Hatte Bade ihn von Anfang an durchschaut?

In Erwartung einer Antwort blickte der Anlageberater ihn aus dem Augenwinkel an, während er den Tee einschenkte und dabei vorsorglich den Deckel der Kanne festhielt.

»Danke, danke«, sagte Norwin und wedelte hektisch mit den Händen herum, als seine Tasse erst halb gefüllt war.

»Na, aber etwas mehr als ein halbes Tässchen darf es doch wohl sein«, sagte Bade verwundert. »Ist kein Alkohol drin. Oder trauen Sie mir nicht?« Er zwinkerte Norwin zu.

»Weiß ich, wie viel Cognac Sie vorher in die Kanne gekippt haben?«, scherzte Norwin übertrieben aufgeräumt. Er spürte, wie sein Hemd am Rücken klebte.

»Sie scheinen mir ja was zuzutrauen«, witzelte Bade nicht weniger aufgesetzt zurück und drohte seinem Gast spaßeshalber mit dem Zeigefinger. Er rückte einen Stuhl vom Tisch ab, setzte sich hin und schlug die Beine übereinander. In scheinbar entspannter Haltung strahlte er Norwin an. »Hat sie immer noch dieses überwältigende Charisma, die Altinga? War ja mal eine wunderschöne Frau.«

Norwin versteckte sein Gesicht, so gut es ging, hinter der Teetasse. »Ab und zu sieht man sie im Ort«, sagte er ausweichend. »Eine beeindruckende Erscheinung, sicherlich. Auch heute noch eine attraktive Person.«

Der Glanz in Bades Augen versetzte Norwin in Alarmstimmung. Bade kannte Leonie persönlich, garantiert! Norwin konnte sich allerdings nicht daran erinnern, dass Leonie seinen Namen jemals erwähnt hätte. Aber das hatte letztlich nichts zu bedeuten. Bade konnte durchaus einer der heimlichen Liebhaber seiner Tante gewesen sein. Davon hatte es angeblich unzählige gegeben, nachdem Leonie über den Selbstmord ihres Mannes hinweggekommen war.

»Aber lassen Sie uns doch von den Attraktionen sprechen, die Sie mir zu bieten haben«, sagte Norwin, um von Leonie abzulenken.

»Und die ja der Anlass Ihres Besuches sind.« Bade verbeugte sich geschmeichelt.

»Richtig.« Norwin zupfte das Jackett zurecht, das er eigens für diesen Termin aus der hintersten Ecke seines Kleiderschranks geholt hatte und das aussah wie das Überbleibsel eines Konfirmationsanzugs. Sein Kleidungsstil war üblicherweise leger; in diesem Stück fühlte er sich kostümiert. Umso mehr bemühte er sich um einen Gesichtsausdruck, der Seriosität vermittelte.

»Wie sind Sie überhaupt auf mich gekommen?«, fragte Bade.

»Ich hätte natürlich zu jeder besseren Bank gehen und mich da beraten lassen können«, erwiderte Norwin. »Aber Sie wissen ja, wie das bei den Geldinstituten heute läuft. Die fragen nach Ihrer Risikobereitschaft, Sie sagen: ›Die ist gleich null‹, und am Ende erhalten Sie Anlagevorschläge mit höchster Risikostufe. Und dann schicken sie Ihnen noch ein Beratungsprotokoll hinterher, in dem sie Ihnen bescheinigen, Sie hätten es so gewollt.«

»Ich sehe«, sagte Bade, hob den Kopf und blickte auf Norwin herab, »Sie sind ein gebranntes Kind.«

»Sagen wir so.« Norwin hüstelte vornehm. »Ich hab meine Erfahrungen gemacht. Deshalb habe ich nach einem ...«, er sah Bade eindringlich an, so, wie er es zu Hause vorm Spiegel geübt hatte, »erwiesenermaßen seriösen Anlageberater gesucht. Tja, es fällt immer wieder der gleiche Name: Fritz Bade. Da hab ich mir gedacht: ›Bei dem bist du richtig‹, und hab einfach angerufen. Mehr als Nein sagen konnten Sie ja nicht.« Er schmunzelte.

Bade kräuselte gerührt die Lippen. »Mir war gar nicht bewusst«, erwiderte er und verneigte sich wieder ein wenig, »dass mein Ruf bis in die äußersten Zipfel der Krummhörn hineinreicht.« Er nippte an seinem Tee, stellte die Tasse ab und durchleuchtete Norwin mit seinem Blick. »Beschäftigen Sie sich das erste Mal mit dem Thema Geldanlage, oder haben Sie bereits konkrete Vorstellungen, welche Art der Investition für Sie infrage käme?«

»Ich bin offen für alles«, behauptete Norwin.

Bade nickte wohlgefällig, legte eine große Mappe auf den Tisch und holte mehrere Broschüren daraus hervor. Mit seinem Stuhl rückte er näher an Norwin heran. Während er die Konditionen erwähnte, zu denen er Anlagen für seine Kunden tätigte, schlug er die erste Broschüre auf. »Das hier«, sagte er und sah seinen Besucher an, »ist die Variante, die ich Einsteigern bedenkenlos empfehlen kann.«

Er erläuterte Norwin die Einzelheiten. Anlage für Anlage erklärte er die Risiken, redete sie klein und hob die Chancen hervor.

Zuerst hörte Norwin noch zu. Doch bald begann er, sich zu langweilen. Seine Gedanken schweiften ab. Warum hatte Bade sich zuallererst nach Leonie Altinga erkundigt? War es wirklich Zufall, dass seine Mutter diesem Mann einige Wochen nach Leonies Rückkehr begegnet war? In der Zeit des Umzugs von London nach Greetsiel waren Artikel erschienen, auf denen Fotos von Leonie mit Fine abgebildet waren. Hatte Bade sich gezielt an seine Mutter herangemacht, weil er hoffte, über sie den Kontakt zu Leonie zu bekommen?

»Herr Hampel?«

Norwin schreckte zusammen. Bade war am Ende seines Vortrags angelangt. Er hatte ihm eine Frage gestellt. »Wie? Äh, ja, das war äußerst interessant, aber ein bisschen viel auf einmal.« Norwin lächelte um Entschuldigung heischend. »Das muss ich erst mal sacken lassen.«

Bade schob ihm die Prospekte hin. »Die gebe ich Ihnen mit nach Hause. Gucken Sie sich das Informationsmaterial noch einmal in Ruhe an, und melden Sie sich, wenn Sie Fragen haben. So etwas will gut durchdacht sein.«

Norwin tat, als interessierte er sich wirklich für das, was in den Broschüren stand. Er blätterte zwei davon nochmals durch. »Das hier«, sagte er und zeigte auf eine Tabelle, »das könnte wohl etwas für mich sein.«

Bade biss sofort an. »Sollen wir gleich eine Anlagesumme dafür festlegen?«

Norwin kniff die Lippen zusammen, zog die Stirn kraus und wiegte den Kopf hin und her. »Ich denke doch lieber erst noch einmal intensiv darüber nach. Ich will keine voreilige Entscheidung treffen. Und das Geld ...« Er beugte sich zu Bade vor. »Noch liegt's ja nicht auf meinem Konto.«

Bade nickte ihm mit halb geschlossenen Augen zu. »Gewiss, selbstverständlich. Bis wann, meinen Sie, könnte ich mit Ihrer Entscheidung rechnen? Wenn Sie sich sehr bald melden, könnte ich äußerst günstig ...«

Norwin gab sich verlegen. »Lassen Sie mich ein, zwei Nächte drüber schlafen«, bat er mit zurückhaltender Stimme.

»Aber gern«, hauchte Bade. »Lassen Sie sich Zeit. Denken Sie nur daran, dass die Konditionen, zu denen ich Ihnen die Anlagen anbieten kann, sich wöchentlich, teilweise sogar täglich ändern. Meist nicht zum Besseren für den Kunden.« Er lächelte hinterlistig.

Norwin sah ihm seine Enttäuschung und Ungeduld an. Er befürchtete, dass Bade noch einmal ansetzen würde. Daher beschloss er, das Thema zu wechseln.

»Tolles Haus übrigens, in dem Sie leben«, sagte er und schob die Broschüren in seine Umhängetasche. »Haben Sie es selbst entworfen?«

Der Anlageberater nickte. »Gemeinsam mit einem Architekten. Mein ganzes Herz hängt daran. Obwohl es mittlerweile zu groß für mich ist. All die Räume und kein Leben darin ...«

Bade hatte ihm das Stichwort gegeben. »Sie leben allein?«, preschte Norwin vor. Sofort hob er ergeben die Hände. »Entschuldigen Sie bitte meine Indiskretion.«

»Keine Ursache«, erwiderte Bade entgegenkommend. »Die Frage liegt ja nahe. Ja«, sagte er. »Ja, ich lebe in der Tat alleine.« Niedergeschlagen sah Bade an Norwin vorbei aus dem Fenster. »Die Einsamkeit, die unter diesem Dach herrscht, spürt man gleich, wenn man das Haus betritt. Das war nicht immer so.«

»Verwitwet?«, fragte Norwin zaghaft.

Bade nickte bedrückt. Seine Lippen zuckten. War das echt oder gespielt?

»Aber das mit der Einsamkeit muss ja nicht immer so bleiben«, setzte Bade das Gespräch überraschend munter fort. »Auch in meinem Alter lernt man noch Frauen kennen. Charmante Frauen, interessante Frauen.«

Bades Augen leuchteten, und Norwin zögerte nicht, gleich nachzuhaken. »Mal so von Mann zu Mann: Was macht eine Frau für Sie interessant?«

Bade grinste breit. »Ich lege Wert auf die drei großen ›K‹: Kasse, Klasse und Kultur. Wobei Klasse und Kultur von vornherein gegeben sein müssen, während man an der Kasse, sprich: am Kontostand, was drehen kann.« Er griff in sein Jackett und holte eine flache Metallschachtel aus der Innentasche heraus. »Zigarillo gefällig?«

Norwin lehnte dankend ab.

»Was dagegen, wenn ich ...?«

Norwin schüttelte den Kopf. »Fühlen Sie sich ganz wie zu Hause«, forderte er den Berater mit einem Augenzwinkern auf.

Jetzt versprach die Unterhaltung, spannend zu werden. Während Bade sein Zigarillo anzündete, legte Norwin nachdenklich den Kopf schief. »Am Kontostand drehen, wie meinen Sie das?«, fragte er und fügte mit gesenkter Stimme hinzu: »Eine gewisse Grundmasse muss dazu doch vorhanden sein. Wo nichts ist, kann man auch nichts vermehren.«

»Das ist wohl wahr.« Bade machte eine Pause und sah seinen Besucher an, als müsste er ihn nochmals auf seine Vertrauenswürdigkeit hin abtaxieren. »Aber manchmal kann man Wege finden, dort, wo nichts ist, etwas hinzulotsen. Ist alles nur eine Frage des ›Wie‹.«

Norwin überkam ein ungutes Gefühl. Mechanisch nickte er. Der Mann war gerissener, als man es ihm zutraute. Was wusste Bade über Fine und ihren Kontostand? Und war ihm bekannt, dass Leonie Fines Cousine war?

»Sie gucken so ernst«, sagte Bade und schlug Norwin freundschaftlich auf den Schenkel. »Nun lassen Sie uns zum unterhaltsamen Teil unseres Termins übergehen.«

»Die Oldtimersammlung?«, fragte Norwin und stand erleichtert auf.

Bade ging voraus. Über einen schmalen Weg führte er seinen Gast längs über das Grundstück bis zu der Halle, in der die Wagen untergebracht waren.

Norwin betrachtete Fritz Bade von hinten, seinen geraden Rücken, das hoch erhobene Haupt, den gut geschnittenen Anzug. Diesen eleganten Mann, der einen gewissen Stolz ausstrahlte, könnte er sich eher an der Seite von Leonie vorstellen als an der seiner Mutter.

»Kennen Sie Leonie Altinga eigentlich näher?«, wagte Norwin sich mutig vor.

»Wie?« Bade drehte sich im Gehen nach ihm um, trat auf die Wiese und lief das restliche Stück des Weges neben Norwin her. »Ach, nein, kann man so nicht sagen.« Mit Daumen und Zeigefinger pflückte er einen Fussel vom Ärmel seines Jacketts. »So, da wären wir.« Er stellte sich dicht vor eine kleine quadratische Tastatur, die an der Mauer neben dem Rolltor installiert war. Mit flinken Fingern tippte er eine Ziffernfolge ein. Das riesige Tor öffnete sich. »Wir hätten auch durch die Seitentür gehen können«, sagte Bade und zeigte auf eine Metalltür rechts in der Wand. »Aber der Eindruck für die Besucher ist von dieser Warte aus imposanter.«

Mit Schmelz in den Augen berichtete Fritz Bade ausführlich von der Amerikareise mit seiner zweiten Frau, bei der er den Cadillac erstanden hatte, der in der ersten Reihe stand. »Der Wagen stammt aus der Mitte des vorigen Jahrhunderts. Er war schon ein alter Herr, als ich ihn erstand«, trug der Sammler vor. »Die meisten anderen Wagen, die Sie hier sehen, sind erst in meinem Besitz zu Oldtimern geworden. Der Mercedes und der BMW da vorne, das sind meine Lieblinge, und der Opel Rekord ganz hinten in der Ecke, der hat meiner ersten Frau gehört.«

Norwin fragte sich, ob Bade neben Autos auch Frauen sammelte.

Der Hausherr schritt quer durch die Halle. »Und hier«, er verharrte mit verklärtem Gesicht neben einem weinroten Renault, der ganz links in der vordersten Reihe stand, »ein R4 aus dem Jahr 1961, dem ersten Jahr, in dem dieser Wagentyp produziert wurde.« Liebevoll streichelte er die Motorhaube. »Den hab ich als Student gefahren.«

›Der passt zu einer Spazierfahrt mit meiner Mutter‹, hätte Norwin beinahe herausposaunt. »Schick, schick, was Sie hier stehen haben«, sagte er stattdessen. »Der sieht sehr gemütlich aus.« Schmunzelnd fuhr er mit den Fingerkuppen über die Motorhaube des Renault.

Bade rang genüsslich die Hände wie jemand, der vor einem Büfett mit Leckerbissen steht. »Jetzt kennen Sie alle meine Lieblinge!«

»Zumindest die mit vier Rädern unterm Bauch.« Norwin lachte. »Danke für die Führung. Beeindruckend, was Sie hier stehen haben!«

Bade kehrte zur Nüchternheit des Anlageberaters zurück. »Auch das sind übrigens Investitionen«, erklärte er, als er sich Richtung Ausgang in Bewegung setzte. »In dieser Halle steckt ein Vermögen!«

Norwin zog den Kopf ein, als er das Gebäude verließ. Es war eine reflexhafte Bewegung, so wie er sie immer machte, wenn er aus seiner eigenen Garage mit dem etwas zu niedrigen Tor herausging. Dabei war dieses Tor hoch genug, um aufrecht hindurchzugehen.

Draußen stellte er sich neben Bade und beobachtete, wie er erneut auf einige Tasten tippte, um das Rolltor wieder herunterzulassen.

Der stolze Besitzer der Oldtimersammlung schien seine Gedanken gelesen zu haben. »Dieses Tor kriegt außer mir niemand auf. Und die Tür da vorne auch nicht.« Er lächelte souverän.

Wie kann er da so sicher sein?, dachte Norwin. Er ließ sich von Bade zu dessen Haustür zurückgeleiten. »Sie hören bald von mir«, sagte er und stieg in seinen Wagen ein.

Erleichtert darüber, dass das Gespräch nach anfänglichem Holpern so glatt verlaufen war, rief er auf dem Rückweg nach Greetsiel seine Nora an.

Sie meldete sich noch fröhlicher als üblich und verhedderte sich bei der Grußformel, die ihr sonst so flüssig über die Lippen kam. Im Hintergrund hörte Norwin eine Männerstimme, die auf ein »Scht« von Nora hin abrupt verstummte.

»Was ist da los?«, fragte er.

»Nichts ist los«, gab Nora zurück. »Bist du auf dem Rückweg?«
»Ja, bin bald wieder da«, informierte Norwin sie und gab Gas. Was spielte sich gerade in seinem Laden ab?

6. Kapitel

Bedächtig flanierten die Urlauber im Zickzack durch die autofreien Sträßchen von Greetsiel. Tammo und Fenna schlängelten sich an ihnen vorbei. Wie gern wäre Fenna vor einem der Schaufenster stehen geblieben, um sich ein Teeservice mit besonders geschmackvollem Dekor anzusehen! Es würde ein schönes Geburtstagsgeschenk für ihre Mutter abgeben.

Doch Tammo meinte, sie seien im Dienst, für einen Schaufensterbummel sei jetzt keine Zeit. Er hatte es eilig, Norwin Nansen zu befragen. Seiner Meinung nach hatte Fine die Aussage, ihr Sohn habe mit den Schüssen auf Leonie Altinga nichts zu tun, zu spontan hervorgebracht. Typisch für eine Gluckenmutter, die ihren Sohn vor dem Verdacht schützen wollte, seine wohlhabende Erbtante vorzeitig in den Himmel befördern zu wollen. Tammos langjährige Erfahrung als Kriminalkommissar sagte ihm: Wenn eine Mutter sich so resolut und ohne zu zögern vor ihren Sohn stellt, weiß sie, warum.

Fenna konnte kein plausibles Argument gegen diese Sichtweise vorbringen. Allerdings war sie der Ansicht, wenn Norwin Nansen vorgehabt hätte, seine Tante umzubringen, hätte er es auch geschafft. Wer solch einen Plan ausheckt, schießt nicht zweimal daneben. Habgier machte treffsicher. Beispiele dafür konnte sie aus ihrer Laufbahn bei der Kripo Hamburg genügend aufzählen. Bisher sah sie keinen Anlass, ihre Meinung zu ändern, der Täter habe nicht Leonie treffen wollen, sondern ihre wertvollen Erinnerungsstücke.

Sie erreichten Norwins Spirituosenhandel gegen Mittag. Als Tammo die Eingangstür aufdrückte, ertönte ein Klingeln, wie Fenna es aus den Tante-Emma-Läden kannte, an die sie sich noch schwach erinnerte. Ein Bimmeln wie das von Engelsglöckchen, viel heimeliger als das elektronische Dingdong vieler heutiger Geschäfte, bei dessen Ertönen man am liebsten gleich wieder hinausrennen wollte.

Beeindruckt von der Unmenge an Flaschen, die auf dieser nicht allzu großen Ladenfläche auf trinkfeste Kunden und Genießer warteten, inspizierten Tammo und Fenna die Regale. Viele der Etiketten trugen Produktnamen in englischer, französischer, spanischer und russischer Sprache.

»Guten Tag?« Eine schlanke Frau von vielleicht Ende dreißig, Anfang vierzig kam auf die Ermittler zu. Mit ihren kurzen, schwarz gefärbten Haaren und dem weit ausgeschnittenen T-Shirt wirkte sie ein bisschen zu stark auf jugendlich getrimmt. Ihre fröhlichen braunen Kulleraugen blickten sie fragend an. »Kann ich Ihnen helfen?«

»Jo«, antwortete Tammo spröde. »Wir hätten gern ein halbes Stündchen Zeit von Ihrem Chef.«

»Ha'm wir gerade nicht im Angebot«, erwiderte Norwin Nansens Mitarbeiterin und blinzelte Tammo frech an. »Wenn Sie mit mir vorliebnehmen möchten?« Sie stemmte die Hände kokett in die Hüften. Dabei rutschten die kurzen Ärmel des Shirts ein Stück nach oben und legten auf dem muskulösen rechten Arm eine Tätowierung frei, ein blutrotes Herz, das von einem schwarzen Pfeil durchbohrt wurde.

»Kripo Greetsiel«, kürzte Fenna das Spielchen ab und zeigte ihren Dienstausweis vor. Mittlerweile kannte sie Tammos Vorliebe, Dialoge der Art, wie sie sich gerade zwischen ihm und dieser Frau entwickelten, auf die Spitze zu treiben, um am Ende zu beweisen, dass er der Herr im Haus war. Das konnten sie sich schenken. »Wenn Herr Nansen im Haus ist, führen Sie uns bitte zu ihm. Wenn nicht: Wann kommt er zurück?«

Tammo wandte sich von den beiden Frauen ab, als ginge ihn das Gespräch nichts mehr an, und tat, als interessiere er sich brennend für die Cognac-Sorten, die im Regal zu seiner Linken standen.

Die Blicke des Mädchens verfingen sich an einem Punkt, der draußen auf der Straße lag. Fenna drehte sich um und sah einen Mann, der auf die Ladentür zueilte.

»Da ist er ja«, hörte sie Tammo sagen.

Die Kommissarin wandte sich wieder zu Nansens Mitarbeiterin um. Die fuchtelte wild mit einer Hand in der Luft herum und schnitt eine Grimasse. Unter Fennas Blicken lief sie rot an. Hatte sie versucht, ihren Chef vorzuwarnen?

In dem Moment, in dem Norwin Nansen seinen Laden betrat, merkte er, dass hier etwas faul war. Doch es war zu spät, den Rückwärtsgang einzulegen und zu verschwinden.

»Tag, die Herrschaften«, sagte er und blieb vor Tammo stehen. »Die Kripo, wenn ich mich nicht irre. Haben Sie heute frei? Was Leckeres für die Hausbar gefällig?« Er nahm eine Flasche Cognac aus dem Regal, hielt sie Tammo entgegen und wollte ihm gerade etwas dazu erzählen.

»Ihr Geschäft in Ehren«, meinte Tammo, »aber wenn ich jetzt freihätte, würde ich nicht in einem Spritladen herumstreunen. Von meiner Kollegin, Hauptkommissarin Fenna Stern, haben Sie sicher schon gehört. Uns treibt die Suche nach einem potenziellen Mörder her. Was schlagen Sie vor, wohin gehen wir drei: in Ihr Büro oder in unseres auf der Wache?«

Tammos Worte trugen nicht dazu bei, Nansens Gesichtszüge aufzulockern. Ohne einen Ton von sich zu geben, drängelte der Geschäftsmann sich an seiner Mitarbeiterin vorbei in sein Büro.

Er setzte sich mit einer Pobacke auf den Schreibtisch. »Wenn einer von Ihnen Platz nehmen möchte ...«, sagte er und zeigte auf den Bürostuhl mit dem abgeschabten grauen Stoffbezug, die einzige Sitzgelegenheit in diesem Raum.

Weder Tammo noch Fenna nahmen das Angebot an.

»Sie ahnen, worum es geht?«, begann der Kommissar die Befragung.

Fenna hätte eine Tonart bevorzugt, die Norwin nicht gleich suggeriert hätte, dass er verdächtigt wurde. Provozieren konnten sie später immer noch, wenn sich erweisen sollte, dass es sinnvoll sein würde.

Nansen verschränkte die Arme vor der Brust. Sein Fuß wippte nervös auf und ab. »Ich nehme an, Sie werden mir den Grund Ihres Besuchs mitteilen.«

»Es geht um die Schüsse, die gestern Abend auf Ihre Großtante, Leonie Altinga, abgegeben wurden«, sagte Tammo.

»Hab ich mir gedacht«, erwiderte Nansen. »Sie verdächtigen natürlich den Neffen, der bekanntlich neben seiner Mutter einer der beiden Erben der großen Leonie Altinga ist. Und jetzt wollen Sie wissen, wo ich die Waffe versteckt habe und wie viele Whiskys ich vor dem Anschlag runtergekippt habe, damit ich in der Lage war, an meiner Tante vorbeizuschießen.«

Seine Stimme klang sehr sicher. Wenn er der Attentäter gewesen sein sollte, war er so abgebrüht, wie Fenna es nur von Profis aus einem Milieu kannte, dem sie Norwin Nansen bei aller gebotenen Skepsis nicht zuordnen mochte.

»Und? Wie viele Gläschen waren es?«, fragte Tammo, der Norwin ganz unverkennbar nicht ausstehen konnte.

Fenna warf sich zwischen die beiden. »War nur ’n Scherz, die Frage meines Kollegen. Lachen dürfen Sie später. Jetzt erzählen Sie uns doch mal, wie Sie den gestrigen Abend nach Geschäftsschluss verbracht haben.«

Nansen schwankte zwischen Wut und Amüsement. Die Heiterkeit gewann. Er rutschte vom Schreibtisch und steckte seinen Kopf durch die Bürotür. »Nora! Schatzimaus, kommst du mal bitte?«

Tammo warf Fenna hinter Nansens Rücken einen genervten Blick zu. Fenna zuckte mit den Schultern. Beiden war klar: Nansen würde ihnen jetzt ein pikantes Alibi für den gestrigen Abend präsentieren.

Nora huschte in den Raum und stellte sich stramm wie eine Soldatin vor ihrem General auf. »Da bin ich!«

Nansen schob sein halbes Gesäß wieder auf den Schreibtisch. »Nora, würdest du den Herrschaften von der Kripo bitte erzählen, wo ich gestern Abend war?«

»Ja«, sagte Nora gedehnt und rieb sich den Nasenflügel. »Also, angefangen haben wir um sechs.« Sie sprach die Uhrzeit mit einem scharfen anlautenden ›s‹ aus und giggelte albern. »Zuerst sind wir ... Wir haben ...«

»Machen wir es kurz«, erlöste Fenna die Frau aus ihrer Verlegenheit. »Was genau Sie beide miteinander gemacht haben, wollen wir gar nicht wissen.«

»Auch wir verfügen noch über einen Rest von Fantasie«, unterbrach Tammo sie.

Fenna redete schnell weiter, bevor Norwin Tammos Kommentar etwas entgegensetzen und ein Wort das andere geben würde. »Herr Nansen, darf ich Sie bitten, uns einen Moment alleine zu lassen?« Sie gab Tammo einen stummen Wink.

Norwin stob aus dem Raum und knallte die Tür zu. Tammo folgte ihm, wobei er ihm zeigte, dass man eine Tür auch lautlos schließen konnte.

»So.« Fenna lächelte Nora an. »Jetzt sind wir Frauen unter uns und können ganz offen miteinander reden. Sie sind Nora wie?«

»Heins. Nora Heins.«

»In welcher Beziehung stehen Sie zu Norwin Nansen?«

Nora stockte. »Muss ich das wirklich erklären?«

Fennas Blick sagte ›Ja‹.

»Na gut, ich bin seit mehr als einem Jahr seine Angestellte und seit ein paar Monaten seine Freundin. Aber pssst.« Sie legte einen Finger an die Lippen.

»Wieso ist das so geheim?«, fragte Fenna.

Nora rollte mit den Augen. »Die Mutter ...«

»Sie darf nichts von Ihrer Beziehung wissen?«

Nora nickte. Gleich darauf schüttelte sie den Kopf. »Nein, ja, so ist es. Die ist ja so was von eifersüchtig. Sie wird fuchsteufelswild, wenn ihr Norwin 'ne Freundin hat. Völlig beknackt, die Frau.«

Fenna nahm die Aussage kommentarlos zur Kenntnis. »Sie haben also den ganzen Abend an der Seite von Norwin Nansen verbracht?«, fragte sie weiter.

»›An der Seite‹ ist gut«, sagte Nora und kicherte. Auf Fennas unbewegtes Gesicht hin wurde sie ernst. »Hab ich«, sagte sie und presste die Lippen aufeinander.

»Die Details möchte ich wirklich nicht wissen. Nur zwei Dinge: Von wann bis wann waren Sie zusammen, und wo haben Sie die Zeit verbracht?«

Nora brauchte keine Sekunde, um die Antwort geben zu können. »Von Geschäftsschluss, also achtzehn Uhr, bis ungefähr zwei Uhr nachts oder viertel vor zwei. Wir sind vom Laden aus direkt zu mir gegangen. Ich hab was gekocht, und dann ... na, Sie wissen schon.«

»Schon gut«, sagte Fenna. »Haben Sie den direkten Weg vom Geschäft zu Ihrer Wohnung genommen?«

Nora nickte.

»Und Norwin Nansen war die ganze Zeit über bei Ihnen, bis ungefähr um zwei?«

»Hmhm. Ja.«

»Können Sie ausschließen, dass Sie zwischenzeitlich mal eingeschlafen sind, so zwischen halb sieben und halb acht vielleicht, und dass Ihr Freund sich mal aus dem Haus geschlichen hat, ohne dass Sie es bemerkt hätten?«

Nora lachte. »Da können Sie Gift drauf nehmen, dass das nicht passiert ist!«, sagte sie mit Stolz in der Stimme. »Ich war die ganze Zeit wach. Hellwach. Da fragen Sie mal meinen Norwin!«

Fenna würde den Teufel tun ... Mit einem freundlichen »Danke für Ihre Auskunft« öffnete sie die Tür, die in den Verkaufsraum führte, und ließ Nora vorangehen.

Norwin Nansen stand vor einem Regal und räumte Flaschen von rechts nach links. Tammo erwartete Fenna auf einem Barhocker sitzend, der als Dekoration vor dem Verkaufstresen stand.

Die Kommissarin verabschiedete sich von Norwin Nansen und seiner Nora. Tammo nahm nun doch noch eine Flasche Cognac mit, bevor sie den Laden verließen. Fenna versenkte sie in ihrer großen Umhängetasche. Es hätte einen zweifelhaften Eindruck gemacht, wenn zwei Kripobeamte tagsüber mit einer Flasche Hochprozentigem in der Hand durch den Ort gelaufen wären.

»Von sechs bis kurz vor zwei, behauptet er«, grummelte der Kommissar, als sie ein Stück weit gegangen waren.

Fenna verstand, wie der Satz gelautet hätte, wenn Tammo sich die Mühe gemacht hätte, ihn vollständig auszusprechen. »Genau dasselbe sagt seine Mitarbeiterin.«

»Lass uns noch beim Ehepaar Wilkens vorbeigucken«, schlug Tammo spontan vor.

Fenna steuerte auf das Schaufenster mit dem hübschen Teeservice zu, von dem Tammo sie vorhin weggelotst hatte. »Was versprichst du dir von dem Gespräch mit den beiden?«

»Klarheit.«

»Worüber?« Fenna versuchte, das Preisschild zu entziffern, das halb hinter dem Sahnekännchen verborgen war.

Tammo zuckte mit den Schultern. »Das kann ich dir nach dem Gespräch sagen. Komm.«

***

Neske Wilken stand am Küchentisch, als die Ermittler auf das Haus zukamen. Sie eilte auf den Flur und öffnete die Tür. »Frau Altinga ruht ein wenig. Ich glaube nicht, dass sie jetzt gestört werden möchte. Wenn Sie vielleicht später noch mal wiederkommen möchten. Möglichst mit telefonischer Voranmeldung.«

Die Hauswirtschafterin brachte die Worte vor wie geölt. Leonie Altinga oder ein vorheriger Arbeitgeber hatte sie wohl gut darauf geschult, unangemeldete Besuche freundlich abzuwimmeln.

»Wir möchten nicht mit Frau Altinga sprechen, sondern mit Ihnen und Ihrem Mann«, sagte Tammo mit bestimmter Freundlichkeit.

Neske riss Mund und Augen auf.

Tammo nutzte diesen Moment der Überraschung, die Tür mit sanfter Gewalt aufzudrücken und sich und Fenna Eingang zu verschaffen. »Wir dürfen?«

Neske stand mit dem Rücken zur Wand. Ihre Blicke huschten treppauf.

»Da lang?«, fragte Tammo und zeigte hinauf. »Oder wo unterhalten wir uns am besten? Wir können natürlich auch zu uns auf die Wache fahren.«

Das war der Satz, der erfahrungsgemäß jede noch so auskunftsscheue Person, die sie befragen wollten, in die Knie zwang.

»Nein, nein, wir können gerne bei uns oben ... Ich geh mal vor.« Neske humpelte ein wenig.

»Haben Sie sich verletzt?«, fragte Fenna, bevor Neske den Fuß auf die unterste Stufe setzte.

Neske verharrte am Treppenabsatz. »Nein«, sagte sie und guckte tapfer. »Das Rheuma ...« Sie stieg langsam hinauf.

Die beiden Wendeltreppen, die ins Dachgeschoss führten, waren steil und lagen im Halbdunkel. Nur durch eine kleine, verdreckte Dachluke fiel etwas Licht auf das Podest vor der Wohnungstür der Wilkens.

»Thilo!«, rief Neske, noch bevor sie die Tür öffnete. Sie drückte die Klinke herunter, klopfte gegen den Türrahmen und blieb stehen. »Thilo, ich bring Besuch mit, die Leute von der Kripo.«

Ein Stuhl schabte über Fliesen.

Neske betrat die Wohnung. Der kleine Eingangsbereich, der mit einem Schuhschrank, einem schmalen hohen Spiegel und einigen Garderobenhaken ausgestattet war, führte in die Wohnküche.

Thilo stand in Doppelrippunterhemd und fleckigen Jeans neben dem Küchentisch. Seine Miene war düster. Er versuchte nicht einmal, den Beamten einen halbwegs freundlichen Empfang zu bereiten. Neske neben ihm wirkte so klein, zerbrechlich und ängstlich.

Fenna fragte sich, ob es Gewalt in der Ehe der Wilkens gab. Sie verstand nun, warum Tammo diesen Mann noch einmal sehen wollte. Der Typ machte einen so brachialen Eindruck. Ihm war alles zuzutrauen.

»Was gibt's denn noch?«, fragte Thilo Wilkens.

Neske stellte sich neben ihn. »Wir haben nichts gesehen. Haben wir Ihnen ja gestern schon gesagt.« Scheu blickte sie zu ihrem Mann empor.

»Ist schon klar, dass sich das bis heute nicht geändert hat«, erwiderte Tammo. »Wir wollten nur mal kurz aus Ihren Fenstern gucken, wenn's genehm ist.«

»Warum?«, polterte Thilo ihn an.

Tammo ging an ihm vorbei zu einem Gaubenfenster, das zum Garten hinausging. »Mal checken, wie ein frisch gemähter Rasen von oben aussieht.« Er öffnete das Fenster und lehnte sich hinaus. »Ist doch frisch gemäht, oder?«, fragte er. »Schöne Aussicht, die Sie haben«, sagte er an Neske gewandt. »Sie können ziemlich weit sehen.«

Neske nickte hastig. »Das Sieltief rauf und runter.«

»Wenn die Bäume nicht wären«, übertönte Thilo seine Frau.

»Die anderen Räume liegen nicht zum Garten raus?«, erkundigte Fenna sich.

Neske schüttelte den Kopf. »Das Schlafzimmer geht nach Nordwesten. Da gucken wir auf das Haus von Theda Bubendey.«

»Die neugierige Schlampe!«, schimpfte Thilo. »Wie oft hab ich die schon dabei erwischt, dass sie zu uns reinguckt. Die kriegt noch mal Stielaugen.«

»Und das Bad liegt da.« Neske zeigte auf die Tür, die zur Südwestseite des Hauses führte.

»Darf ich mal kurz?«, fragte Fenna und legte die Hand auf die Klinke der Schlafzimmertür.

Neske hakte sich bei Thilo unter, der die Hände in die Taschen geschoben hatte. »Da ist nichts weiter zu sehen«, sagte sie. »Aber gucken Sie ruhig.«

Das einzige Fenster des Raumes war durch eine Jalousie verdunkelt. Fenna schloss die Tür wieder. »Wo genau haben Sie beide sich aufgehalten, als die Schüsse fielen?«, fragte sie.

»Schüsse haben wir ja gar nicht gehört«, wiederholte Neske, was sie den Ermittlern bereits am Abend der Tat geschildert hatte. »Nur die Frau Altinga, wie sie so spitz schrie. Thilo saß aufm Klo, und ich hab da gestanden.« Sie zeigte auf die Arbeitsfläche neben dem Herd. »Ich war beim Kartoffelschälen.«

Tammo stellte sich breitbeinig vor das Ehepaar Wilken und verschränkte die Arme. »Wo haben Sie gearbeitet, bevor Sie bei Frau Altinga angefangen haben?«

Die Frage brachte die Wilkens aus dem Konzept. Neskes Lider flackerten. Sie eilte zur Kochzeile und schob zwei Töpfe hin und her. Thilo schnaubte.

Tammo holte seinen Notizblock hervor und nahm am Küchentisch Platz. »Darf ich bitten?«, forderte er das Ehepaar auf, sich dazuzusetzen.

Fenna sammelte Neske regelrecht ein und führte sie an den Tisch.

»Ja, wo waren wir früher?« Hilflos blickte Neske zu ihrem Mann hinüber. »Thilo, sag du doch mal. Du hast das bessere Gedächtnis. Ich weiß das alles gar nicht mehr.«

Thilo wischte sich mit einer Pranke über das Gesicht.

Tammo machte eine aufmunternde Geste. »Ich höre.«

»So genau weiß ich das auch nicht mehr.«

Tammo zeigte mehr Geduld, als Fenna ihm zugetraut hätte. Hoffte er wirklich, in der Vergangenheit von Thilo Wilkens eine Spur zu finden, die zum Täter im Fall Leonie Altinga führte?

»Lassen Sie uns gemeinsam zurückblicken«, sagte Tammo. »Sie sollen mal Hufschmied gewesen sein. Daran werden Sie sich doch wohl erinnern?«

»Das ist schon ewig her«, brauste Thilo auf.

»Wo haben Sie denn Ihre Papiere?«, fragte Fenna. »Sie müssen doch Unterlagen haben, die Ihr Berufsleben dokumentieren, Arbeitszeugnisse oder Bescheinigungen über Zahlungen an die Rentenversicherung beispielsweise.«

»Wir sind ja längst Rentner«, verteidigte Neske sich. »Da brauchen wir das nicht mehr. Den ganzen Papierkram haben wir weggeworfen. In den kleinen Wohnungen, die wir uns leisten können, haben wir nicht genug Platz für all das Zeug. Sie sehen ja selbst ...« Sie machte eine verhaltene Handbewegung in den Raum hinein.

»Wo haben Sie gewohnt, bevor Sie hier eingezogen sind?«

»Zuerst waren wir auf ’nem Hof etwas außerhalb von Aurich. Da kommen wir ja her, aus Aurich«, antwortete Neske. »Lange haben wir auf dem Hof gewohnt, viel zu lange«, jammerte sie. »Es war kalt und feucht. Da hab ich mir mein Rheuma geholt.«

»Waren Sie auf dem Hof auch beschäftigt?«, fragte Fenna.

Thilo nickte. »Die hatten einen Reitstall. Das war da, wo ich Hufschmied war.«

»Na also«, sagte Tammo. »Wenn Sie sich jetzt noch an den Namen des Stallbesitzers erinnern könnten?«

Thilo nannte den Namen. Auch die Anschrift fiel ihm wieder ein.

»Und Sie, Frau Wilken«, fragte Fenna, »haben Sie ebenfalls auf dem Hof mitgeholfen?«

Neske nickte. »In der Küche und im Haushalt, geputzt und so. Wir haben immer zusammen da gearbeitet, wo wir gelebt haben, der Thilo und ich.«

»Wo waren Sie beschäftigt, nachdem Sie von dem Reiterhof weggegangen sind?«

Thilo zögerte. »Auch in Aurich.«

Fenna stöhnte auf. Die Auskunftsbereitschaft der Wilkens war wirklich nicht überwältigend. »Waren Sie wieder in einem Reitbetrieb angestellt?«

»Nee«, sagte Thilo. »Bei einem stinkreichen Ehepaar.«

Auch Tammos Geduld hatte inzwischen merklich nachgelassen. Fenna hörte seinen Magen knurren, was ein untrügliches Zeichen dafür war, dass er diese Befragung sehr bald beenden und sie zum Essen einladen würde. »Was haben Sie bei dem stinkreichen Ehepaar gemacht?«, fragte er Thilo. »Den Gärtner gespielt?«

»Was heißt ›gespielt‹?«, bölkte Thilo den Kommissar an. »Das war harte Arbeit. Der Mann war Anlageberater. Fritz Bade, vielleicht schon mal von gehört. Der stand manchmal in der Zeitung mit seiner Oldtimersammlung. Er und seine Frau hatten ein Anwesen, das war so groß, da kommen Sie mit Ihrem mickrigen Beamtengehalt nie im Leben hin.« Seine Faust donnerte auf den Tisch.

»Nun mal langsam«, ermahnte Tammo ihn. »Sonst kriegen Sie gleich ’n Knöllchen wegen Beamtenbeleidigung.«

Neske unterdrückte einen Schrei. »Der Mann hatte Pferde«, sagte sie schnell. »Und so schöne Autos. Alle blank poliert.« In der Erinnerung daran fuhr sie mit der Hand über die Tischplatte.

»Und dann is’ er pleitegegangen«, sagte Thilo dumpf und stierte ins Leere.

»Zumindest war er nah dran«, traute Neske sich, ihren Mann zu korrigieren. »Seine Frau hat sich scheiden lassen. Die hat ihn richtig abgezockt. Die Pferde musste er verkaufen, die Autos konnte er behalten.«

Thilo lachte verächtlich. »Die waren billiger im Unterhalt. Stehen ja nur rum und fressen nicht so viel wie die Tiere.«

»Aufgrund der Scheidung konnte er sich nicht mehr leisten, Sie beide zu bezahlen«, schlussfolgerte Fenna.

Neske bekam feuchte Augen.

»So schlecht ist es dem gar nicht gegangen. Wenn er gewollt hätte, hätte er uns behalten können«, sagte Thilo verbittert. »Aber das war ein Geizkragen, und als er seiner Frau so viel zahlen musste, hat er sich aufgeführt, als müsste er für den Rest seines Lebens betteln gehen. Da hat er uns vor die Tür gesetzt. Kein Bedarf mehr, hat er gesagt, und zu teuer wären wir.«

Fenna war unangenehm berührt. Es war nicht ihre Absicht gewesen, alte Wunden aufzureißen. Es verblüffte sie, dass es selbst dem grobschlächtigen Thilo Wilken sichtlich naheging, dass er die Stelle bei dem Ehepaar verloren hatte.

»Wir mussten von heute auf morgen die Wohnung verlassen, die wir bei denen hatten«, erinnerte Neske sich. »War nur eine kleine Wohnung, aber mollig warm und so ein hübsches Bad.«

Fenna hätte Neske am liebsten in den Arm genommen und getröstet. Wie hart hatte diese Frau in ihrem Leben arbeiten müssen, und was hatte sie am Ende davon? Sie riss sich zusammen, räusperte sich und versuchte, ihrer Stimme einen festen Klang zu geben. »Die Adresse Ihres damaligen Arbeitgebers, bitte.«

Thilo nannte ihr die Anschrift.

»Sind Sie von dort direkt zu Frau Altinga gegangen?«, fragte Fenna mitfühlend.

Neske senkte den Blick. Ihre Hände zerknüllten einen Einkaufszettel, der auf dem Tisch unter einer schmalen Blumenvase gelegen hatte. »Nein«, sagte sie. »Wir sind in eine winzige Wohnung in einer ehemaligen Scheune am Ortsrand von Aurich gezogen. Da haben wir ein paar Jahre gelebt. Es war eisig kalt und zugig und dunkel. Einfach furchtbar.« Sie schlang die Arme um ihren schmalen Körper. »Wir haben keine Arbeit mehr gefunden, und mit unserer kleinen Rente konnten wir uns keine Wohnung leisten, keine richtige Wohnung«, sagte sie betrübt.

»Wie sind Sie zu der Anstellung bei Frau Altinga gekommen?«

Neskes Gesicht hellte sich wieder auf. »Manchmal haben auch Leute wie wir ein bisschen Glück«, sagte sie. »Eine Bekannte hat uns den

Tipp gegeben. Sie war in dem Modeladen der ehemaligen Frau von unserem letzten Chef angestellt. Als der Laden geschlossen wurde, hat sie lange nach einem neuen Job gesucht, und dann ist sie bei Norwin Nansen gelandet.«

»Sie meinen Nora Heins?«, fragte Tammo.

Neske nickte. »Der Herr Nansen hat ihr erzählt, dass er für die Frau Altinga ein Hauswirtschafterpaar sucht, und da hat die Nora sich an uns erinnert.«

»Warum fragen Sie uns das alles überhaupt?«, rief Thilo ungehalten dazwischen. »Erst gucken Sie bei uns aus allen Fenstern. Jetzt schnüffeln Sie in unserer Vergangenheit rum. Wozu?«

»Wir wollen uns ein Gesamtbild verschaffen«, sagte Tammo unverbindlich. »Dazu müssen wir das Umfeld von Frau Altinga erkunden.«

Neske stand auf und stöberte in einem Regal herum, in dem sich Zeitschriften und Groschenromane stapelten. Sie fischte ein Buch heraus, dessen Titelseite Fenna bekannt vorkam, und kehrte zum Tisch zurück. »Lesen Sie mal ihre Autobiografie.« Sie schob Fenna das Buch zu. »Sie werden staunen, was die Frau alles erlebt hat.«

Tammo nahm den Wälzer aus Höflichkeit in die Hand und blätterte darin herum. Fenna beugte sich zu ihm hinüber und warf ebenfalls einen Blick hinein.

»Wir haben das Buch zu Hause liegen«, sagte Tammo. »Mein Onkel hat mir auch schon geraten, es zu lesen. Wenn ich Zeit hab, guck ich gern mal rein.«

Die Ermittler verabschiedeten sich von den Wilkens.

Neske begleitete sie nach unten. Sie war darauf bedacht, die Kommissare schnell am Wohnzimmer, aus dem Musik erklang, vorbeizuschleusen.

»Mir knurrt der Magen«, sagte Tammo auf dem Rückweg zur Wache.

»Ist nicht zu überhören«, erwiderte Fenna. »Lass uns noch bei Jonne vorbeischauen.«

»Hmmm«, machte Tammo und rieb sich den Bauch. »Ich spendier uns ’ne Fischpfanne für zwei.«

»Für dich allein oder teilst du sie mit mir?«

Tammo lachte und drückte Fenna an sich. »Mit dir teile ich alles. Sogar Jonnes Fischpfanne für zwei.«

»Wenn unsere Mägen besänftigt sind, lass uns mal zusammentragen, was wir bisher herausgefunden haben.«

»Du hörst dich wenig optimistisch an«, meinte Tammo. »Zweifelst du etwa daran, dass wir den Täter finden werden?«

Fenna zuckte resigniert mit den Achseln. »Lass uns das Thema um eine Stunde verschieben.«

***

Jule, Jonne Kruskopps Tochter, servierte den Ermittlern die Fischpfanne für zwei Personen. Sie war ihrer beider Lieblingsgericht geworden, seit Tammo seine neue Kollegin nach ihrem ersten Arbeitstag in Greetsiel hierhin eingeladen hatte. Auch Jule schien diesen Abend und seine amourösen Langzeitfolgen nicht vergessen zu haben. Bis heute servierte sie den beiden das Gericht jedes Mal mit einem Augenzwinkern, und immer schob sie den Hinweis »frisch ins Netz gegangen« hinterher.

Tammo sah sich in der Kneipe um. Fast jeder der anwesenden Gäste schien ihn zu kennen. Immer wieder musste er die Hand heben, um einen Gruß zu erwidern. Doch als das bestellte Gericht serviert wurde, konzentrierte er sich auf die maritimen Köstlichkeiten auf seinem Teller und versank in Überlegungen.

»Ich schätze«, sagte Fenna, als Tammo seinen Teller fast leer gegessen hatte, »du denkst gerade nicht darüber nach, wer heute Abend mit Buddy Gassi gehen wird. Nun leg schon los, was geistert dir durch den Kopf?«

Tammo hielt das Fischmesser zwischen Daumen und Zeigefinger. Die Spitze zielte auf Fenna. »Der Wilken steckt mit drin.«

»Selbst wenn du mich mit dem Messer zerteilst«, erwiderte Fenna, »ich bleibe dabei: Der Wilken wird nicht die Frau ermorden wollen, die ihm die Rente aufbessert. Ich mag den Mann ja auch nicht sonderlich. Aber wir können ihm nicht einen Mordanschlag unterstellen, nur weil uns seine Nase nicht passt.«

Sie lehnte sich zurück, während sie ihren letzten Bissen Lachs aß, und ließ den Tag vor ihrem geistigen Auge Revue passieren.

Die Gesprächspause, die dadurch entstand, nutzte Tammo zu einem kurzen Klönschnack mit Benno Pötzschke, der gerade die Kneipe betreten hatte und auf ihren Tisch zukam, um sie zu begrüßen.

»Ruhiger Tag auf der Wache. Ihr habt nichts verpasst«, sagte der Wachtmeister und klopfte dem Kommissar auf die Schulter.

Tammo berichtete ihm von den Gesprächen, die Fenna und er geführt hatten.

»Schon ’ne heiße Spur?«, fragte Benno.

»Nicht mal ’ne lauwarme«, erwiderte Tammo. »Wir machen hier gerade ’ne kleine Dienstbesprechung nach dem Motto ›zwei einsame Kommissare auf der Suche nach einem Phantom‹.«

»Dann will ich mal nicht weiter stören«, sagte Benno. Er nickte den Kollegen zu und nahm seinen Stammplatz am Tresen ein, hinter dem Jonne Kruskopp bereits das erste Bier für ihn zapfte.

Tammo blickte Fenna so lange an, bis sie gedanklich wieder in die Gegenwart zurückkehrte. »In welcher Ecke der Krummhörn gehst du denn jetzt gerade mit Buddy spazieren?«, zog er sie auf.

Fenna beugte sich über den Tisch. »Ich gehe gerade die Gespräche mit den Nansens und den Wilkens durch.« Sie nahm ihre Finger und zählte auf. »Wenn ich das mal zusammenfassen soll: Wir haben eine Fine Nansen, die ihren Sohn blind von jeder Schuld freisprechen würde.«

»Was dich als Mutter nicht wundern dürfte.«

»Nö, wundern tut es mich nicht. Ich halte es nur noch mal fest. Dann haben wir einen Norwin Nansen mit einem astreinen Alibi.«

»Einem zuckersüßen Alibi übrigens«, warf Tammo ein.

»Ach nee, ich wusste gar nicht, dass du auf braune Kulleraugen, ausgeschnittene T-Shirts und Herz-mit-Pfeil-Tattoos stehst.«

Tammo schmunzelte überlegen. »Da kannst du mal sehen, wie tiefgründig ich bin. Wir sind schon seit bald drei Monaten ein Paar, und du kennst immer noch nicht alle Seiten von mir.«

»Ist auch gut so«, wandte Fenna ein. »Ich will auch in den nächsten Jahren noch was an dir zu entdecken haben.«

Tammos Augen strahlten wie die Sonne über dem Äquator.

»Aber kommen wir auf unsere Verdächtigen zurück oder auf die, die es noch werden könnten«, holte Fenna ihn wieder auf den Boden des Kriminalistenalltags zurück. Sie legte die Serviette auf den Tisch und reichte Jule die leeren Teller. »Wir haben einfach keinen Hinweis, dass auch nur eine der Personen, die wir bisher befragt haben, die Tat begangen haben könnte.«

Tammo bestellte bei Jule die Zitronencreme zum Nachtisch und orderte noch eine Karaffe Weißwein. »Du hast recht«, sinnierte er und spielte Karten mit den Bierdeckeln, die in einem Halter auf dem Tisch gelegen hatten. »Wir können es drehen und wenden, wie wir wollen, wir haben einfach keinen richtigen Anhaltspunkt.«

»Ich bleibe bis auf Weiteres dabei, dass der Schütze die Altinga nicht hat treffen wollen.«

Tammo zog die Stirn in Falten. »Bis auf Weiteres? Rechnest du mit einer neuen Erkenntnis, die dir eine andere Sicht aufzwingt?«

Fenna nahm ihm die Bierdeckel aus der Hand und sortierte sie wieder in den Halter ein. »Eigentlich nicht. Es war definitiv kein Mordanschlag auf Leonie Altinga. Der Schütze wollte auf sich aufmerksam machen. Es sollte einen heftigen Einschlag geben, mehr nicht. Aber auch nicht weniger.«

»Und nu?«, fragte Tammo. »Was hat der Schütze erreicht?«

»Ich fürchte, nicht viel. Da wird noch was kommen. Die Zerstörung des Spiegels und der Vase war nur der erste Schritt.«

Tammo rollte mit den Augen. »Was erwartest du denn als Nächstes? Einen Anschlag auf das Teeservice?«

»Jetzt werde nicht albern!«

Jule brachte die Zitronencreme.

Fenna nahm ihr Schälchen entgegen und schlenkerte den Dessertlöffel durch die Luft. »Warum jagt man einem Menschen Furcht ein?«, überlegte sie laut. »Warum versetzt man jemanden in Angst und Schrecken?«

»Weil man sich für etwas rächen will«, sagte Tammo, »oder weil man jemanden zum Nachdenken bringen will.«

»Oder«, sagte Fenna, »weil man sich von jemandem verletzt fühlt, tief verletzt, und dann von ihm vergessen wurde. Vielleicht versucht ein Mensch, dem es mit Leonie so ergangen ist, sich jetzt gewaltsam bei ihr in Erinnerung zu bringen.«

Tammo stützte das Kinn in die Hand und dachte über Fennas Worte nach. »Weißt du noch, was die Altinga uns gestern erzählt hat? Die vielen Spinnerten, die ihr Heiratsanträge gemacht haben, obwohl sie ihr nie persönlich begegnet sind?«

Fenna schluckte einen Löffel voll Zitronencreme hinunter und leckte sich über die Lippen. »Der, mit dem wir es hier zu tun haben, muss schon ein Spinnerter sein. Aber ich denke nicht, dass es einer von denen ist, die Leonie meinte. Die Männer haben ja nie zu ihrem persönlichen Umfeld gehört. Aus welchem Anlass sollte einer ihrer ehemaligen entfernten Verehrer jetzt auf einmal so rabiat vorgehen? Nein, ich glaube, dass die Person, die die Schüsse abgegeben hat ...«

»... oder abgeben lassen hat«, warf Tammo ein.

»Ich bin sicher, dass die betreffende Person in direktem Kontakt mit Leonie Altinga gestanden hat.«

Tammo tupfte sich mit der Serviette die Mundwinkel ab. »Wieso Vergangenheit? Vielleicht steht sie auch heute noch im Kontakt mit ihr?«

»Mag sein«, sagte Fenna. »Aber ich denke, wenn es so wäre, hätte Leonie anders reagiert, als wir sie gefragt haben, ob sie sich in jüngster Zeit bedroht gefühlt hat.«

Die Eingangstür der Kneipe öffnete sich. Frido, Magda und die übrigen Mitglieder der Rentnergang trudelten herein. Fenna erinnerte sich, dass ihre Mutter ihr gestern gesagt hatte, sie wollten sich heute zum Essen treffen.

Tammo folgte Fennas Blick. Frido winkte ihm fröhlich zu. »Nicht, dass die jetzt auf die Idee kommen, die Tische zusammenzurücken und sich zu uns zu setzen«, raunte der Kommissar.

»Wäre vielleicht gar nicht mal so verkehrt«, entgegnete Fenna. »Frido kennt die Altinga privat. Vielleicht weiß er etwas über sie, das uns weiterhelfen könnte.«

»Das hätte er schon längst ausposaunt«, erwiderte Tammo. »Der weiß auch nicht mehr als wir.«

»Okay, dann lass uns noch mal auf meine Überlegungen zurückkommen«, sagte Fenna. »Ich vermute, der Schütze trägt die seelische Verletzung, die er erlitten hat, seit Langem mit sich herum. Mit großer Wahrscheinlichkeit haben Leonie Altinga und er sich aus den Augen verloren, als sie ins Ausland gegangen ist. Und jetzt, wo sie zurück ist, kommt bei ihm alles wieder hoch.«

»Glaubst du, er möchte eine Entschuldigung von ihr erzwingen?«

Fenna hob die Schultern und machte eine Geste, die zeigte, dass sie vieles für möglich hielt. »Eine Entschuldigung, eine Wiedergutmachung, irgendetwas in dieser Richtung.«

»Puuuh!« Tammo raufte sich die Haare und schielte zu dem Tisch hinüber, an dem die Rentnergang saß. »Lass das bloß nicht Onkel Frido hören.«

»Warum nicht?«

Tammo verzog das Gesicht. »Der kommt uns wieder mit der Autobiografie, und ganz ehrlich: Nichts langweilt mich mehr als die Lebensbeichte einer eitlen, alternden Diva.« Er winkte Jule Kruskopp zu sich heran, um zu bezahlen.

»Lebensbeichte!« Fenna hob den Zeigefinger. »Der Begriff sagt schon vieles.«

Jule legte Tammo die Rechnung vor. Er steckte ihr ein großzügiges Trinkgeld zu. »Für die super Fischpfanne mit dem tollen, nachhaltigen Flirteffekt.«

»Okay«, sagte Fenna, als Jule zum nächsten Tisch ging. »Ich opfere mich, ich les das Buch.«

Tammo sah sie mitleidig an. »Tapfer!«

7. Kapitel

»Auch schon wach?« Benno Pötzschke blickte demonstrativ auf die Uhr, als Tammo und Fenna mit zehnminütiger Verspätung auf der Wache erschienen.

»Wir sind zwar später dran als du«, gab Tammo aufgeräumt zurück. »Dafür fließt aber in unseren Adern heute Morgen weniger Alkohol als in deinen. Wenn du uns schräg kommst, lass ich dich gleich mal pusten. Hab ich nicht draußen auf dem Parkplatz deinen Wagen stehen sehen?«

Benno zog den Kopf ein und wandte Tammo den Rücken zu. Das Klingeln des Telefons bewahrte ihn vor einer Fortsetzung des Schlagabtausches mit dem Kommissar.

Tammo begab sich an seine wichtigste morgendliche Aufgabe: die Zubereitung einer Kanne Tee. Im Hintergrund hörte er den Wachtmeister reden. Es klang nach einem Gespräch mit Beamten einer anderen Dienststelle. Während die Ostfriesenmischung zog, beobachtete er, wie sein Kollege etwas aufschrieb.

»Hab das Kennzeichen notiert. Wir kümmern uns«, sagte Benno und legte auf. Er winkte Tammo zu sich heran und hielt ihm einen seiner quadratischen Notizzettel unter die Nase. »Autoklau in Aurich«, sagte er. »Ein weinroter R4 aus dem Jahr 1961 ist über Nacht verschwunden. Der Bestohlene vermutet den Fahrer des Wagens mit diesem Kennzeichen«, er tippte mit dem Finger auf seine Notizen, »als Dieb oder als Drahtzieher des Diebstahls.«

Tammo nahm Benno den Zettel aus der Hand und betrachtete das sehr eingängige Autokennzeichen. »Wie kommt der Mann darauf?«

»Der Fahrer dieses Wagens war gestern Vormittag zu einem geschäftlichen Termin bei ihm in Aurich. Der Bestohlene hatte sich die Nummer gemerkt, als der Besucher wieder wegfuhr und er ihm hinterhersah.«

»War ja auch nicht schwer zu merken«, meinte Tammo.

»Nach dem Gespräch haben sie sich seine Oldtimersammlung angesehen, und heute ist einer der Wagen futsch.«

Tammo staunte. »Eine Oldtimersammlung?«

»Warum nicht?«, sagte Benno. »Der Mann gehört zu denen, die wissen, wie man aus 'ner Hand voll Kohle ein ganzes Vermögen macht. Solche Leute investieren nicht nur in Aktien und dann auch noch in die falschen so wie du.« Er deutete auf seine Stirn. »Die haben Köpfchen. Die investieren einen guten Teil ihres Geldes in Sammlerstücke. Was meinst du, was für 'ne Wertsteigerung alte Automobile über einen längeren Zeitraum erreichen!«

»Okay, und weiter? Nur weil der Fahrer dieses Wagens am Vormittag bei ihm war, muss er dem Mann nicht in der Nacht eine seiner Rumpelkisten geklaut haben.« Tammo schüttelte verständnislos den Kopf. »Und mit so was soll ich mich heute befassen? Ich glaub, da hab ich Besseres zu tun.«

Benno stapfte hinter Tammo her bis zu dessen Büro. »Was würdest du denn davon halten, wenn du fremden Besuch bekommst, ihm deine Briefmarkensammlung vorführst, und dann wird dir über Nacht eine Blaue Mauritius aus dem Tresor geklaut?«

Tammo setzte sich auf seinen Platz und konzentrierte sich auf den Monitor, der ihm die neuesten Mails auflistete. »Ich weiß schon, warum ich erstens keine Briefmarken sammle und sie zweitens, wenn ich es täte, keinem Unbekannten zeigen würde. Und drittens würde ich niemals fremde Leute in meinem Haus empfangen.«

»Ich hab mit halbem Ohr mitbekommen, worum es geht«, schaltete Fenna sich ein, die mehr Erbarmen mit Benno hatte als Tammo. »Wie heißt denn der Verdächtige überhaupt?«

»Arnd Hampel«, sagte Benno. »Nie gehört. Ihr?«

»Nee. Soll der hier wohnen?«

Benno nickte. »In Greetsiel. Hat er zumindest dem Bestohlenen gegenüber behauptet.«

»Benno!«, schimpfte Tammo. »Müssen wir dich erst noch anlernen oder was? Nun zieh schon Leine und guck im System nach, wo der Kerl wohnt. Wenn du das rausgefunden hast und meinst, dass es nötig ist, fahr einfach hin und guck, ob er den Oldie im Keller versteckt hat.«

Benno stob schnaubend aus dem Büro.

Tammo suchte Blickkontakt zu Fenna und machte eine Scheibenwischerbewegung. Sollten sie sich allen Ernstes um einen verstaubten R4 kümmern, der aus einer Garage in Aurich gestohlen worden war?

»Benno«, rief Fenna dem Wachtmeister hinterher, »wie heißt denn der Besitzer des gestohlenen Wagens?«

»Fritz Bade«, rief Benno zurück.

Fenna sah Tammo entgeistert an.

»Was guckst du denn so?«, fragte der Kommissar. »Hab ich ’ne Nase mitten im Gesicht?«

»Wohl eher ein Vakuum hinter deiner Stirn«, zog Fenna ihn auf. »Kommen deine grauen Zellen nicht in Wallung, wenn sie den Namen hören? Fritz Bade aus Aurich, denk doch mal nach!«

Tammo stutzte einen Moment. Plötzlich schlug er sich vor den Kopf. »Der Wilken«, rief er plötzlich aus. »Bade war einer der Arbeitgeber von Thilo Wilken.«

Fenna grinste. »Gedächtnistest bestanden.«
Tammo starrte Fenna an und klapperte nervös mit den Fingern beider Hände auf seiner Computertastatur herum. »Dann müssen wir noch mal zu den Wilkens. – Sollte Thilo den Wagen etwa gestohlen haben?«
Fenna zuckte mit den Schultern.
»Aber was sollte er damit anfangen wollen?«
Benno kehrte in das Büro der Ermittler zurück, hielt einen weiteren Zettel in die Höhe und las feierlich davon ab. »Der Besitzer des Wagens mit dem amtlichen Kennzeichen ...«
»Mach's kurz, Benno«, ermahnte Tammo ihn. »Wie heißt er und wo wohnt er?«
Benno ließ die Hand sinken. »Einen Arnd Hampel gibt's in unserer Gegend überhaupt nicht. Arnd Hampel heißt in Wirklichkeit Norwin Nansen.«
Mit einem Satz sprang Tammo auf und nahm seine Jacke vom Garderobenhaken. Aus dem Augenwinkel guckte er zu Fenna hinüber. »Kommst du mit?« Er wandte sich erneut an Benno. »Was sagst du, wann der gestern bei Fritz Bade war? Am Vormittag?« Im selben Moment rannte er, dicht gefolgt von Fenna, an Benno vorbei, dem Ausgang zu.
»Warum nicht gleich so?«, rief Benno den beiden hinterher. »Jo, der Termin war am Vormittag.«
Norwin Nansen durfte jetzt in seinem Laden sein – sofern er nicht zur Abwechslung mal mit einem gestohlenen Oldtimer dem Großhändler einen Besuch abstattete, bei dem er angeblich gestern Vormittag gewesen war.
»Verrat mir doch bitte: Was hat der Diebstahl des Wagens mit den Schüssen auf Leonie Altinga zu tun?«, fragte Tammo seine Kollegin, als sie durch den Ortskern von Greetsiel eilten.
»Hat das eine überhaupt etwas mit dem anderen zu tun?«, fragte Fenna zurück.
»Wozu haben wir dich Profilerin werden lassen? Glaubst du etwa nicht, dass beides irgendwie miteinander zusammenhängt?«
»Im Moment glaube ich gar nichts«, sagte Fenna, die Mühe hatte, Tammos langen Schritten zu folgen, und langsam außer Atem geriet.
Tammo fuchtelte mit den Armen in der Luft herum. »Installiert der Norwin jetzt eine Bombe unter der Motorhaube und lässt die Karre ins Wohnzimmer seiner Tante rasen?«
Fenna fing einen von Tammos Armen ab und hielt ihn mit eisernem Griff so fest, dass ihrem wild gewordenen Kollegen nichts anderes übrig blieb, als stehen zu bleiben. »Du kommst jetzt mal erst von deinen durchgeknallten Gedankengängen runter. Mit deiner blühenden

Fantasie kannst du ein Drehbuch für einen James-Bond-Thriller schreiben.«

Tammo zog sich in seinen inneren Schmollwinkel zurück. Manchmal hatte er das Gefühl, es nur mit Verrückten zu tun zu haben. Und ausgerechnet in so einem Moment kam Fenna ihm mit dem Vorwurf, er sei selbst ein bisschen ballaballa. »Drehbuchautor wäre 'ne gute Alternative zu meinem Job. Kreativer und sicher auch ertragreicher.«

»Vergiss den Thilo Wilken nicht«, ermahnte Fenna ihn, »auch der könnte mit dem Autoklau zu tun haben. Jetzt atme schön tief durch, und dann fragen wir den Nansen freundlich, was er denn gestern Abend so getrieben hat.«

»Getrieben ist gut«, erwiderte Tammo. »Wenn Nora, die Niedliche, wieder bei ihm im Laden steht, kann ich dir jetzt schon sagen, wie die Antwort lautet.« Er schlug auf die Klinke und drückte die Ladentür mit voller Wucht auf. Die Klingel, die bei ihrem letzten Besuch an ein Engelsglöckchen erinnert hatte, jaulte schrill auf.

Hinter dem Tresen stand Nora. Bei dem jämmerlichen Klang, der den Raum erfüllte, zuckte sie zusammen.

Norwin stürzte aus dem Büro. »Ist das ein Überfall?«, fragte er. Als er die Ermittler erblickte, zog er die Augenbrauen in die Höhe.

»Womit wir beim Thema wären«, warf Tammo ihm zu. Er baute sich vor dem Tresen auf. »Verraten Sie uns doch mal frisch von der Leber weg: Wo waren Sie in der Zeit zwischen dem gestrigen Ladenschluss und der Öffnung heute Morgen? Lückenlose Dokumentation, bitte schön.«

Norwin betätigte ein paar Tasten an der Kasse, öffnete die Lade und tat, als zählte er Geld nach. Vielleicht prüfte er auch, ob genügend Wechselgeld da war. Jedenfalls war Tammo sicher, dass diese Aktion gerade völlig unnötig und reine Zeitschinderei war.

»Muss ich Ihnen das sagen?«, fragte Norwin.

Nora hatte sich in eine Ecke gedrückt und grinste. Fenna winkte sie mit einem Finger zu sich und deutete mit dem Kopf auf die Bürotür. Die beiden Frauen verschwanden in dem Raum.

»Also?«, fragte Tammo.

»Erst war ich mit Nora zusammen. Gegen elf bin ich nach Hause. Meine Mutter war noch wach, sie kann das bezeugen. Ich hab ihr gesagt, ich hätte noch was mit Freunden getrunken. Dann bin ich ins Bett und heute Morgen nach dem gemeinsamen Frühstück mit der Frau Mama wieder hier aufgeschlagen, fast zeitgleich mit Nora Heins. Sonst noch Fragen?«

»Zeugen für die Zeit, außer Nora und der werten Frau Mama?«

»Keine weiteren Zeugen, außer den Personen, denen ich im Traum begegnet bin.« Norwin warf Tammo feindselige Blicke zu. »Oder haben Sie etwa Zeugen für die Stunden, in denen Sie alleine in Ihrem Bettchen gelegen haben?«

Tammo hätte den Mann rütteln mögen.

Fenna bewahrte ihn davor. Gemeinsam mit Nora verließ sie das Büro. Ein Blick von ihr genügte, um Tammo vor die Tür zu lotsen und sich dort mit ihm zu besprechen. »Bis elf ungefähr waren sie zusammen, sagt Nora«, flüsterte sie in sein Ohr. »Danach ist er, soweit sie weiß, nach Hause gegangen und hat geschlafen. Alleine, genau wie sie. Heute Morgen ist er pünktlich und ausgeschlafen im Laden erschienen.«

Tammos Kieferknochen mahlten. »Das stimmt mit seiner Aussage überein. Wir können ihm nichts Gegenteiliges nachweisen.« Wütend drehte er sich einmal um die eigene Achse.

»Hast du ihm gesagt, warum wir danach fragen?«

Tammo schüttelte den Kopf. Er ging in den Laden zurück und stellte sich vor den Tresen, hinter dem Norwin und Nora wie festgewachsen standen. »Wie schaffen Sie es, zur selben Zeit an zwei Orten zu sein?«, fragte er provokant.

Norwin guckte ihn dümmlich an. »Wie?« Er schob die Hände in die Hosentaschen und stand vor den Ermittlern wie ein kleiner Junge, den man bei einer Lüge erwischt hat.

»Sie brauchen gar nicht drüber nachzudenken, wie Sie sich da rausreden«, schnauzte Tammo ihn an. »Sie haben uns erzählt, Sie wären beim Großhändler gewesen. Den Namen und die Adresse hätte ich gerne mal. Und die Telefonnummer. Ich werde hier und jetzt bei dem Mann anrufen und mir das Alibi bestätigen lassen. Wenn's denn überhaupt eins ist.«

Norwin blickte hilfesuchend auf Nora hinab, die offenbar nicht verstand, warum Tammo an dem Termin beim Großhändler zweifelte. »Er war beim Großhändler«, sagte sie mit einer Bestimmtheit, als könne sie Norwin das Alibi bedenkenlos geben.

Tammos Augen schossen Pfeile auf Norwin. »Dann hätte ich gerne eine Erklärung dafür«, sagte er aalglatt, »wie Sie es geschafft haben, bei diesem Großhändler zu sein, in Leer oder in Norden oder wo immer der auch sitzen mag, und zur selben Zeit einen Mann namens Fritz Bade in Aurich aufzusuchen.«

Norwin wurde blass. »Woher wissen Sie davon?«

Fenna zog Tammo vom Tresen weg und schob sich zwischen die beiden Männer. »Heute Nacht ist einer der Oldtimer aus der Sammlung von Fritz Bade gestohlen worden. Da kam bei uns auf der Wache der

Gedanke auf, dass Sie in der Nacht noch einmal zurückgekehrt sein und sich bedient haben könnten. Mag ja sein, dass wir mit unserer Vermutung völlig danebenliegen, aber das lässt sich sicher schnell klären. Wenn Sie uns mal eben zu sich nach Hause begleiten würden? Wir möchten uns Ihre Garage ansehen.«

Norwin wischte sich nervös über den Mund. »Kommen Sie mal kurz«, sagte er. Die Ermittler folgten ihm in sein Büro.

»Also, was haben Sie uns zu beichten?«, fragte Tammo.

Norwin machte ein schuldbewusstes Gesicht. »Es stimmt, ich war nicht beim Großhändler, ich war bei Bade«, gestand er.

Er vermied es, den Ermittlern in die Augen zu sehen. Offensichtlich schämte er sich dafür, dass sein Treffen mit dem Anlageberater aufgeflogen war. Wenn er aber einen Wagen von Bade gestohlen hätte, überlegte Tammo, dann wäre zu erwarten, dass er jetzt Blut und Wasser schwitzte und sich rausredete. Stattdessen war er schlicht verlegen, nichts weiter als das. Das sprach eher für seine Schuldlosigkeit. Warum aber dann dieses mysteriöse Treffen mit Bade?

Norwin löste das Rätsel, ohne dass Tammo die Frage hätte aussprechen müssen: »Meine Mutter trifft sich seit einiger Zeit hinter meinem Rücken mit Fritz Bade. Ich hab das durch Zufall herausgefunden und wollte wissen, was für ein Typ er ist. Also hab ich ihn unter falschem Namen angerufen, hab ihm von einer größeren Erbschaft erzählt, die mir angeblich gerade aufs Konto flattert, und einen Termin mit ihm vereinbart.«

»Unter welchem Namen haben Sie sich ihm vorgestellt?«, fragte Fenna.

»Arnd Hampel«, flüsterte Norwin schuldbewusst. »Ich wollte einfach nur gucken, wer der Mann ist.« Er blickte die Ermittler verzweifelt an. »Er hat mir seine Autos gezeigt, aber ich hab doch keins davon geklaut!«

Fenna nickte. »Trotzdem gehen wir jetzt gemeinsam zu Ihnen und gucken nach, ob Sie einen weinroten R4 unter der Matratze versteckt haben.«

»Aber bitte ...« Norwin unterbrach sich und guckte die Ermittler unsicher an. »Bitte sagen Sie meiner Mutter nicht, dass ich bei Bade war.«

Tammo guckte ihn spöttisch an. »Angst, sie legt Sie übers Knie?«

***

Wie sie vermutet hatten, stand in Norwins Garage sein eigener Wagen. Fine Nansen erblickte die kleine Gruppe vom Fenster aus. Sie lief aus dem Haus und fragte, was auf ihrem Grundstück vor sich gehe.

»Kein Grund zur Sorge, Frau Nansen«, beruhigte Fenna sie. »Es handelt sich lediglich um eine routinemäßige Fahrzeugkontrolle.«

Weit und breit war kein weinroter R4 zu sehen, weder in der Straße, in der die Nansens wohnten, noch in einer der Nebenstraßen. Sie ließen sich von Norwin noch zu Noras Wohnung führen, doch auch da stand der gesuchte Wagen nicht.

Die Fahndung nach dem Fahrzeug war eingeleitet. Tammo und Fenna beschlossen, umgehend Thilo Wilken zu befragen.

Leonie selbst öffnete ihnen die Tür. Tammo und Fenna hatten beschlossen, ihr nichts von dem vagen Verdacht gegen Thilo zu verraten. Beiden ging es gleich: Der Mann war ihnen nicht sympathisch, doch sie hatten tiefes Mitgefühl mit dem Ehepaar, das ein so schweres Leben hatte, und wollten das Vertrauensverhältnis zwischen den Wilkens und ihrer Arbeitgeberin nicht in Gefahr bringen.

»Wir hätten noch eine Frage allgemeinerer Natur an Herrn und Frau Wilken«, erklärte Fenna mit einem verbindlichen Lächeln. »Dürfen wir die beiden noch einmal kurz bei der Arbeit stören?«

»Die Wilkens sind oben in ihrer Wohnung«, sagte Leonie. »Sie kennen ja den Weg.«

Die Ermittler spurteten die Treppen hoch. Neske summte eine Melodie, die ganz leise durch die Wohnungstür nach außen drang. Fenna klopfte an. Thilo öffnete ihnen.

Tammo wiederholte die Worte, mit denen Fenna der Hausherrin gegenüber ihren erneuten Besuch begründet hatte. Thilo riss die Tür weit auf, um sie eintreten zu lassen, sprach aber kein Wort.

In der Wohnküche roch es nach Kohlsuppe. Neske stand am Herd und rührte mit einem Holzlöffel in einem riesigen Topf herum. Beim Anblick der Kripobeamten schaltete sie den Herd aus, schob den schweren Topf auf eine andere Platte und wischte sich die Hände an der Schürze ab.

Tammo berichtete, sie seien auf der Suche nach einem Oldtimer, der letzte Nacht aus Fritz Bades Sammlung gestohlen worden war.

Thilo stand wie in Stein gemeißelt vor ihm und betrachtete Tammos Lippen, als kämen Sprechblasen heraus.

Tammo wartete darauf, dass der Mann ihm in die Augen sah. Er wartete vergebens.

Neske trat an den Kommissar heran und griff nach seinem Arm. »Aber Sie glauben jetzt nicht, dass wir das waren, oder?« Sie schluchzte verzweifelt auf. »Thilo war immer bei mir. Am Abend, die ganze Nacht. Wir sind heute Morgen zusammen aufgestanden.«

»Wir glauben es Ihnen«, sagte Fenna.

Ihre Stimme hörte sich so anders an als sonst. Tammo befürchtete, dass auch sie jeden Augenblick zu weinen anfangen könnte.

Die Kommissarin suchte händeringend nach ein paar freundlich klingenden Worten. »Wir mussten mit Ihnen darüber sprechen«, brachte sie schließlich hervor. »Einfach deshalb, weil Sie Fritz Bade kennen. Hätte ja sein können, dass Sie eine Ahnung haben, wer Zugang zu der Halle hat, in der die Oldtimer stehen.«

»Da fragen Sie den Bade am besten selbst«, sagte Thilo mit kühler Stimme.

8. Kapitel

Sie kamen einfach nicht voran. Wer hatte auf Leonie Altinga geschossen? Wer hatte das Auto von Fritz Bade gestohlen? Gab es einen Zusammenhang zwischen den beiden Fällen? Auf den ersten Blick schienen sie nichts miteinander zu tun zu haben, und doch glaubten die Ermittler, dass es eine Verbindung gab.

In gedrückter Stimmung kehrten Tammo und Fenna vom Mittagessen zurück. Auf leisen Sohlen huschten sie an Benno vorbei, der mit zwei Kollegen in ein angeregtes Gespräch vertieft war, und schlossen die Tür ihres Raumes am Ende des Ganges.

Jeder von beiden setzte sich an seinen Computer, entsperrte ihn und versuchte, sich auf die Arbeit zu konzentrieren.

Tammo bemerkte, dass Fennas Hände schon eine ganze Weile reglos auf der Tastatur lagen. Ihre Augen waren auf den Monitor gerichtet, doch er sah ihr an, dass sie in Gedanken ganz woanders war. Er rückte von seinem Bildschirm ab. »Hey, du guckst so traurig. Woran denkst du?«

Fenna schüttelte unwillig den Kopf. »Ach, nichts.« Sie begann, etwas in den Computer einzutippen. Dann schob sie die Tastatur wütend von sich und stützte das Kinn in beide Hände. »Mir gehen Neske und Thilo Wilkens nicht aus dem Kopf. Vor allem Neske nicht. Sie ist so eine zarte Person und so hilflos und traurig. Wenn Thilo in die Sache verwickelt sein sollte ...«

»Du hast Angst, dass sie zerbricht?«

Fenna nickte.

Tammo ging es ähnlich. Auch ihm lag die Frage im Magen, was aus Neske werden würde, wenn ... Würde Leonie sie weiterbeschäftigen? Gedankenverloren stierte er vor sich hin. Schließlich stand er auf. »Ich hol uns ein Bitter Lemon. Das macht uns munter.«

Den Blick auf den Boden gesenkt, trottete er in Richtung Küche. Doch unmittelbar vor dem Ziel sprang Benno aus seinem Büro und versperrte ihm den Weg.

»Unfall auf der Kleinbahnstraße in Höhe des Wegs, der zum Fischimbiss am Pilsumer Leuchtturm führt«, ratterte der Wachtmeister herunter. »Gerade reingekommen, die Meldung. Ein Pkw ist mit einer Radfahrerin kollidiert. Die Frau ist zum Glück nur leicht verletzt, der Krankenwagen ist unterwegs.«

Tammo versuchte, seine schlechte Laune mit erzwungener Heiterkeit zu übertünchen. »Das ist doch ein Fall für einen wackeren Wachtmeister wie dich«, meinte er. »Ruf dir ein paar Kollegen zusammen und fahr da hin. Für einen handelsüblichen Verkehrsunfall braucht ihr uns nicht.« Er schlug Benno auf die Schulter und wollte sich an ihm vorbeischieben.

Zwei uniformierte Kollegen eilten aus dem Raum, den Benno sich mit ihnen teilte. »Wir fahren schon mal los«, rief einer ihnen zu. Sie liefen zum Parkplatz, warfen sich in einen Streifenwagen und fuhren mit Blaulicht zur Unfallstelle.

»Wir kommen gleich nach«, rief Benno ihnen hinterher, dann wandte er sich wieder an Tammo. »In dem Fall ist nix handelsüblich«, nörgelte er. »Da muss die Kripo ran. Der Autofahrer hat Fahrerflucht begangen.«

Tammo stöhnte auf. »Habt ihr das Kennzeichen?«

»Leider nein.«

»Die Automarke?«

»Auch nicht.«

»Also mal wieder ein Volltreffer.« Tammo verzog das Gesicht. Wie sollte er nach einem flüchtigen Unfallfahrer fahnden lassen, wenn lediglich bekannt war, dass der Wagen mutmaßlich vier Räder unter der Karosserie hatte und dass ein Zweibeiner am Steuer saß, der entweder männlich oder weiblich war?

Benno setzte seine Dienstmütze auf. »Fenna!«, rief er über den Flur. Dann wandte er sich wieder an Tammo. »Ich begleite euch natürlich«, sagte er großzügig und schlug dem Kommissar auf die Schulter. »Kompetente Unterstützung könnt ihr ja immer gebrauchen.«

Fenna lief den Gang hinab und stellte sich zu den beiden Männern.

»War die Radfahrerin selbst in der Lage, anzurufen?«, erkundigte Tammo sich bei Benno.

»Nö, ein Bauer aus Hauen hat den Unfall zufällig beobachtet. Allerdings nur von Weitem, so ungefähr aus hundertfünfzig, zweihundert Metern Entfernung. Er hat gesehen, wie die Frau angefahren wurde und gestürzt ist. Der Wagen hat eine Sekunde angehalten, sagt er, und dann ist der Fahrer mit Volldampf von dannen. Der Bauer ist sofort zu ihr hingelaufen, um ihr zu helfen, und hat uns dann angerufen.«

»Sauerei!«, schimpfte Tammo. »Vermutlich war der Kerl besoffen.«

Benno zupfte an seinem Schnurrbart. »Um diese Uhrzeit? Glaub ich nicht. Die Radfahrerin behauptet laut dem Bauern, das war gar kein Unfall, er hat sie ganz gezielt aufs Korn genommen.«

»Wie kommt sie darauf?«, fragte Tammo. »Irgendwelche konkreten Anhaltspunkte?«

Benno stellte sich auf die Zehenspitzen, sodass er Tammo um ein paar Zentimeter überragte. »Siehst du«, sagte er und tippte dem

Kommissar auf die Brust. »Das ist der Grund, weshalb ich meine, das ist ein Fall für die Kripo. Fahrt hin und fragt sie selbst.«

Fenna hakte sich bei ihren beiden Kollegen unter und drängte sie hinaus. »Worauf warten wir noch?«

»Vielleicht hat die Radlerin den Wagen nicht vorbeilassen wollen«, überlegte Tammo laut, als sie im Auto saßen. »Dadurch hat sich beim Fahrer Überholwut aufgestaut, und er hat ein bisschen gedrängelt.«

»Oh, oh«, jaulte Benno auf. »Versetzt du dich gerade in die Lage des Autofahrers und stellst dir vor, was für dich ein Grund wäre, eine Radlerin zur Kühlerfigur zu machen?«

Im Rückspiegel sah Tammo das feixende Gesicht des Wachtmeisters. Er nahm Anlauf, um ihm eine verbale Abreibung zu erteilen. Da legte Fenna ihm eine Hand aufs Bein.

»Wir sind gleich da«, sagte sie. »Du darfst schon mal vom Gas runtergehen.«

Tammo hielt hinter dem Wagen der uniformierten Kollegen an, die unweit des Rettungswagens geparkt hatten.

»Wir haben die Personalien der Radfahrerin und des Zeugen aufgenommen«, informierte ihn einer der Wachtmeister, während die Männer vom Rettungsdienst die Trage mit der Verletzten in den Patientenraum des Wagens schoben. »Die Frau heißt Lisa Ehlert, wohnhaft in Pilsum.«

»Tammo Anders, Kripo Greetsiel«, rief Tammo den Sanitätern zu. »Ist die Patientin ansprechbar?«

»Jo«, antwortete einer der Männer in Weiß. »Sie ist nur leicht verletzt. Hat mordsmäßiges Glück gehabt. Der Strauch da vorne hat den Aufprall abgefangen.« Er zeigte auf das Gebüsch an der Straßenecke. »Wir bringen sie trotzdem zur Beobachtung in die Klinik.«

Der Sanitäter schickte sich an, die Türen zu schließen.

»Kann ich sie kurz sprechen?«, fragte Tammo und schob den Mann zurück, ohne die Antwort abzuwarten.

Lisa Ehlert sah ihn neugierig an. Sie reichte ihm ihre linke Hand, der rechte Arm lag in einer Schlinge. Tammo traute sich kaum, zuzudrücken, doch die Frau ließ seine Hand nicht mehr los, sie klammerte sich regelrecht an ihn.

»Wie geht es Ihnen? Haben Sie starke Schmerzen?«, fragte der Kommissar.

»Der ist einfach auf mich los«, sagte Lisa Ehlert, ohne auf seine Frage zu antworten. »Der hat mich ganz gezielt angefahren.« Dann sprudelte alles aus ihr heraus, was Tammo wissen wollte. »Ich bin die Neu-Etumer Straße von Pilsum in Richtung Norden gefahren. Er ist eine Zeit lang ganz dicht hinter mir her. Ich hab immer den Motor gehört und mich gewundert, warum er nicht überholt. Irgendwann hab ich mich umgesehen. Ich dachte, was will der eigentlich? Die Straße ist doch breit genug, er könnte ganz bequem an mir vorbei, wenn er wollte. Aber er wollte nicht.«

»Wohin waren Sie unterwegs?«, fragte Tammo, als die Verletzte eine Atempause einlegte. »Nach Greetsiel?«

Sie schüttelte den Kopf. »Zum Leuchtturm. Kurz vor der Kleinbahnstraße hab ich per Handzeichen angezeigt, dass ich nach links will. Er hat mich abbiegen lassen und ist mir weiter gefolgt. Da vorne bin ich dann noch mal links ab.« Sie zeigte durch die immer noch offen stehenden Türen des Rettungswagens hinaus auf den Weg, der zum Leuchtturm führte. »Auf einmal hat er Gas gegeben. Als ich den Motor aufheulen hörte, hab ich richtig Panik bekommen. Ich hab schnell nach rechts gelenkt. Auf einmal spürte ich den Stoß. Ich bin zur Seite geschossen und zum Glück in den Büschen gelandet, die auf der Ecke stehen. Da bin ich halbwegs weich gelandet.«

»Haben Sie mitbekommen, wohin der Wagen dann gefahren ist?«

Lisa Ehlert dachte angestrengt nach. »Als ich auf dem Boden lag, ist er ganz langsam ein Stückchen an mir vorbei. Ich hab gerade noch die Räder gesehen, die neben mir anhielten. In dem Moment hatte ich Angst, der dreht gleich und überfährt mich. Aber dann ist er rückwärts aus dem Weg raus. Ich hab noch den Motor aufheulen hören, und auf einmal war er weg.«

»In welche Richtung?«

Sie zog die Stirn in Falten. »Das kann ich gar nicht sagen. Als ich da lag, hab ich total die Orientierung verloren. Bei mir hat sich alles gedreht.«

»Das kann ich verstehen«, rief Fenna ihr zu, die vor dem offenen Wagen gestanden und das Gespräch mit angehört hatte. Sie stellte ein Bein auf die herausgefahrene Stufe des Fahrzeugs und stützte sich aufs Knie. »Kannten Sie den Fahrer?«

»Das weiß ich nicht«, sagte Lisa Ehlert. »Den Fahrer konnte ich nicht sehen. In den Scheiben haben sich der Himmel und die Landschaft gespiegelt. Den Wagen kannte ich jedenfalls nicht, und ich kann mir wirklich nicht vorstellen, dass es unter all den Leuten, die ich kenne, auch nur einen gibt, der mich einfach umfahren würde.«

»Haben Sie denn das Kennzeichen sehen können?«, fragte Fenna.

Die Verletzte schüttelte den Kopf.

»Die Automarke, die Farbe?«

Wieder ein Kopfschütteln. »Es ging alles viel zu schnell. Bräunlich. Oder war es dunkelrot? Was Altmodisches jedenfalls. Und die Marke?

Keine Ahnung. Ich hab mich nie für Autos interessiert.« Sie machte ein Gesicht, als ob sie sich über sich selbst ärgerte, und zupfte an einem der Sicherheitsgurte.

Nun mischte sich auch der Bauer, der den Unfall beobachtet hatte, in das Gespräch ein. Bis gerade eben hatte er mit den uniformierten Polizisten zusammengestanden, die den Unfall aufgenommen hatten. Jetzt baute er sich neben Fenna vor den offenen Türen des Krankenwagens auf.

Einer der Sanitäter näherte sich der kleinen Gruppe. »Können wir dann mal? Ist zwar heute nicht viel zu tun für meinen Kollegen und mich. Aber Zeit für einen ausgiebigen Kaffeeklatsch am Unfallort haben wir trotzdem nicht.«

Fenna bat ihn um noch einen kleinen Moment Geduld. Schließlich sei der Unfall ein bewusster Anschlag auf die körperliche Unversehrtheit, wenn nicht gar auf das Leben der Radfahrerin gewesen. Nun gehe es darum, bei der Fahndung nach dem flüchtigen Fahrer keine wertvolle Zeit zu verlieren. Und da die Patientin sich physisch und psychisch in der Lage sehe ...

»Schon gut«, unterbrach der Sanitäter sie. »Aber nur noch zwei Minuten. Dann müssen wir wirklich los.«

Der Bauer hatte die Unterbrechung mit angehaltenem Atem verfolgt. Er wartete ungeduldig darauf, endlich loslegen zu können. »Der saß in so einer alten Kiste«, prustete er los. »Renault oder so was. Ja, ich meine, ein R4 müsste das gewesen sein.« Er wandte sich an Tammo, den er wohl für den kompetenteren Gesprächspartner hielt, wenn es um Autos ging. »Wie lange hat man so was schon nicht mehr gesehen? Wird der überhaupt noch hergestellt?«

»Nö«, sagte Tammo. »Seit Anfang der Neunzigerjahre nicht mehr.« Er blickte Fenna an, bei der offensichtlich auch sämtliche Alarmglocken läuteten. Ein Renault R4!

»Das war vielleicht einer!«, wetterte der Bauer. »Hoffentlich kriegen Sie den Kerl. Dem gehört der Führerschein entzogen. Lebenslänglich!«

»Welche Farbe hatte der Wagen, konnten Sie das aus der Entfernung erkennen?«

Der Bauer legte die Stirn in Falten und schob die Unterlippe vor, als würde er schwer nachdenken. »Dunkel. Braun war es nicht. Rotbraun vielleicht?«

»Was gucken Sie mich so fragend an«, sagte Tammo. »Sie sind der Zeuge.«

»Vielleicht ein Weinrot?«, fragte Fenna.

»Könnte hinkommen«, meinte der Bauer.

Der Sanitäter erschien wieder hinter dem Wagen. »Bitte, wir müssen los«, sagte er und schloss die Türen.

»Finden Sie das Schwein!«, rief die Patientin den Ermittlern noch zu.

***

Nach der Rückkehr auf die Wache gab Tammo die Aussagen von Lisa Ehlert und dem Unfallzeugen in den Computer ein und diskutierte den Vorfall mit Fenna. Benno schrieb die Fahndung nach einem flüchtigen Fahrer in einem vermutlich dunkelroten Renault R4 aus.

Nach und nach verabschiedeten sich Benno und die anderen Kollegen, und auch die Ermittler sehnten sich nach einem ruhigen Feierabend.

»Einen 2012er Rioja?«, fragte Tammo, als nur noch Fenna und er auf der Wache saßen.

»Ich denke, den haben wir uns verdient.«

Durch das verträumte abendliche Greetsiel spazierten sie eng umschlungen zu dem Haus, in dem Tammo und Frido wohnten.

»Du siehst plötzlich so zufrieden aus«, sagte der Kommissar.

Fenna schmunzelte. »Wundert dich das? Du stehst endlich in aller Öffentlichkeit dazu, dass das Greetsieler Kommissarsduo auch privat ein Paar ist.«

Tammo drückte sie noch fester an sich. Fennas gute Stimmung und ein Glas Wein dazu – das versprach, ein entspannter Abend zu werden.

Als sie sich dem Haus näherten und die Stufen zum Eingang hinaufstiegen, vernahmen sie das übliche Geräusch: freudiges Hundegebell und das Schaben von Hundepfoten an der Innenseite der hölzernen Tür.

Buddy sprang an Fenna hoch und beschnupperte ihre Hände in der Hoffnung auf ein Leckerli, das darin verborgen sein könnte. Meist war seine Suche von Erfolg gekrönt, auch wenn Fenna erst so tat, als hätte sie nichts für ihn dabei.

Buddy zerkaute seine Beute krachend und sprang um die Ermittler herum, während sie ins Wohnzimmer gingen.

Erstaunt blieb Tammo stehen. Das Sofa war besetzt. Frido und Magda hatten sich darauf niedergelassen. Sie saßen Schulter an Schulter und Knie an Knie.

Auf Fridos Schoß lag ein aufgeschlagenes Buch. Sein Zeigefinger drückte mit solcher Kraft auf eine Stelle, dass es schien, als wollte er das Buch aufspießen. »Na, ihr Kommissare im Feierabend«, begrüßte er sie grimmig, »immer noch der Meinung, dass ihr Leonies Memoiren nicht kennen müsst?«

Tammo runzelte die Stirn. »Wie darf ich deine Frage verstehen?«

Magda erhob sich. »Jetzt gibt's erst mal einen Rotwein für alle.« Sie ging zum Wohnzimmerschrank, um Gläser für Tammo und Fenna zu holen, und schenkte ihnen von dem Rioja ein, der auch Fridos und ihr Lieblingswein war.

Fenna schob einen Sessel an den von Tammo heran, sodass sie wenigstens dicht beieinander sitzen konnten, wenn schon das Sofa belegt war. Buddy ließ sich neben Fenna nieder, streckte die Pfoten aus und legte seinen Kopf darauf.

Tammo ließ den Wein auf seine Geschmacksknospen wirken, schluckte ihn hinunter und stellte das Glas bedächtig ab. »Jetzt mal zum Mitschreiben«, sagte er und wischte mit der Hand über den Tisch, als gäbe es dort etwas zu bereinigen. »Frido, was genau hat die Autobiografie der geschätzten Leonie Altinga deiner Meinung nach mit unserer Arbeit zu tun?«

Frido wollte an die Decke gehen.

»Still!«, sagte Magda und legte ihm eine Hand auf den Arm.

Frido überließ tatsächlich Magda das Wort. Tammo fragte sich, ob es später, wenn Fenna und er alt wären, zwischen ihnen beiden genauso laufen würde.

»Wisst ihr, wer die Radfahrerin war, die heute Nachmittag von dem geflüchteten Fahrer ins Gebüsch geschleudert wurde?«, fragte Magda in sachlichem Ton.

Tammo stellte eine Gegenfrage. »Woher weißt du von dem Unfall?«

Fenna lachte laut auf. »Mein Lieber, du kennst doch deinen Onkel und seine Freunde. Bevor wir auf der Wache von einer Geschichte wie der mit diesem Unfall erfahren, hat die Rentnergang es schon dreimal spitzgekriegt.«

Tammo schluckte den Hinweis kommentarlos. »Okay. Den Namen der Radfahrerin kennen wir natürlich.«

»Aber ihr wisst nicht, dass Lisa Ehlert die Tochter des früheren Schulleiters von Greetsiel ist?«, hakte Magda nach.

Frido schien es große Mühe zu kosten, Magda die Offenbarung über die Person des Unfallopfers zu überlassen. Er stierte mit so saurer Miene auf sein Weinglas, dass Tammo befürchtete, der Rebensaft könnte sich jeden Moment in Essig verwandeln.

»Was tut das zur Sache, ob der Vater der Radfahrerin der Schulleiter von Greetsiel war, ein Dampflokführer im Schwarzwald oder der Bademeister des Freibads von Kleinkleckersdorf?«

Magda nahm Frido die Autobiografie aus der Hand und blätterte darin herum.

»Seite zweihundertdreiundachtzig«, raunte Frido ihr zu.

Sie schlug die Seite auf. »Leonie Altinga«, begann sie zu erzählen, und ihre Stimme wurde brüchig. »Leonie Altinga hatte ein Kind, ein einziges nur. Eine Tochter.« Sie machte eine kurze Pause und holte tief Luft, bevor sie fortfuhr. »Das Mädchen wurde eines Nachmittags, als es mit dem Fahrrad auf dem Weg zu einer Freundin war, von einem Auto angefahren. Es hatte nicht so viel Glück wie die Frau, die heute verletzt wurde. Der Autofahrer war mit überhöhter Geschwindigkeit unterwegs. Er hat das Rad erfasst, das Kind wurde durch die Luft geschleudert, prallte mit dem Schädel auf dem Asphalt auf und starb, als gerade der Rettungswagen eintraf.«

Tammo kräuselte die Lippen, um seine Regung zu verbergen. Aus dem Augenwinkel sah er, wie Fenna die Hände vor dem Mund zusammenfaltete und zu Boden sah.

Magda setzte erneut zu reden an. »Der Fahrer des Wagens hat Unfallflucht begangen. Aber es gab Zeugen. Spaziergänger hatten sich das Autokennzeichen gemerkt. Der Fahrer war der Schulleiter von Greetsiel.« Sie schlug das Buch zusammen und schob es Fenna und Tammo über den Tisch zu. »Bitte«, sagte sie. »Wenn ihr uns nicht glaubt, lest es selbst. Seite zweihundertdreiundachtzig, wie Frido bereits sagte.«

Einige Augenblicke lang herrschte Stille. Schließlich nahm Tammo das Buch an sich und öffnete es auf der genannten Seite.

Fenna lehnte sich an ihn und las mit.

»Ich glaube wirklich«, sagte Frido und deutete mit dem Kinn auf die Autobiografie, »wenn ihr aufklären wollt, was sich zurzeit in Greetsiel abspielt, müsst ihr das da lesen.« Er drückte sich tief in den Sessel und wartete auf eine Reaktion der Kommissare.

Tammo wurde nachdenklich. »Du meinst wirklich, der Unfall, bei dem Leonies Tochter ums Leben kam, hängt mit dem Unfall von Lisa Ehlert zusammen?«

Frido warf sich in die Brust. »Ich bin sicher, dass es so ist. Es kann kein Zufall sein, dass ausgerechnet jetzt, wo Leonie wieder hierhin zurückgekehrt ist, der Tochter des Schulleiters etwas Ähnliches widerfährt wie damals ihrem Kind.«

Das ging Tammo zu weit. »Ich bitte dich«, entrüstete er sich. »Es ist ein Riesenunterschied, ob ein Kind totgefahren oder eine erwachsene Frau leicht angeditscht wird.«

»Aber vom Prinzip her ist es das Gleiche«, beharrte Frido.

»Aber es liegt so viel Zeit zwischen den beiden Unfällen!«

Frido warf die Hände in die Luft. »Aber, aber, aber! Erst werden einige der Familienerbstücke zerschossen, die Leonie in dieser Autobiografie erwähnt. Dann wird die Tochter des Mannes angefahren, der ihr Kind auf dem Gewissen hat. Was muss denn noch alles passieren, bis ihr endlich in Leonies Vergangenheit nach dem Grund sucht, warum in Greetsiel auf einmal alles drunter und drüber geht?«

Tammo holte tief Luft. »Eine der ersten Fragen, die wir Leonie Altinga nach den Schüssen auf sie gestellt haben, mein lieber Frido, war, ob der Täter jemand aus alten Zeiten sein könnte, der ein Motiv hat, sich an ihr zu rächen. Sie hat uns glaubhaft versichert, dass das kaum der Fall sein dürfte.«

Frido gab keine Ruhe. »Vielleicht verdrängt sie etwas. Sie braucht Spürnasen wie euch, die von außen auf ihr Leben gucken und die richtigen Fragen stellen, um das Verborgene wieder auszugraben.«

Tammo konzentrierte sich auf das Muster im Teppich. »Kommen wir noch mal auf die Schüsse auf Leonie Altinga und auf den Fahrradunfall von Lisa Ehlert zurück. Einmal war Leonie selbst das Opfer, das andere Mal eine ganz andere Person. Wo siehst du den Zusammenhang zwischen den beiden Ereignissen?«

»Moment«, sagte Fenna, »Frido hat recht. Ein Zusammenhang ist nicht von der Hand zu weisen. Wir fragen ja zuerst nach dem Motiv, also nicht, *wer* dahintersteckt, sondern *was* dahintersteckt.«

»Das wird jetzt aber unangenehm«, meinte Tammo leise. »Denn mit dem Wissen, das ich nun habe, muss ich schlussfolgern, dass jemand an Lisa Ehlert Rache üben wollte für das, was Leonies Tochter passiert ist. Und dann läge der Gedanke nahe, dass dieser Jemand niemand anderes sein kann als Leonie Altinga.«

Frido sprang auf. »Du willst doch wohl nicht sagen, dass unsere Leonie die Lisa Ehlert angefahren hat?«

Magda griff nach seiner Hand und zog ihn aufs Sofa zurück. »Leonie war zum Zeitpunkt des Unfalls zu Hause«, sagte sie zu Tammo und Fenna. »Wir waren bei ihr eingeladen.«

Frido zeigte mit dem Finger auf Tammo. »Denk mal an die Zeit, kurz bevor Fenna bei euch anfing. Wie hast du rumgejammert, dass Profiler immer so schrecklich um die Ecke denken, weil geradeaus oft nicht zum Ziel führt. Erinnerst du dich?«

Tammo deutete ein Nicken an. Er spürte Fennas bohrenden Seitenblick. Grinste sie ihn an?

»Dann gebt euch jetzt bitte mal Mühe«, sagte Frido, der sich wohl nicht traute, Fenna direkt anzusprechen, »und denkt endlich um die Ecke und nicht immer bloß bis zu eurer eigenen Nasenspitze.«

Fenna nahm Tammos Hand. »Frido hat nicht ganz unrecht. Wir haben hier möglicherweise nicht die Situation ›Auge um Auge, Zahn um Zahn‹, also nicht die klassische Revanche. Das wäre eine viel zu einfache Lösung. Leonie Altinga wäre nicht so dumm, nach Greetsiel zurückzukommen, um sich so offensichtlich zu rächen.«

»Aha«, sagte Tammo. »Womit haben wir es denn dann zu tun, wenn nicht mit einem Racheakt?«

Fenna zog die Beine an, legte einen Arm über die Rücklehne des Sessels und stützte den Kopf in die Hand. »Gehen wir mal davon aus, es gibt tatsächlich einen Zusammenhang zwischen dem Unfall von Leonies Tochter und dem von Lisa Ehlert.« Sie blickte in die Runde. Frido und Magda nickten zufrieden, Tammo verzog keine Miene.

»Nun lass uns mal versuchen«, fuhr sie mit Blick auf Tammo fort, »eine Verbindung zwischen den Schüssen auf Leonie Altinga und dem Unfall heute Nachmittag herzustellen.« Sie machte eine Atempause.

Frido war voll auf die Kommissarin fokussiert. So angespannt guckte er sonst nur, wenn im Fernsehen die Ergebnisse der Fußballbundesliga eingeblendet wurden.

»Rein theoretisch«, sagte Fenna, »aber das ist jetzt sehr hypothetisch, könnte Leonie jemanden beauftragt haben, Lisa Ehlert anzufahren. Sie hätte dann damit rechnen müssen, dass wir trotz der Jahrzehnte, die zwischen den beiden Unfällen liegen, einen Zusammenhang erkennen und ihr auf die Schliche kommen.«

Frido kräuselte die Stirn und wollte etwas sagen. Magda hinderte ihn daran.

Fenna fuhr fort. »Um von vornherein von sich abzulenken und uns auf eine falsche Fährte zu führen, könnte sie sogar jemanden beauftragt haben, die Schüsse auf sie selbst, oder besser gesagt: an ihr vorbei, abzugeben.«

»Unverschämtheit«, rief Frido aus.

»Bitte lass mich ausreden«, sagte Fenna mit ihrer Engelsgeduld. »Das war nur eine der möglichen Schlussfolgerungen. Ich würde aber einer anderen Theorie den Vorzug geben. Ich denke, der gemeinsame Nenner der Schüsse auf Leonie und des Unfalls von Lisa Ehlert sind Erinnerungen. Und zwar Erinnerungen, die in Leonie Altingas Leben von besonderer familiärer Bedeutung sind.«

»Wie sollen wir das verstehen?«, fragte Tammo, der Fenna nun wirklich nicht mehr folgen konnte.

»Ist eigentlich ganz einfach«, meinte Fenna. »Du musst nur mal querdenken. Bei den Schüssen wurden wertvolle Erinnerungsstücke an ihre Familie zerstört. Der Unfall heute ruft ihr den Tod ihres einzigen Kindes in Erinnerung. Wenn es wirklich ein und derselbe Täter ist, dann will er auf gewaltsame Weise auf besondere Momente in Leonies familiärer Vergangenheit hinweisen.«

»Ist dieser Zusammenhang nicht ein bisschen weit hergeholt?«, fragte Tammo.

Magda, wie Fenna ein Familienmensch, rutschte auf die Sofakante. »Finde ich gar nicht«, sagte sie. »Ich kann das sehr gut nachvollziehen.«

»Es ist nur ein Bauchgefühl«, wandte Fenna sich an Tammo, »aber wir sollten in diese Richtung weiterdenken. Ich halte es tatsächlich für möglich, dass die Wurzel des Geheimnisses, das wir lüften müssen, in der Autobiografie von Leonie Altinga verborgen liegt. Ich vermute, dass jemand hinter diesen Taten steckt, den wir noch gar nicht auf dem Zettel haben. Und wisst ihr was?« Die Kommissarin blickte mit verbissener Miene in die Runde. »Ich glaube, dass der Täter zum Greifen nah ist. Er tarnt sich nur unglaublich gut.«

Tammo langte erneut nach der Autobiografie und blätterte darin herum. »Sechshundertachtundachtzig Seiten«, stöhnte er.

»Ich hab eine Idee«, sagte Magda zu ihrer Tochter. »Komm doch einfach mit zum nächsten Termin unseres Literaturzirkels. Dann werden wir über die Memoiren sprechen, das hatten wir eigentlich letzten Donnerstag schon vor. Vielleicht erfährst du etwas, das dich bei den Ermittlungen auf den richtigen Weg bringt.«

Fenna nickte. »Gute Idee.«

Der Gedanke schien Frido nicht zu behagen. Missgestimmt griff er nach seinem Weinglas. »Du meintest gerade, der Täter ist möglicherweise zum Greifen nah. Du wirst aber doch den Kerl, der die Frau angefahren hat, nicht unter den Mitgliedern unseres Kreises suchen?«

Fenna runzelte die Stirn. »Das kann ich dir nicht versprechen.«

»Und was ist mit dem, der auf Leonie geschossen hat?«, fragte Frido weiter. »Meinst du, das ist derselbe wie der von heute Nachmittag? Soll das etwa auch einer von uns sein?«

»Frido, wirklich«, sagte Fenna entschieden. »Es gehört zu unserem Beruf, aus Prinzip alles für möglich zu halten.«

Frido seufzte. »Wenn das man gut geht«, sprach er in sein Weinglas hinein.

9. Kapitel

Die nächste Zusammenkunft des Lesezirkels fand eine Woche nach den Schüssen auf Leonie statt. Die Teilnehmer hatten die Initiatorin des Kreises bekniet, nicht bis zum regulären nächsten Termin, dem ersten Donnerstag des folgenden Monats, zu warten. Leonie fühlte sich sichtlich geschmeichelt, als ihr von allen Seiten bestätigt wurde, wie dankbar man ihr sei, dass sie sich so bald nach dem furchterregenden Ereignis schon wieder bereit erklärte, die Gastgeberin zu spielen.

Fenna beobachtete Leonie aus dem Augenwinkel und fragte sich, was an ihr echt war und was aufgesetzt. Konnte ein Mensch, der in so viele Rollen geschlüpft war und seit Jahrzehnten im Licht der Öffentlichkeit stand, überhaupt authentisch sein? Wusste Leonie Altinga noch, wer sie im Kern ihrer Seele war?

Leonie verstand Fennas intensiven Blick wohl als Aufforderung, sie ihren Gästen nochmals vorzustellen. »Sie alle kennen Fenna Stern als Kommissarin der Kripo Greetsiel, die ja auch mit den Schüssen auf mich befasst ist.« Sie unterbrach sich und vergewisserte sich der Aufmerksamkeit der Anwesenden. »Dass sie heute bei uns sitzt, hat aber keine beruflichen Gründe. Fenna Stern ist begeisterte Leserin und eine ausgewiesene Kennerin der Gegenwartsliteratur. Sicher hat sie das von ihrer Mutter geerbt.« Sie zeigte mit der Hand auf Magda Alves, die neben Frido saß und jetzt unangenehm berührt lächelte. »Und wenn Fenna ... So darf ich Sie doch nennen?« Fenna nickte. »Wenn Fenna demnächst noch ihren Tammo mitbringt, ist die Familie Anders vollzählig unter meinem Dach vereint.«

Fenna fühlte sich aufgerufen, zu widersprechen. »Noch heißt meine Mutter Alves mit Nachnamen und ich Stern«, sagte sie mit kühlem Lächeln. »Und Hauptkommissar Anders liest Bücher lieber im stillen Kämmerchen, als mit anderen darüber zu diskutieren. Die Männerfraktion in diesem Kreis kann kaum auf seine Verstärkung hoffen.«

Frido Anders und Meno Christoffers zwinkerten sich gegenseitig zu. »Wir lassen uns hier trotzdem nicht unterbuttern«, rief Meno aus.

»Nun gut«, meinte Leonie. Sie schlug die Autobiografie auf, die vor ihr lag, und blätterte unschlüssig darin herum. Dann klappte sie das Buch wieder zu und legte beide Hände darauf.

Fenna nutzte die Pause, um die Gesichter reihum zu studieren. Fast alle Frauen hatten den gleichen Ausdruck. Erwartung, Vorfreude und Spannung spiegelten sich darin.

Frido dagegen hatte die Angewohnheit, bei blumigen Vorreden ungeduldig zu werden. So auch jetzt, wie das nervöse Spiel seiner

Finger mit einem Kugelschreiber verriet. Er hatte etwas vorbereitet, wie Fenna aus den Notizen auf seinem Block und aus den vielen gelben Klebezettelchen in seiner Ausgabe der Memoiren schloss. Magda hatte ihr erzählt, dass in fast jeder Sitzung einer von ihnen ein kleines Referat hielt. Dass heute Frido an der Reihe war, hatte sie ihr verschwiegen.

Meno Christoffers, der neben Frido saß, wirkte sehr entspannt und in sich ruhend. Sein amüsiertes Lächeln, dessen Grund Fenna sich nicht erklären konnte, versuchte er hinter vorgehaltener Hand zu verbergen.

»Heute Abend«, begann Leonie bedächtig und schlug ihre Autobiografie wieder auf, »wollen wir auf meine Lebenserinnerungen zu sprechen kommen.«

»Sehr gut!«, fuhr Frido dazwischen. Seine Hand, die den Kugelschreiber hielt, schoss Leonie entgegen. »Ich habe da was vorbereitet, und zwar in Anlehnung an das, was dir, liebe Leonie, in jüngster Zeit widerfahren ist. Wie du das alles weggesteckt hast, Hochachtung!« Er bedachte die Gastgeberin mit einem schmachtenden Blick, der wiederum Magda Alves zu missfallen schien.

Magda riss seinen Arm herunter, der immer noch über dem Tisch schwebte. »Lass die Leonie doch erst mal ausreden«, sagte sie. »Nicht immer so voreilig.«

Leonie sah über Magdas Kopf hinweg. »Danke für deine Worte, lieber Frido. Mit dem Wegstecken ist das allerdings so eine Sache. Vieles, das man im Leben schlucken muss, vergisst man mit der Zeit. Aber nicht alles kann man beiseiteschieben. Sie alle wissen, wovon ich rede. Und damit erteile ich nun dir, mein lieber Frido, das Wort.«

Frido hüstelte und ließ seine Augenbrauen einige Male auf und ab sausen. Nach einem lauten »Also« und einer kurzen Denkpause kam er auf die Spitzenplatzierungen in den Bestsellerlisten zu sprechen, die Leonies Memoiren erreicht hatten. Anschließend referierte er flüssig, mit nur wenigen Blicken auf seine Notizen, über den Spannungsbogen, den die Autorin in ihren Memoiren gezogen hatte: von ihren Anfängen als Künstlerin auf kleinen niederdeutschen Bühnen über erste größere Engagements, Rückschläge in Form von nicht erhaltenen Rollen und schwerste persönliche Schicksalsschläge bis hin zu ihren großen Erfolgen als international gefeierte Schauspielerin und Schriftstellerin.

Er beendete seinen Vortrag, dem alle höflich gelauscht hatten, mit einem »Dankeschön fürs Zuhören« und erhielt freundlichen Applaus der Anwesenden.

Der Erste, der sich zu Wort meldete, als der Beifall abebbte, war Meno Christoffers. Er hob einen Finger und wartete, bis Leonie auf ihn aufmerksam wurde. »Bitte, Meno, Sie möchten etwas dazu sagen?«

»Ja, gerne«, antwortete Meno und räusperte sich. »Leonie, Sie haben einige Schicksalsschläge hinnehmen müssen, an denen andere Menschen zerbrochen wären. Wenn man Ihren Lebensweg rückblickend betrachtet, muss man allerdings feststellen: Sie sind gestärkt aus all dem hervorgegangen, was Sie in diesem Buch schildern. Nach jedem schweren Schlag sind Sie einen Schritt gegangen, der Sie in Ihrer Karriere weitergebracht hat.«

Leonie thronte auf ihrem Stuhl wie eine Königin und strahlte in die Runde. »Wie hart es auch kam«, verkündete sie feierlich, »ich habe meine Chancen genutzt.«

»Das ist wohl wahr«, sagte Meno. Er tippte energisch auf seine eigene Ausgabe ihrer Lebenserinnerungen und machte ein nachdenkliches Gesicht. »Die Schicksalsschläge, die Sie in diesem Buch schildern, sind Ihnen von anderen zugefügt worden. Ebenso die zahlreichen weiteren Begebenheiten unschöner Art, von denen wir hier erfahren. Aber ich frage mich, wie ist das nun eigentlich: Gibt es in dem Leben, das wir in diesem Buch kennenlernen, auch Schatten, die die Autorin auf das Leben anderer hat fallen lassen?«

Betretenes Schweigen machte sich breit.

Was für eine freche Frage! Das hätte Frido sich nie getraut und Magda schon gar nicht. Fenna kniff unwillkürlich die Augen zusammen und fokussierte Meno.

Der nahm ihren Blick auf. »Sie müssen wissen, Fenna«, erklärte er, »ich habe beruflich mit Büchern zu tun. Ich bin freier Lektor und habe schon viele Autobiografien überarbeitet. Übrigens auch geschrieben, ich bin nämlich auch als Ghostwriter tätig, sehr erfolgreich, wenn ich das in aller Bescheidenheit sagen darf.«

Sein Gesicht offenbarte eine Selbstgefälligkeit, die mühelos mit der von Leonie Altinga konkurrieren konnte.

»Ich empfehle meinen Autoren immer gern«, fuhr er fort, »die Lebenserinnerungen nicht nur als Mittel zur makellosen Selbstdarstellung zu verstehen. Ich bin der Meinung, das Eingeständnis eigener Fehler und Schwächen lässt den Autor irdischer erscheinen, menschlicher statt märtyrerhaft oder engelsgleich.« Er langte mit dem Arm über den Tisch und griff zu der Karaffe, die in der Mitte neben der Teekanne stand. Mit ruhiger Hand füllte er Wasser in sein Glas. »Aber vielleicht ist das jetzt ein etwas zu akademischer Diskurs, den ich hier führe.« Er schmunzelte überlegen.

Die Wangen der Gastgeberin hatten sich während Menos Rede leicht gerötet. »Ich denke gern über Ihre Anregung nach, wenn ich in ein paar Jahren die Fortsetzung meiner Memoiren schreibe«, sagte Leonie mit hoch erhobenem Kopf. »Dennoch bleibe ich bei der Meinung, dass man in der Rückschau auf das eigene Leben nicht alle Fehler und Unannehmlichkeiten, die man selbst zu verantworten hat, der Öffentlichkeit preisgeben muss.« Übergangslos erteilte sie Wiebke Hagge das Wort, die Fridos Vortrag ergänzen wollte. Sie zitierte einige Szenen aus dem Buch und äußerte ihre Gedanken dazu.

Was für ein Jahrmarkt der Eitelkeiten diese literarische Runde war! Wie Frido und Magda es hier nur aushielten! Fennas Gedanken schweiften ab. Während sie sich überlegte, was sie morgen fürs Wochenende einkaufen sollte, beobachtete sie den düsteren Wolkenhimmel.

Mit einem Mal kam eine starke Windböe auf, die Äste der Bäume am Sielufer hinten im Garten schienen wie auf Kommando zu tanzen. Der riesige Sonnenschirm, der aufgespannt neben den Gartenmöbeln stand, kam beträchtlich ins Schwanken.

»Leonie! Leoniiiie!«, hörten sie durch die geschlossenen Fenster eine markdurchdringende Frauenstimme rufen.

»Theda schon wieder«, zeterte Leonie. Sie sprang auf und öffnete die Terrassentür. »Was denn?«

»Dein Sonnenschirm fliegt gleich auf mein Grundstück. Nicht, dass der mir durchs Küchenfenster saust. Hoffentlich hast du wenigstens eine gute Versicherung.«

Leonie knallte die Tür wieder zu. »Alte Scharteke«, knurrte sie und lief in die Diele. »Thilo!«, rief sie nach oben. »Thilo, schnell, bitte kommen Sie!«

»Thilo ist unterwegs«, rief Neske hinab. »Sie hatten doch gesagt, Sie brauchen ihn heute nicht mehr«, entschuldigte sie ihren Mann kleinlaut.

»Da wusste ich noch nicht, dass es anders kommen würde«, raunzte die Hausherrin zurück. »Er muss nach dem Sonnenschirm gucken.«

Frido sprang auf. »Schon gut, Leonie, ich kümmere mich.« Er rannte in den Garten, spannte den Schirm zu und zog eine Schutzhülle darüber, während sich urplötzlich ein Wolkenbruch über ihn ergoss.

Unter dem Beifall der Damen am Tisch rannte Frido zurück und setzte sich wieder hin. Er fuhr sich durch sein feuchtes Haar und wischte die Hände unter Magdas missbilligendem Blick an der Hose ab. Schließlich sah er erst zu Wiebke hinüber, dann zur Gastgeberin. »Dass du so viel erreicht hast, liebe Leonie«, sagte er mit feierlicher Stimme, »sollte dich über alles Unheil hinwegtrösten, das dir in deinem Leben begegnet ist.« Er hielt sein Exemplar des Buches hoch und drehte es nach rechts und links, als würden die anderen Teilnehmer des Zirkels es zum ersten Mal sehen. »Ein Mordsbuch, ein Mordsleben«, rief er begeistert aus.

Leonies Lippen wurden schmal. »Ein Mordsleben, ja, das hatte ich«, sagte sie mit zynischem Unterton. »Erst der Unfalltod meiner Tochter. Dann der Selbstmord meines Mannes. Letzte Woche die Schüsse auf mich. Mörderischer geht es kaum.«

***

Das Gewitter war abgezogen, als der Literaturzirkel für diesen Abend geschlossen wurde. Bis gerade war noch ein ergiebiger Landregen gefallen. Doch als die Gesellschaft sich für den ersten Donnerstag des nächsten Monats verabredete und sich auflöste, hörte es genauso schlagartig auf zu regnen, wie es begonnen hatte.

An der Seite von Frido und Magda schlenderte Fenna zurück zu Tammo.

»Eine merkwürdige Stimmung war das heute«, meinte Frido. »Dieser Meno Christoffers ...« Er schüttelte den Kopf. »Der nimmt sich ganz schön was raus.«

Magda war anderer Meinung. »Bisschen forsch ist er wohl. Aber die Leonie setzt sich ja auch einen Heiligenschein auf. Dabei bin ich sicher, die hat auch die ein oder andere Leiche im Keller. Haben diese Leute doch alle.«

»Diese Leute«, schnaubte Frido. »Was willst du denn damit sagen? Nur weil sie Erfolg hatte und berühmt geworden ist, muss sie noch lange nicht über Leichen gegangen sein.«

Magda schmollte. »Und warum passieren dann jetzt all diese merkwürdigen Sachen?«

Das Gespräch wurde durch das Klingeln von Fennas Handy unterbrochen. Es war der besondere Klingelton, den sie zu Tammos Kontaktdaten gespeichert hatte und der ihr untrüglich einen Anruf ihres Liebsten ankündigte.

Warum meldete Tammo sich jetzt? Er wusste doch, wo sie war und wie lang es ungefähr dauern würde. Hastig zog Fenna das Handy aus der Handtasche und meldete sich. »Was gibt's denn so Eiliges?«

»Wo steckst du?«, fragte Tammo. »Wir haben einen Einsatz. Kannst du in drei Sekunden hier sein?«

»Vier«, sagte Fenna und rannte los. »Wir sehen uns später«, rief sie Magda und Frido noch zu, während irgendwo im Ort, nicht weit entfernt, ein Martinshorn ertönte.

Tammo erwartete sie vor der Tür. Im Dauerlauf spurteten sie zur Wache.

»Briefbombe«, informierte Tammo sie keuchend im Telegrammstil. »Eine Schwerverletzte.«

Auf dem Parkplatz der Wache trafen sie Benno mit laufendem Motor im Polizeiwagen an. »Die Kollegen sind schon vor Ort«, erklärte er und gab Gas. »Das Opfer ist die Frau vom Appelmann.«

Die Frau vom Appelmann ist immer noch die Frau Appelmann, dachte Fenna. Aber das würde sie Benno später einmal beibringen.

»Von *dem* Appelmann?«, fragte Tammo.

»Genau von dem. Mehr weiß ich im Moment auch noch nicht. Die Nachbarin hat uns alarmiert. Ist wohl 'ne Augenzeugin. Die einzige, die wir haben, schätze ich.«

»Wer ist denn *der* Appelmann überhaupt?«, fragte Fenna. Der Name war ihr bisher in Greetsiel noch nicht begegnet.

»Jan Appelmann, ein Fabrikant«, erklärte Tammo. »Alteingesessene Greetsieler Prominenz. Er hat eine kleine Maschinenfabrik in Emden. Die Woche über lebt er in der Stadt, seine Frau wohnt hier, in ihrem Elternhaus, das sie geerbt hat. In Emden fühlt sie sich nicht wohl. Ihr Mann ist in der Regel nur am Wochenende in Greetsiel.«

»Stimmt nicht«, korrigierte Benno ihn. »Das war mal so. In letzter Zeit ist er fast immer hier. Die Fabrik hat der Sohn inzwischen übernommen, der Alte macht da nur noch 'n Teilzeitjob.«

Sie erreichten das Haus, als die Verletzte, vom Notarzt begleitet, in den Rettungswagen geschoben wurde. Die Sanitäter sprangen ins Fahrerhaus und preschten davon.

Die Tür zum Haus stand sperrangelweit offen. Ein uniformierter Kollege stand im Flur, zwei weitere waren in der Küche, in der die Bombe explodiert war, und sicherten den Tatort. Das Küchenfenster war zersplittert, und Gegenstände, die vor der Explosion auf der Arbeitsplatte gelegen haben mussten, lagen am Boden verstreut.

Im Wohnzimmer saß eine ältere Frau auf dem Sofa. Stockend stellte sie sich den Ermittlern als Nachbarin der Appelmanns vor. Sie stand nicht unter Schock, hatte aber vom Notarzt ein Beruhigungsmittel bekommen, wie ihnen einer der Kollegen erklärte.

Die Ermittler stellten sich der Dame vor. »Können Sie uns schildern, was passiert ist?«, fragte Fenna.

»Ich bin schuld«, flüsterte die Frau mit entgeistertem Blick.

Fenna setzte sich auf den Sessel neben dem Sofa und beugte sich zu der Frau vor. »Wie kommen Sie darauf?«

»Ich wohne auf der anderen Straßenseite, direkt gegenüber den Appelmanns«, erklärte sie stockend. »Ich hab in der Küche gestanden und war dabei, Gemüse, das ich im Garten geerntet hatte, abzupacken und einzufrieren. Auf einmal guck ich rüber und sehe ein Päckchen vor der Tür der Appelmanns liegen.«

»Was für ein Päckchen? Können Sie das näher beschreiben?«

»Na ja, so eins, wie man es auf jedem Postamt kaufen kann, denke ich. Aus der Entfernung hab ich das nicht so genau erkannt, aber es sah ganz normal aus, wie tausend andere Päckchen auch. Sonst hätte ich doch nicht ...« Sie zog ein Taschentuch hervor, verbarg ihr Gesicht dahinter und schnäuzte sich heftig.

»Was haben Sie denn dann getan?«, fragte Fenna. »Haben Sie Frau Appelmann informiert, dass ein Päckchen bei ihr vor der Tür liegt?«

Die Nachbarin nickte schluchzend. »Ja«, sagte sie. »Sie hätte das ja heute sonst nicht mehr mitgekriegt. Es war schon ziemlich spät, sie wäre bestimmt nicht mehr vor die Tür gegangen, und ich dachte ...« Sie suchte nach Worten der Erklärung.

»Sie dachten vermutlich, wenn es die Nacht über da liegt, kriegt es Füße, und am nächsten Morgen ist es weg«, vollendete Fenna den Satz.

»Genau«, sagte die Nachbarin. »Ich hab Frau Appelmann angerufen. Sie ist raus, hat das Ding hochgenommen und ist damit ins Haus zurück.« Sie guckte Fenna mit tieftraurigen Augen an. »Sie hat sich auch noch so nett bedankt, zuerst am Telefon, als ich sie informiert hab, und dann hat sie noch mal zu mir rübergewinkt, bevor sie es aufgemacht hat. Sie war so ’ne Liebe.« Plötzlich guckte sie die Ermittler voller Schrecken an. »Sie wird doch überleben?«

»Wir können leider im Moment nichts zum gesundheitlichen Zustand von Frau Appelmann sagen«, erwiderte Tammo. »Wir wissen selbst noch nichts. Aber wir geben Ihnen Bescheid, sobald wir eine Information aus der Klinik haben.«

Fenna rückte mit ihrem Sessel noch ein Stückchen näher an die Nachbarin heran und drückte ihre Hand. »Was ist denn geschehen, nachdem Frau Appelmann die Tür geschlossen hat?«

Die Dame wimmerte. »Erst war es ruhig, ein paar Minuten lang. Ich hab noch gesehen, wie Frau Appelmann in der Küche stand und telefoniert hat. Dann auf einmal hat es einen furchtbaren Knall gegeben. Die Fensterscheibe ist zersprungen, die Glasscherben sind durch den Vorgarten geflogen. Da hab ich sofort den Notruf gewählt.«

»Das war toll, dass Sie so schnell reagiert haben«, tröstete Fenna sie. »Vielleicht haben Sie ihr damit sogar das Leben gerettet.«

»Sehen Sie sich in der Lage, morgen Vormittag zu uns auf die Wache zu kommen, damit wir Ihre Aussage zu Protokoll nehmen können?«, fragte Tammo.

Die Dame nickte. »Ja, ich denke schon, das geht. Zur Not kann meine Tochter mich begleiten, die wohnt nur eine Straße weiter.«

Die Ermittler verabschiedeten sich von der Nachbarin und von ihren Kollegen, die noch im Haus blieben, um die Spurensicherung zu empfangen.

Fenna fühlte sich ausgelaugt. Sie hakte sich bei Tammo ein. »Ich hab das Gefühl, im Moment ist Greetsiel ein einziges großes Irrenhaus.«

»Lass das nicht die Greetsieler hören«, sagte Tammo. »Aber du hast recht, es ist wie verhext.«

Er hatte die Haustür noch nicht ganz aufgeschlossen, da kam Frido ihm entgegen. »Hark und Edith haben mich gerade angerufen«, empfing er die Ermittler aufgeregt.

»Und jetzt weißt du natürlich schon wieder, was passiert ist, warum es passiert ist und vielleicht sogar, wer der Täter war.« Tammo drehte ihm den Rücken zu und zog sich die Schuhe aus. Er wirkte wie eine Kuh, die sich vom Bauern abwendet, weil sie nicht schon wieder gemolken werden will.

»Ich weiß, was passiert ist«, gab Frido zu, »und ich kenne die Stelle ...«

»... in der Autobiografie, an der wir nachlesen können, was der Anschlag mit Leonies Leben zu tun hat«, nahm Tammo seinem Onkel die Worte aus dem Mund.

Fridos Augen schossen Blitze auf die Ermittler ab. Er zeigte das Exemplar vor, das er bisher hinter seinem Rücken gehalten hatte, und warf es auf die Kommode. »Da, wo der gelbe Zettel klebt, steht alles drin.«

»Oh nein«, jammerte Fenna, die bisher noch keine Zeit gefunden hatte, die Autobiografie zu lesen. Sie nahm das Buch und ließ sich auf eine Treppenstufe fallen. In atemloser Spannung schlug sie es an der Stelle auf, die Frido gekennzeichnet hatte, und las.

Leonies Ehemann Gero, ebenfalls ein Maschinenfabrikant, hatte sich leichtsinnigerweise mit Jan Appelmann auf zwielichtige Exportgeschäfte eingelassen. Über einen längeren Zeitraum hinweg hatten sie dabei Steuern in beträchtlichem Umfang hinterzogen. Der Zoll kam den beiden Männern jedoch auf die Schliche; ihnen drohten Gefängnisstrafen. Von einem Bekannten, der bei der Behörde arbeitete, wurde Appelmann gewarnt. So konnte er rechtzeitig alle Unterlagen vernichten, die ihn selbst belastet hätten. Doch statt auch Leonies Mann darüber zu informieren, dass sie aufgeflogen waren, schob er alle Schuld auf Gero Altinga. Im Untersuchungsgefängnis nahm Gero sich das Leben.

»Tammo?«, rief Fenna. Tammo hatte sich ins Wohnzimmer zurückgezogen. Fenna hörte, wie er eine Flasche entkorkte. »Tammo?«, rief sie nochmals.

Wenige Augenblicke später erschien Tammo im Türrahmen. »Ja?«

»Dieser Fabrikant, der Appelmann, der ist für den Selbstmord von Leonie Altingas Ehemann verantwortlich!«

»Wie kommst du darauf?«

»Lies selbst.« Fenna wollte Tammo das Buch überreichen.

Er weigerte sich, es in die Hand zu nehmen, und ging ins Wohnzimmer zurück.

Fenna folgte ihm und legte den Band auf seinen Schoß. »Pflichtlektüre«, sagte sie. »Wenn du deinen Job machen willst, kommst du nicht daran vorbei.«

Widerwillig schlug Tammo die Memoiren auf und las die Stelle, die Frido markiert hatte.

Fenna beobachtete ihn dabei.

Tammo ließ das Buch sinken. »Hast du den gleichen Gedanken wie ich?«

Fenna nickte resigniert. »Mag sein, dass es wieder darum geht, bestimmte Erinnerungen hervorzurufen. Aber ich kann auch nicht mehr ausschließen, dass es sich doch um einen Rachefeldzug von Leonie Altinga handelt.«

Buddy hatte nach einem Zwölf-Kilometer-Spaziergang mit Frido bisher müde in seinem Körbchen gelegen und die beiden Kommissare mit halbem Auge beobachtet. Nun schien er die bedrückte Stimmung zu spüren und sich berufen zu fühlen, Tammo und Fenna zu trösten. Er schlich sich an Tammos Wade, doch der Kommissar war zu sehr in Gedanken vertieft, um Buddy überhaupt zu bemerken. Unverdrossen tapste der Schnauzermischling zu Fenna hinüber, die ihm bereitwillig das Gefühl gab, von ihm getröstet zu werden.

»Aber warum dann die Schüsse auf sie?«, fragte Tammo nach Minuten des Grübelns.

»Wenn wirklich alle drei Taten miteinander zusammenhängen sollten«, sagte Fenna, »sind die Schüsse nicht so richtig logisch zu begründen.«

»Welche Frau ist schon logisch?«

Fenna nahm ein Sofakissen und warf es Tammo an den Kopf.

Er fing es auf und knüllte es zusammen. »Lass uns mal überlegen, was sie sich bei den Aktionen gedacht haben könnte.«

»Ich sehe da nur einen Weg«, erläuterte Fenna. »Beim Schreiben ihrer Autobiografie dürften bei Leonie all die Emotionen von damals wieder hochgekommen sein. Dann ist sie nach Greetsiel zurückgekehrt und war den Menschen, die ihr diese Schicksalsschläge zugefügt haben, auf einmal wieder ganz nah.«

»Vielleicht ist sie sogar nur deshalb zurückgekommen, weil sie es diesen Menschen endlich heimzahlen wollte.«

Fenna stimmte ihm zu. »Wenn es aber nur die Anschläge auf Lisa Ehlert und auf Frau Appelmann gegeben hätte, wäre schnell klar gewesen, wer dahintersteckt. Durch die Schüsse auf ihre Person hat sie geglaubt, von ihrem Rachefeldzug ablenken zu können.«

»Das entspräche der Theorie, die du letztens im Gespräch mit Frido und Magda schon angesprochen, dann aber zu Leonies Gunsten verworfen hast«, sagte Tammo. »Schlau eingefädelt von der Dame, aber nicht schlau genug. Mit dem Anschlag auf Frau Appelmann hat sie es übertrieben.«

»Damit hat sie sich wirklich verraten«, pflichtete Fenna ihm bei. »Nach dem Unfall mit Lisa Ehlert hätte ich das nicht vermutet. Aber jetzt ...«

»Ganz so blind, wie sie geglaubt hat, sind wir dann doch nicht.« Wütend warf Tammo den Weinkorken an die Wand.

Buddy hielt das für ein Spiel. Er sprang auf, schnappte sich den Korken und apportierte ihn schwanzwedelnd.

»Aber sie war es nicht allein. Sie muss einen Helfer gehabt haben«, sagte Fenna.

»Thilo Wilken. Wen sonst? Wir müssen sofort hin.«

Fenna schlug die Hände vors Gesicht. »Die arme Neske.«

10. Kapitel

Buddy winselte traurig, als sein Juniorherrchen und dessen Frauchen sich zu später Stunde Schuhe und Jacken anzogen.

Fenna streichelte und tröstete ihn, als er wie ein schmusewilliger Kater um ihre Beine strich. Mit dem Versprechen, bald wieder zurück zu sein, schickte sie ihn in sein Körbchen. »Sollen wir Leonie nicht anrufen, bevor wir sie überfallen?«, fragte sie.

»Warum sollten wir sie vorwarnen?«, entgegnete Tammo.

»Könnte sein, dass wir sie im Negligé antreffen.«

Tammo schnürte sich die Sneakers zu. »Na und? Ich will den Überraschungseffekt nutzen. So hartgesotten, wie die Frau ist, will ich ihr keine Sekunde lang Gelegenheit geben, sich auf uns vorzubereiten und Ausflüchte zurechtzulegen.«

Fenna hängte sich ihre Handtasche um, die für das kurze Stück im Grunde genommen überflüssig war. Tammo hatte sein Handy dabei, Geld brauchte sie keins, und den Notizblock würde sie heute auch nicht mehr bemühen. Aber was war eine Frau ohne Handtasche?

Zu Fuß eilten die Ermittler durch die menschenleeren Straßen. Da war er wieder, dieser Anflug von Puppenstube, den Fenna an diesem beschaulichen Ort so liebte. Unfassbar, was für Taten sich trotz der Heile-Welt-Atmosphäre hier ereigneten.

Auf dem Weg zu Leonie Altinga versuchten Tammo und sie noch einmal, die möglichen Hintergründe der Anschläge auf die Diva selbst, auf die Tochter des Schulleiters und auf die Fabrikantenfrau nachzuvollziehen. Die Fragen, die ihnen immer wieder durch den Kopf gingen, lauteten:

Hatte Leonie wirklich die Schüsse in Auftrag gegeben, die auf ihr Haus abgegeben worden waren? Wollte sie damit selbst als Opfer dastehen, bevor sie mit der Inszenierung ihrer Revanche begann?

Wäre es denkbar, dass ein Unbekannter ohne Leonies Wissen und Zustimmung die beiden Anschläge auf Lisa Ehlert und Frau Appelmann verübt hatte? War es der Plan dieses Unbekannten, eine vollkommen unschuldige Leonie Altinga dem Verdacht auszusetzen, Vergeltung zu suchen? Wenn ja, wer hätte ein Interesse daran, Leonie derart in Misskredit zu bringen? Und wer hatte dann aus welchem Grund auf sie geschossen?

Oder drehte sich doch alles um das Thema der Erinnerungen? Aber wem, um Himmels willen, konnte daran gelegen sein, diese Erinnerungen zu wecken? Spielte die Person eine Rolle in Leonies Memoiren? Fühlte sie sich darin ungerecht dargestellt? Oder war es etwa jemand, der meinte, in Leonies Leben eine wichtige Rolle gespielt zu haben, und wütend darüber war, nicht erwähnt zu werden? Wenn es so sein sollte: Wer war die betreffende Person, und wie weit wollte sie noch gehen?

In Leonies Küche war es dunkel, doch das Licht aus dem Wohnraum, den man von der Straße aus nicht einsehen konnte, schien bis in den Flur hinein und schimmerte gelblich durch das kleine Fenster aus Milchglas in der massivhölzernen Haustür.

Fenna biss die Zähne zusammen, die vor lauter Anspannung zu klappern begannen, und stellte sich dicht neben Tammo, der energisch auf die Klingel drückte. Sie war wütend auf Leonie. Die Diva verstand es, sich perfekt in Szene zu setzen. Damit wurde sie für die Ermittler undurchschaubar und unberechenbar. Doch solange ihr keine Schuld nachzuweisen war ...

»Neske!«, hörten sie Leonies Stimme schwach durch die Tür. Nichts rührte sich. Leonie rief noch einmal, diesmal war die Stimme der Tür näher. Schließlich öffnete Leonie selbst, erst nur einen Spalt breit. Als sie die Gesichter der Ermittler erkannte, zog sie die Tür weiter auf. »Sie? Um diese Uhrzeit?«

»In dringender Angelegenheit«, sagte Tammo. »Dürfen wir eintreten?« Noch während er die Frage aussprach, verschaffte er sich Zutritt.

Seine Körpersprache schien die Hausherrin zu überzeugen, dass es sinnlos war, über einen Besuch zu einem günstiger gelegenen Zeitpunkt zu diskutieren. Sie ließ die Türklinke los und ging zwei Schritte rückwärts. Ihr Gesicht drückte Verärgerung aus. »Darf ich fragen, was das soll?«, rief sie Tammo hinterher, der bereits auf dem Weg ins Wohnzimmer war.

Fenna schloss die Tür. »Kommen Sie«, sagte sie zu Leonie, griff sanft nach deren Oberarm und zog sie mit sich. »Wir haben ein paar Fragen an Sie, die leider keinen Aufschub dulden.«

Tammo übernahm die Rolle des Gastgebers. »Bitte setzen Sie sich.«

Mit offenem Mund, die Augen auf die Ermittler gerichtet, plumpste Leonie in ihren Sessel. »Das ist ja ein regelrechter Überfall.«

Tammo und Fenna nahmen auf dem Sofa Platz. Mit ihren ernsten Gesichtern und den durchgedrückten Rücken bildeten sie eine geballte Front gegen Leonie, deren Gesicht zusehends versteinerte. Sie schien zu begreifen, dass sie in Verdacht geraten war.

Tammo fuhr eine Strategie, die er immer dann bevorzugte, wenn er meinte, kurz vor der Aufklärung einer Tat zu stehen, wenn aber die Logik, mit der er den Verdächtigen überführen wollte, nicht hundertprozentig schlüssig erschien. Er guckte ernst und wissend und schwieg.

Das Warten darauf, dass die Ermittler ihren Verdacht endlich vortrugen, rief bei ihrem jeweiligen Gegenüber mit der Zuverlässigkeit des Gongschlags der Kirchturmuhr um zwölf eine hochgradige Verunsicherung hervor. Die Verwirrung wuchs, je länger die Stille andauerte. Schließlich wurde sie unerträglich, und der Verdächtige begann zu plaudern.

So war es auch bei Leonie.

»Kommen Sie wegen des Anschlags auf mich?«, fragte sie und setzte ein Lächeln auf, das wohl Hoffnung oder Erleichterung ausdrücken sollte. »Haben Sie denjenigen gefunden, der auf mich geschossen hat?«

Tammo stierte Leonie unverwandt an. Leonie sah Fenna an, Fenna erwiderte den Blick mit unbewegtem Gesicht.

»Sagen Sie bloß, Sie kommen wegen des Fahrradunfalls?«

»Da kommen wir der Sache schon näher«, sagte Tammo. »Wenn Sie jetzt noch einen draufsetzen, wird es heiß.«

Leonie gab sich ahnungslos. »Worauf wollen Sie hinaus?«

Es fiel schwer, zu beurteilen, ob diese Miene der Unkenntnis gespielt war oder echt.

»Wirklich keinen Schimmer, wovon die Rede ist?«, fragte Tammo.

Leonie setzte sich verärgert auf. Ihre Stimme nahm einen Befehlston an. »Sie werden mich über den Grund Ihres Kommens aufklären.«

»Ich geb Ihnen ein Stichwort«, sagte Tammo. »Jan Appelmann.«

Er schilderte ihr in knappen, drastischen Worten, wie Jan Appelmanns Frau an diesem Abend durch die Briefbombe schwer verletzt worden war.

Leonies Gesicht verfinsterte sich, während Tammo sprach. Es schien ihr schwerzufallen, den Worten des Kommissars zu folgen. Auch als er verstummt war, brachte sie keine Silbe heraus.

»Haben Sie verstanden, was mein Kollege Ihnen erzählt hat?«, fragte Fenna.

Während die Ermittler auf eine Reaktion von Leonie warteten, klingelte Tammos Handy. »Ja, Benno?«, sagte er, stand auf und verzog sich in den Flur. Wortlos ließ er sich von Benno etwas berichten. »Hätten wir uns fast denken können, dass es so geplant war«, sagte er schließlich. »Danke, Benno.«

Beide Frauen sahen ihn erwartungsvoll an, als er ins Wohnzimmer zurückkehrte. »Benno hat mit Jan Appelmann gesprochen. Der Anschlag hat dem Fabrikanten selbst gegolten. Das Paket war an ihn adressiert. Seine Frau hat ihn angerufen und gefragt, ob er etwas erwarte. Da das nicht der Fall war, hat die Neugier gesiegt. Appelmann hat sie gebeten, die Sendung zu öffnen. Der Rest ist bekannt.«

Leonie griff nach dem Amulett, das an einer schmalen Kette um ihren Hals hing. »Den Selbstmord meines Mannes habe ich in meiner Autobiografie verarbeitet«, erklärte sie stockend. »Diese traurige Episode meines Lebens haben wir vorhin im Lesezirkel angesprochen. Mir ist nicht danach, das Thema heute Abend noch einmal zu erörtern.«

»Und mir ist nicht danach«, polterte Tammo drauflos, »dabei zuzusehen, wie der Reihe nach Menschen, die Ihnen im Laufe Ihres reichhaltigen Lebens einen Schicksalsschlag verpasst haben, in Lebensgefahr geraten oder gar zu Tode kommen! Wen haben Sie denn noch so auf dem Zettel? Muss ich erst meinen Onkel Frido befragen, der Sie bewundert und bedauert und der Ihre Memoiren rückwärts pfeifen kann? Muss ich mir, um das nächste Attentat zu verhindern, von ihm erzählen lassen, wer aus Ihrem früheren Umfeld noch ein Kandidat für einen Vergeltungsschlag wäre?«

Das hatte gesessen. Nun wurde Leonie wach. »Sie verdächtigen allen Ernstes mich, dass ich mich an diesen Menschen räche? Eine Unverschämtheit!«

Tammo wartete einen Augenblick. Dann ging er erneut zum Angriff über. »Wer war Ihr Helfer? Thilo Wilken?«

Leonie äußerte sich nicht. Musste sie erst verdauen, was sie von Tammo gehört hatte, oder legte sie sich Argumente für ihre Verteidigung zurecht?

»War es Thilo Wilken oder Norwin Nansen?«, drang Tammo weiter in sie ein.

»Lassen Sie meinen Neffen aus dem Spiel!«, fauchte Leonie ihn an. Wütend stand sie auf und ging zu einem Telefonapparat, der an der Wand in einer Ecke des Wohnzimmers hing. Sie nahm den Hörer ab und wartete einen Augenblick. »Bitte kommen Sie runter, alle beide«, sagte sie schroff, dann lauschte sie. »In Ordnung.« Sie hängte den Hörer auf die Gabel und ging zu ihrem Sessel zurück. »Was überziehen dürfen die beiden sich ja wohl«, sagte sie.

Kurz darauf hörten sie auf der oberen Treppe das Stampfen von Thilo und das vorsichtige Tapsen seiner Frau. Die Geräusche kamen näher, dann standen die Wilkens im Wohnzimmer.

»Setzen wir uns an den großen Tisch«, beschloss Leonie und ging voraus. »Das wird kein gemütlicher Abendplausch«, warnte sie ihr Hauswirtschafterpaar.

»Frau Altinga«, sagte Tammo, »bitte lassen Sie mich mit Herrn Wilken allein. Am besten gehen Sie eine Etage höher, ins Schlafzimmer vielleicht, und schließen Sie die Tür. Ich rufe Sie, wenn ich mit Herrn Wilken durch bin.«

Leonie wollte protestieren.
»Wir können Sie auch alle drei mit auf die Wache nehmen, wenn Ihnen das lieber ist.«
Sichtlich empört, aber ohne weitere Diskussion verließ Leonie den Raum.
»Ich gehe mit Frau Wilken in die Küche«, sagte Fenna, als Leonie hinaufgegangen war, und zog die Haushälterin mit sich fort. Sie schloss die Küchentür und senkte die Stimme, damit kein Laut ins Wohnzimmer gelangte. Eindringlich sah sie Neske an. »Frau Wilken, wo war Ihr Mann, als die Schüsse auf Leonie Altinga fielen?«
»Das habe ich Ihnen doch schon mal gesagt«, antwortete Neske aufgeregt. »Er war bei mir.«
»Wir haben Grund zu der Annahme, dass Ihr Mann in eine Sache verwickelt ist, die ihn vor Gericht bringen könnte«, erklärte Fenna ihr. »Sie haben das Recht, die Aussage zu verweigern, Sie müssen Ihren Mann nicht belasten. Andererseits könnte Ihre wahrheitsgemäße Auskunft uns helfen, weiteres Unglück zu verhindern und sogar Menschenleben zu retten. Also, noch einmal: Sind Sie ganz sicher, dass Ihr Mann bei Ihnen war?«
Neske blickte verschnupft drein. »Natürlich, ich hab ihn doch gesehen. Ich bin doch nicht doof!«
»Nein, Frau Wilken, das sind Sie ganz sicher nicht. Es ist nur so: Wenn Ihr Mann tatsächlich in dieser Sache mit drinstecken sollte, kann es für ihn zum Vorteil sein, wenn er uns die Wahrheit sagt, bevor wir ihm die Mittäterschaft nachweisen können. Bitte sprechen Sie mit ihm darüber.«
»Als die Schüsse fielen, war er bei mir. Ehrlich«, sagte Neske. Mit weinerlicher Stimme fügte sie hinzu: »Er kann doch gar nicht schießen. Er hat noch nie im Leben eine Waffe in der Hand gehabt. Wie soll er denn dann so genau getroffen haben, den schönen Spiegel und die Vase? Und wir sind doch auch beide zusammen gleich zu Frau Altinga runter, als wir den Schrei und das Scheppern gehört haben.«
»Okay«, sagte Fenna. »Ich glaube Ihnen. Kommen wir zum nächsten Punkt, der Nacht, in der Fritz Bade der Renault R4 gestohlen wurde. Ihr Mann ist der Einzige im Umkreis von Leonie Altinga, der die Zahlenkombination kennen könnte, mit der sich die Halle öffnen lässt, in der die Oldtimer stehen.«
Neske brauste auf. »Die Kombination von damals, als wir bei ihm gearbeitet haben, hat der Bade doch längst geändert.«
»Das hat er mit Sicherheit getan«, gestand Fenna ein, »aber Ihr Mann kennt möglicherweise die Vorlieben, die Bade bei der Wahl seiner

Zahlenkombinationen hat. Geburtstagsdaten zum Beispiel oder die Telefonnummern von Freunden.«

Neske wich ihrem Blick aus. Fenna schloss daraus, dass sie richtig geraten hatte. »Sie sagten, Ihr Mann sei in der Nacht, als der Wagen abhandenkam, die ganze Zeit bei Ihnen gewesen?«

Neske senkte die Lider. Sie nickte kaum merklich.

»Sind Sie sicher?«, bohrte Fenna nach. »Wäre es möglich, dass er von Ihnen unbemerkt für ein paar Stunden verschwunden ist?«

Neske zuckte mit den Schultern. Fenna war klar: Diese Frau wollte ihren Mann decken, aber sie hatte nicht das Zeug zum Lügen.

Plötzlich erhellte sich Neskes Gesicht. »Wie soll er denn nach Aurich gekommen sein?«

»Mit einem Taxi zum Beispiel. Oder ein Bekannter hat ihn hingefahren. Wege und Mittel finden sich immer«, meinte Fenna. Doch sie musste zugeben: Neske hatte recht mit ihrem Einwand. Ein Taxi zu nehmen wäre viel zu riskant gewesen, und wer hätte ihn sonst nach Aurich kutschieren sollen? Wer, wenn nicht ein Helfershelfer? Über diesen Punkt würde sie später mit Tammo nachdenken.

»Letzten Montag um die Mittagszeit, als Lisa Ehlert angefahren wurde«, fuhr Fenna mit der Befragung fort, »wo war Ihr Mann da?«

Neskes Mundwinkel zuckten nervös. Ihre Augen füllten sich mit Tränen. »Ich weiß es nicht«, flüsterte sie.

»Er war nicht im Haus?«, fragte Fenna.

Neske schüttelte den Kopf.

Über den Flur erklang Tammos Stimme. Er rief Leonie, die sofort die Schlafzimmertür aufriss und die Treppe hinunterlief, während Thilo wieder in die Dachwohnung stieg.

»Ich weiß nicht, wo mein Mann war«, wisperte Neske. »Manchmal ist er einfach weg, und ich frag nicht mehr nach, wo er sich herumtreibt. Ich will es gar nicht wissen.«

»Wo war Ihr Mann denn heute Abend zwischen acht und neun?«

»Ich weiß es nicht, er war länger weg.« Neske presste die Lider zusammen. Dann öffnete sie die Augen wieder und blickte Fenna gleichermaßen erschrocken wie verängstigt an. »Verraten Sie Thilo nicht, was ich Ihnen erzählt habe. Bitte!«

Fenna schrieb ihre private Handynummer auf eine dienstliche Visitenkarte und überreichte sie Neske. »Sollte Ihr Mann Ihnen was antun oder wenn Sie sich in irgendeiner Weise bedroht fühlen, rufen Sie mich an. Ich helfe Ihnen.«

Sie begleitete Neske zur Küche hinaus und verabschiedete sich von ihr. An der Tür zum Wohnzimmer blieb sie stehen. »Seid ihr durch?«

»Und wie«, sagte Tammo und stand auf.

»Und jetzt?«, fragte Leonie. »Erst haben Sie mich verhört, und jetzt verhaften Sie mich?«

»Wir haben Sie nicht verhört«, korrigierte Tammo sie, »wir haben Sie befragt. Sie hören von uns, sobald wir die Gespräche, die wir mit Ihnen dreien geführt haben, ausgewertet haben.«

Die Ermittler verabschiedeten sich von Leonie.

Fenna wartete, bis sie in die nächste Straße eingebogen waren. Dann platzte sie mit dem Ergebnis ihrer Befragung heraus. »Neske hat das Alibi, das sie Thilo gegeben hat, zurückgezogen. Zumindest das für den Zeitpunkt, als Lisa Ehlert angefahren wurde. Sie kann auch nicht mit hundertprozentiger Sicherheit bestätigen, dass Thilo die ganze Nacht, in der Fritz Bade der R4 gestohlen wurde, im Bett gelegen hat. Und wo er heute Abend zwischen acht und neun war, weiß sie ebenfalls nicht.«

»Weiß sie es nicht, oder will sie es nicht wissen?«, fragte der Kommissar.

»Tammo, Neske hat mit all dem nichts zu tun. Wenn ihr Mann eine Briefbombe gebastelt haben sollte, hat sie mit Sicherheit nichts davon gewusst.«

»Sagt deine Menschenkenntnis.«

Fenna wollte auf die Bemerkung nicht eingehen. Für Neske würde sie wirklich die Hände ins Feuer legen. »Was sagt Thilo denn?«, fragte sie.

»Er hat natürlich mit nichts was zu tun. Er war zu jedem Tatzeitpunkt im Haus, sagt er. Leonie konnte das nicht bestätigen, weil sie nicht darauf achtet, wann er kommt und wann er geht. Sie ist ja selbst gelegentlich unterwegs.«

Tammos Laune war an einem Tiefpunkt angelangt. Fenna zögerte. Erst als sie im Wohnzimmer saßen und Tammo sich nach einem Schluck Wein sichtlich entspannte, rang sie sich durch, ihm ihre Bedenken mitzuteilen. »Neske hat mich auf einen Punkt aufmerksam gemacht, den wir nicht vernachlässigen dürfen.«

»Hast du die Haushälterin jetzt zur Kriminalassistentin befördert?«

»Das Zeug dazu hätte sie wohl«, erwiderte Fenna schnippisch. »Oder kannst du uns erklären, wie Thilo mitten in der Nacht nach Aurich gekommen sein soll?«

11. Kapitel

Tammo und Fenna saßen sich in ihrem Büro an dem kleinen Besprechungstisch gegenüber wie Schachspieler vor einem imaginären Spielbrett und grübelten.

»Ich hab die Autobiografie im Schnellverfahren überflogen«, sagte Fenna. »Neben all den Kleinkriegen, die international gefeierte Schauspieler sich untereinander liefern, gibt es insgesamt drei ziemlich harte Ereignisse, die nach Vergeltung rufen könnten.«

Tammo wurde hellhörig. »Den Unfalltod ihrer Tochter«, begann er aufzuzählen, »den Selbstmord ihres Mannes und was noch?«

»Einmal hat sie viel Geld verloren.«

»Ach nee! Wie denn das?«

»Sie hatte eine heimliche Liaison mit einem verheirateten Finanzexperten. Der hat sie dazu überredet, Geld in eine bestimmte Anlage zu investieren. Eine ziemlich große Summe.«

»Und auf einmal war der Fonds pleite«, nahm Tammo das Ende der Geschichte vorweg. »Hat der Finanzberater einen Namen?«

»Im Buch nennt sie ihn Ferdinand«, sagte Fenna. »In Wirklichkeit wird er aber anders geheißen haben. Wenn sie ihn nicht umbenannt hätte, hätte sie garantiert juristischen Ärger bekommen.« Sie erhob sich, nahm die Gießkanne, die in der Ecke auf der Fensterbank stand, und goss die Blumen. »Weißt du, was ich vermute, wer der Anlageberater war?«

Tammo beobachtete sie mit offenem Mund. »Sag bitte nicht, der Typ kam aus Aurich.«

Fenna nickte. Sie stellte die Gießkanne ab und pflückte ein paar verwelkte Blüten von einer Azalee. »Die Altinga schreibt, der Mann habe Oldtimer gesammelt«, sagte sie beiläufig, »und sie schreibt, sie hätte den Verdacht gehabt, er habe ihr Geld hinterrücks verschwinden lassen, um es in seinen Fuhrpark zu investieren.«

»Wenn das nicht Fritz Bade war! Und mit der Geschichte rückst du jetzt erst raus?«, blaffte Tammo sie an.

»Du musst gerade herummaulen«, reagierte Fenna ungerührt. »Wer von uns beiden hat sich denn geweigert, die Autobiografie zu lesen?«

Tammo zog aus Verlegenheit eine Akte aus dem Regal neben dem Besprechungstisch hervor, die mit dem aktuellen Fall rein gar nichts zu tun hatte, schlug sie auf und blätterte orientierungslos darin herum. »Fritz Bade könnte das nächste Opfer sein«, sagte er zerknirscht.

Fenna setzte sich an ihren Schreibtisch und drehte sich zu Tammo um. »Ich hab das Kapitel letzte Nacht gelesen und musste die Information erst mal sacken lassen. Es ist ja nicht sicher, dass es sich bei diesem Ferdinand um Fritz Bade handelt, und es bringt nichts, ohne nähere Informationen zu antizipieren, was als Nächstes geschehen könnte. Lass uns in Ruhe darüber nachdenken, ob und wie das alles zusammenpasst.«

»Okay, der Verlust des Geldes ist nicht so dramatisch wie das, was Leonie Altinga mit ihrer Tochter und ihrem Mann widerfahren ist«, sagte Tammo. »Er dürfte kein Grund sein, Bade ans Leder zu gehen, zumal sie im weiteren Leben nicht gerade verarmt ist. Außerdem trägt sie selbst einen großen Teil der Verantwortung, wenn sie sich auf eine riskante Anlage einlässt und auf die Nase fällt. Und dass er das Geld wirklich in seine Oldtimer gesteckt haben soll, kann nur eine Vermutung sein. Aber trotzdem ...«

»Eine Sache ist mir beim Lesen noch aufgefallen«, sagte Fenna. »Ein Sanatoriumsaufenthalt von sechs Monaten.«

Tammo runzelte die Stirn. »Wieso findest du das so bemerkenswert?«

Fenna stützte die Ellenbogen auf den Tisch, faltete die Hände und blickte Tammo intensiv in die Augen. »Ich will das nicht zu stark bewerten, vielleicht haben meine Alarmglocken überreagiert. Aber der Aufenthalt fällt in die Zeit unmittelbar nach der Trennung von diesem Ferdinand. Der Mann scheint ihr mächtig zugesetzt zu haben.«

»Stellt Leonie Altinga einen Zusammenhang zwischen der Trennung und dem Sanatoriumsaufenthalt her?«

»Nein, sie fängt ohne Übergang ein neues Kapitel an. Auffällig abrupt, wie ich finde. Ein halbes Jahr hat sie sich in dieses Haus begeben, das auf einer niederländischen Insel lag, und sie schreibt, sie habe diese Zeit für eine persönliche Neuorientierung genutzt. Warum, weshalb, wieso – darüber fällt kein Wort. Aber es muss eine wichtige Episode für sie gewesen sein. Beim Lesen wirkt es wie eine Zäsur in ihrem Leben.«

»Hm«, machte Tammo. »Was sagt uns das?«

Fenna zuckte mit den Schultern. »Mir sagt es nicht viel. Wir sollten zu ihr gehen und sie darauf ansprechen.«

Tammo hob den Zeigefinger. »Dann fragen wir sie auch, wer dieser Finanzheini war. Sie muss uns den Namen verraten. Der Mann könnte in Gefahr sein.«

Fenna horchte auf. Über den Flur drang Bennos Stimme. Er diskutierte mit einem Fremden, dann klingelte das Telefon auf Tammos Schreibtisch.

Tammo stand auf, beugte sich über den Apparat und schaltete den Lautsprecher ein. »Was gibt's denn?«

»Die Kollegen aus Aurich haben vorhin durchgeklingelt. Hab ich bei all der Hektik heute ganz vergessen, euch zu sagen«, gestand Benno.

Das schlechte Gewissen war nicht zu überhören. »Ein gewisser Fritz Bade war bei ihnen. Ihr erinnert euch, das ist der Besitzer des R4. Die Kollegen haben Herrn Bade geraten, sich an euch zu wenden. Er steht jetzt vor mir.«

»Sag ihm, den Renault haben wir noch nicht gefunden.«

»Er ist nicht wegen des Wagens hier«, erwiderte Benno. »Ist wohl was Ernsteres.«

Die Ermittler tauschten verwunderte Blicke aus.

»Bring ihn zu uns«, sagte Tammo. Er öffnete die Tür und nahm Fritz Bade in Empfang.

Ohne ein Wort der Einleitung warf Bade einen Briefumschlag auf Fennas Schreibtisch. »Da, lesen Sie selbst«, rief er aus. Wortlos ließ er sich auf Fennas Wink hin auf einem der Stühle am Besprechungstisch nieder.

Fenna zog sich Latexhandschuhe über und fischte mit spitzen Fingern ein Schreiben aus dem Umschlag. Tammo stellte sich neben sie, um ihr über die Schulter zu gucken.

»Eine Forderung über eine Million Euro«, sagte Fenna nachdenklich. »In großen Scheinen. Andernfalls werden die Oldtimer die nächste Zeit nicht überleben.«

»Und kein Hinweis darauf, dass die Scheine nicht durchnummeriert sein dürfen«, ergänzte Tammo. »Bisschen unprofessionell.«

»Ob unprofessionell oder nicht«, entrüstete Bade sich. »Mir steht nicht der Sinn danach, für einen Schmarotzer meine Portokasse zu plündern.«

Fenna schenkte dem Gast ungefragt einen Tee ein und schob ihm den Becher zu. »Wann und wie ist Ihnen dieses Schreiben zugestellt worden?«

»Das lag heute Morgen bei mir unter der Fußmatte. Muss ich den Wisch überhaupt ernst nehmen?«

Fenna las sich den Brief noch einmal durch. »Das sollten Sie tun, wenn Sie nicht riskieren möchten, dass Ihre Oldtimer bald auf dem Schrottplatz landen. Ist diese Mitteilung alles, was Sie bekommen haben?«

Bade schlug ungehalten mit der Faust auf den Tisch. »Reicht das nicht?«

»Ich frag mal anders«, sagte Fenna. »Ihr Leben wurde nicht bedroht, etwa mit einem weiteren Schreiben oder einem Anruf?«

Bade verneinte.

»Was diese Erpressung betrifft«, sagte Tammo, »haben wir es sicherlich mit einem Anfänger zu tun.«

»Können Sie meine Halle nicht bewachen?«, fragte Bade hoffnungsvoll. »Ich meine, das ist doch eine ernsthafte Bedrohung von Werten.«

Tammo blickte ihn ungläubig an. »Wie stellen Sie sich das vor? Glauben Sie, wir könnten über Tage, Wochen oder Monate ein Dutzend Leute abstellen, die rund um die Uhr darauf aufpassen, dass Ihre Spielzeugautos keinen Kratzer abbekommen?«

»Also hören Sie mal«, erzürnte Bade sich.

»Mein Kollege meint das nicht despektierlich«, sagte Fenna. »Wir haben in der Tat die Leute nicht, um auf Verdacht hin eine Halle voller Autos zu bewachen. Für solche Zwecke müssten Sie bitte einen privaten Sicherheitsdienst engagieren.«

Bade gab sich mit der Erklärung zufrieden, wenn er auch ungehalten blieb. Er zeigte auf das Erpresserschreiben. »Wenn Sie mir vielleicht verraten möchten, wie ich damit umgehen soll?«

»Eine Vermutung, wer dahintersteckt, haben Sie nicht?«, fragte Tammo.

Bade schüttelte den Kopf. »Unter meinen Bekannten gibt es niemanden, der auf die abenteuerliche Idee käme, mich zu erpressen«, sagte er.

»Wir werden das Schreiben der Spurensicherung übergeben. Erfahrungsgemäß wird die Untersuchung aber wenig Aufschluss geben.«

Tammo bemerkte, dass Fenna eine Frage auf der Zunge lag. Mit einer kleinen Geste gab er ihr zu verstehen, dass sie noch einen Augenblick warten sollte. Nachdenklich blickte er auf das Schreiben. »Die Geldübergabe hat der Erpresser für Sonntag geplant. Er nennt keinen konkreten Übergabeort. Er schreibt nur, Sie sollen um vierzehn Uhr dreißig mit der ›Graf Edzard I‹ die Ausflugsfahrt durch das Leyhörner Sieltief machen.«

»Er will Sie auf dem Handy anrufen und weitere Anweisungen geben«, sagte Fenna. »Ist Ihre Handynummer öffentlich zugänglich?«

Bade lächelte stolz. »Ich bin trotz meines fortgeschrittenen Alters immer noch beruflich aktiv und betreibe eine Website. Selbstverständlich steht meine Handynummer im Impressum.«

»Jetzt sehen Sie mal, was Sie davon haben«, meinte Tammo. »Aber kommen wir zur Lösung des Problems. Mein Vorschlag wäre: Sie gehen zum Schein auf die Geldübergabe ein. Die Gegend ist überschaubar. Wir sorgen dafür, dass einige Beamte auf dem Schiff und entlang der Route postiert sind. Ich bin sicher, wir kriegen den Kerl im ersten Anlauf.«

Bade nagte an seinen Lippen und dachte nach. »Der schreibt, ich soll das Geld als Paket in Plastikfolie einschweißen. Soll ich das etwa ins Wasser werfen? Eine schwer verdiente Million im wahrsten Sinne des Wortes versenken?«

Tammo lächelte überlegen. »Wer sagt denn, dass eine Million in dem Paket liegen wird? Wir nehmen eine Plastikfolie, die nicht durchsichtig ist, und füllen sie mit Scheinchen aus hübschem buntem Papier. Bevor der Erpresser seine wertlose Beute aus der Verpackung befreit hat, haben wir ihn verhaftet. Glauben Sie uns, das ist ein Anfänger. Der wird mindestens einen saftigen Fehler machen.«

»Lassen Sie uns ein paar Stunden Zeit«, sagte Fenna. »Wir kümmern uns um alles Notwendige und melden uns im Laufe dieses Tages bei Ihnen. Bitte halten Sie sich immer zu unserer Verfügung. Sprich: Geben Sie uns Ihre Handynummer, und lassen Sie das Gerät stets eingeschaltet.«

Bade überreichte ihr seine Visitenkarte.

Nun endlich konnte Fenna die Frage loswerden, die ihr auf den Nägeln brannte. »Sagen Sie, Herr Bade, kennen Sie Leonie Altinga?«

Fritz Bades Körper zuckte, als hätte er einen elektrischen Schlag erlitten. »Wie kommen Sie darauf?«, fragte er mit rauer Stimme.

»Herr Bade«, sagte Tammo, »kennen Sie Leonie Altinga?«

Bade umklammerte die Tischkante mit beiden Händen. »Ja, selbstverständlich. Wer kennt sie nicht? Sie steht doch alle naselang in der Zeitung.«

»Kennen Sie sie persönlich?«, hakte Fenna nach. »Oder, um ganz konkret zu werden: Ich habe die Autobiografie von Frau Altinga gelesen. Sie erwähnt einen Finanzinvestor aus Aurich, der Oldtimer sammelt. Im Buch heißt er Ferdinand. Ist damit zufällig Ihre Person gemeint?«

Bade wurde sichtlich verlegen.

»Wir werden auch Frau Altinga danach fragen«, schob Tammo nach.

Bade nickte. »Ja. Ja, die Frau Altinga und ich ... Das ist schon lange her. Sehr lange.«

»Nach dem, was in der Autobiografie steht«, sagte Fenna, »waren Sie damals verheiratet. Die Beziehung mit Frau Altinga ...«

»Das ist reine Privatsache«, unterbrach Bade die Kommissarin. »Das geht niemanden etwas an. So haben wir es auch damals gehalten. Die Presse hat nichts davon mitbekommen, und nicht einmal Leonies Cousine war über unser Techtelmechtel informiert.«

Fenna lächelte süffisant. »Das Techtelmechtel, wie Sie es nennen, ist Frau Altinga allerdings teuer zu stehen gekommen, wie wir in dem

Buch erfahren.« Sie machte eine Pause und ließ die Worte auf Bade wirken.

Der flüchtete sich in einen Gegenangriff. »Sitze ich vor Ihnen als Täter, weil ich Frau Altinga nicht geehelicht habe, oder sitze ich hier als Opfer eines Erpressers?«

Tammo mischte sich wieder ein. »Herr Bade, können Sie sich vorstellen, dass Frau Altinga sich das Geld, das sie damals durch Sie verloren hat, zurückholen will?«

»Was heißt ›durch mich verloren‹?«, fragte Bade entrüstet. »Sie hat der Investition in diesen Fonds trotz meiner Hinweise auf ein gewisses Risiko zugestimmt und ...«

»Wir sind nicht vom Wirtschaftsressort, Herr Bade«, versuchte Fenna, ihn zu besänftigen. »Wir erlauben uns kein Urteil über Ihr geschäftliches Gebaren. Bitte beantworten Sie die Frage meines Kollegen. Könnte Ihrer Meinung nach Frau Altinga hinter der Erpressung stecken oder einer ihrer Verwandten?«

Fritz Bade zog die Stirn in Falten und ließ sich Zeit mit der Antwort. »Ich weiß nicht«, sagte er zögerlich. »Zu Leonie habe ich schon ewig keinen Kontakt mehr. Allerdings ...« Er unterbrach sich und schüttelte den Kopf.

»Was ist allerdings?«, fragte Fenna.

Bade wurde unruhig. Er drehte sich von der Kommissarin ab und blickte aus dem Fenster. »Die Cousine von Frau Altinga, mit der bin ich seit einigen Monaten in Kontakt. Wir sind uns auf kultureller Ebene begegnet und haben gewisse Sympathien füreinander festgestellt. Seitdem treffen wir uns regelmäßig.«

Die Ermittler taten so, als wüssten sie noch nichts von der Bekanntschaft zwischen Bade und Norwins Mutter. »Sie treffen sich mit Fine Nansen?«

Bade reagierte unwirsch. »Ist das verboten?«

»Kennen Sie den Sohn von Frau Nansen?«, fragte Fenna.

»Nein, begegnet ist er mir noch nie. Fine hat mir gegenüber mal erwähnt, dass er das väterliche Geschäft mehr oder weniger weiterführt.«

Fenna hielt offenbar den Zeitpunkt für gekommen, Fritz Bade darüber aufzuklären, wer der vermeintliche Neukunde war, der ihm kürzlich einen Besuch abgestattet hatte. »Der Name Arnd Hampel sagt Ihnen was?«

Fritz Bade nickte. »Herr Hampel ist der, von dem ich meine, dass er meinen R4 gestohlen hat.«

»Die Tat konnten wir ihm bisher nicht nachweisen«, sagte Tammo, »aber sein richtiger Name ist Norwin Nansen. Er ist der Sohn Ihrer

Flamme, und er ist der Neffe von Leonie Altinga. Klimpert jetzt was bei Ihnen?«

Fritz Bade sprang auf. Seine Hände schienen etwas zu suchen, das er greifen und gegen die Wand werfen konnte.

Fenna streckte die Hand nach ihm aus. »Bitte setzen Sie sich wieder hin, Herr Bade. Das Zetern nützt jetzt nichts.«

Mechanisch ließ Bade sich auf den Stuhl fallen. Er rang die Hände und stierte einen Punkt auf der Tischplatte an. Es kostete ihn sichtlich Kraft, sich zusammenzureißen.

Fenna versuchte, weitere Informationen aus ihm herauszubringen. »Hatten Sie in letzter Zeit wieder Kontakt zu Leonie Altinga?«

Bade stützte die Ellenbogen auf, verschränkte die Hände und verbarg sein Gesicht dahinter. Er deutete ein Kopfschütteln an.

War das ein Nein oder eine Ausflucht? Die Ermittler gaben es vorerst auf, in dieser Angelegenheit weiter in Bade einzudringen. Mehr über sein heutiges Verhältnis zu Leonie Altinga würden sie zu diesem Zeitpunkt nicht erfahren.

»Nach der Trennung von Ihnen ist Frau Altinga eine Zeit lang in ein Sanatorium in den Niederlanden gegangen«, sagte Fenna.

Bade hob abwehrend die Hände. »Damit hab ich nichts zu tun.«

»Sind Sie sicher, dass kein Zusammenhang zwischen der Beziehung mit Ihnen und dem Aufenthalt in der Klinik besteht?«

»Absolut!«

Fenna blickte Tammo an. Der nickte ihr zu.

»Vielen Dank, Herr Bade.« Tammo stand auf. »Wenn Sie dann keine Fragen mehr haben ...«

Bade schüttelte den Kopf. Seine Gesichtszüge entspannten sich. Obwohl er freiwillig hergekommen war, schien er erleichtert über die Aussicht, diesen Raum nun wieder verlassen zu können.

»Wenn Sie noch eine Nachricht vom Erpresser erhalten sollten, ob schriftlich oder telefonisch, informieren Sie uns bitte umgehend. Bei uns auf der Wache sollten Sie aber nicht mehr auftauchen. Könnte sein, dass Sie beobachtet werden. Hatten Sie auf dem Weg zu uns das Gefühl, dass Ihnen jemand folgt?«

»Nein, ganz und gar nicht.« Bade verabschiedete sich per Handschlag von den Ermittlern und verließ das Büro.

Tammo schloss die Tür, setzte sich an seinen Schreibtisch und nickte Fenna vielsagend zu. Ein Anschlag auf die Oldtimersammlung hätte nicht unmittelbar mit Leonie Altinga zu tun, zumindest nicht, soweit sie das im Moment beurteilen konnten. Für Fritz Bade wäre er jedoch in gewisser Weise vergleichbar mit der Zerstörung der Familienerbstücke der Diva. Natürlich hatte die angedrohte

Vernichtung eines Dutzends wohlerhaltener alter Automobile eine andere Dimension als die Schüsse auf einen alten Spiegel und eine Vase. Dennoch sah alles nach einer Verbindung zwischen den bisherigen Anschlägen und dem jetzt angedrohten aus.

»Ob Thilo Wilken hinter der Erpressung steckt?«, fragte Fenna.

»Ich kann es mir zumindest gut vorstellen. Geld kann der immer gebrauchen. Ist nur die Frage: Handelt er auf eigene Rechnung, oder hat Leonie Altinga ihn angestiftet? Will sie sich das Geld zurückholen, das sie damals bei ihrem Liebhaber versenkt hat? Auf jeden Fall sollten wir Thilo Wilken beobachten. Heute ist Freitag. Zur Vorbereitung der Geldübergabe bleibt ihm nicht mehr viel Zeit.«

»Den Mann beobachten? Wie willst du das in Greetsiel unauffällig hinbekommen?«, fragte Fenna.

Tammo überlegte. »Ich schicke zwei Kollegen im Zivilfahrzeug in die Gegend. Wenn Thilo das Haus verlässt, sollen sie ihm mit etwas Abstand folgen. So groß wird sein Wirkungskreis nicht sein. Der Mann hat kein Auto, der ist nur zu Fuß und mit dem Fahrrad unterwegs.«

Fenna schmunzelte bei der Vorstellung, wie eine Zivilstreife Thilo auf den Fersen bleiben sollte, ohne von ihm entdeckt zu werden.

»Notfalls schick ich ihm Frido mit dem Fahrrad hinterher«, erklärte Tammo auf Fennas Einwand hin.

***

Da die Greetsieler Wache über keine weiteren zivilen Beamten verfügte als über Fenna und Tammo, hatten Benno und ein anderer Wachtmeister ihre Uniformen abgelegt und sich in einer Zivilstreife in der Nähe der Straße postiert, in der Leonie wohnte. Seit zwei Stunden saßen sie im Wagen und langweilten sich. Die erste Zeit hatten sie sich Witze erzählt. Später hatten sie das Radio eingeschaltet und Schlager mitgesungen, bis sie heiser waren.

Benno blickte gerade mit Stielaugen einer jungen Urlauberin in einem unverschämt kurzen Rock hinterher, da jaulte sein Kollege auf. Benno schrak zusammen.

»Schmeiß den Wagen an. Der Wilken kommt«, raunte der andere Wachtmeister ihm zu.

Thilo nahm sein Fahrrad aus dem Schuppen und fuhr mit eingezogenem Kopf die Straße entlang. Zweimal blickte er zum Grundstück zurück, als befürchtete er, jemand könnte bemerken, dass er sich vom Haus entfernte.

Benno wartete, bis Thilo ein gutes Stück weitergefahren war. Im Rückspiegel sah er, dass auch Norwin Nansen das Haus verließ. Er ging jedoch in eine andere Richtung als Thilo; vermutlich wollte er in seinen Laden zurückkehren.

Benno startete den Wagen und fuhr langsam los. Erst als Thilo um die Ecke bog, gab er Gas und fuhr, bis er ihn wieder im Blick hatte. Währenddessen rief er die Ermittler an. »Der Wilken ist los«, verkündete er. »Er sitzt auf dem Fahrrad und nimmt die Neu-Etumer Straße in Richtung Pilsum. Und wisst ihr was? Auch Norwin Nansen war gerade bei Leonie Altinga. Er hat das Haus direkt nach dem Wilken verlassen.« Langsam folgte er Thilo weiter. Währenddessen hielt er die Leitung aufrecht. »Jetzt biegt der Wilken in einen Feldweg ein.«

»Da könnt ihr ihm nicht folgen, ohne dass er euch bemerkt«, sagte Tammo.

Benno schüttelte den Kopf. »Danke für den Tipp. Wär ich nicht drauf gekommen.« Er hielt ein Stück vor Erreichen des Feldweges am Straßenrand an. Thilo radelte auf eine Scheune zu. Benno schilderte dem Kommissar seine Beobachtungen.

»Wo genau liegt der Feldweg?«

Benno beschrieb, in welcher Höhe der Neu-Etumer Straße sich der Pfad befand. »Jetzt steigt er vom Rad und schiebt es in die Scheune.«

»Schleicht euch zu Fuß vorsichtig ran«, rief Tammo ihm durch die Leitung zu. »Spielt Spaziergänger auf Erholungstour. Dürfte dir nicht schwerfallen. Wir kommen gleich dazu.«

***

Fenna und er sprangen in einen Dienstwagen und fuhren zur Neu-Etumer Straße.

Während sie unterwegs waren, rief Benno erneut an. »Wir stehen jetzt neben der Scheune«, flüsterte er. »Ich kann den Wilken durch eine Ritze zwischen den Holzlatten beobachten. Er räumt Strohballen weg. Einen nach dem anderen. Weiß der Teufel, was er da ausgräbt.«

»Vielleicht den Koffer, in dem er die Million vom Bade unterbringen will«, flachste Tammo.

»Das ist ein Auto«, rief Benno verwundert. »Was soll das denn jetzt?«

»Kannst du erkennen, was für ein Wagen das ist?«

»Nee, nur eins: Ein Porsche ist das nicht. Hm, sieht nach einem alten Modell aus.«

Tammo ließ seinen Dienstwagen langsam auf das Zivilfahrzeug zurollen, mit dem Benno und sein Kollege hergefahren waren. Trotz aller Eile, die geboten war, wollte er vermeiden, dass Thilo den Wagen herannahen hörte. »Wir sind gleich bei euch«, meldete der Kommissar.

»Das muss der R4 vom Bade sein«, raunte Benno in sein Mobilgerät. »Beeilt euch, der Wilken zwängt gerade sein Fahrrad hinten rein, soweit das geht. Der will offenbar mit der alten Kiste samt Drahtesel flüchten.«

»Lauft zu eurem Wagen zurück!«, rief Tammo. »Versperrt ihm den Weg Richtung Norden. Fenna und ich fahren die Straße noch ein Stück weit Richtung Süden. Dann keilen wir ihn ein.«

»Verstanden.«

»Bin gespannt, wohin der will«, sagte Fenna. »Was hat er mit dem Wagen vor?«

»Das wird er dir in ungefähr einer halben Stunde auf der Wache sagen«, meinte Tammo. Seine Stimme klang heiser vor Anspannung.

Sie beobachteten, wie der alte Renault im Schneckentempo über den Feldweg rumpelte. Zweifellos hatte Thilo auf seiner Fahrt aus der Scheune die beiden Wachtmeister bemerkt, die zu dem Wagen eilten, der am Straßenrand stand. Fragte sich nur, ob Thilo wusste, wer die beiden waren und in welcher Funktion sie hier herumliefen.

Benno und sein Kollege saßen mittlerweile im Auto und versperrten die Fahrt in nördlicher Richtung, während Tammo und Fenna in südliche Richtung fuhren, dann drehten und warteten, dass Thilo mit dem Renault die Straße erreichte.

Doch Thilo bemerkte, dass sie ihm eine Falle gestellt hatten. Kurz vor Erreichen der Neu-Etumer Straße legte er auf dem Feldweg den Rückwärtsgang ein.

Tammo fuhr los. »Was macht der für einen Blödsinn?«, sagte er. »Will er sich etwa in der Scheune verschanzen? Er hat doch keine Chance mehr.« Er bog in den Feldweg ein und hielt auf Thilo zu.

Thilo schien hektisch zu werden. Er beschleunigte die Rückwärtsfahrt, der Wagen holperte über eine Unebenheit und prallte gegen einen Zaunpfahl. Thilo musste ein Stück nach vorn fahren, um den R4 samt dem hinten herausschauenden, durch den Aufprall beschädigten Fahrrad freizubekommen und die Fahrt fortsetzen zu können.

Doch da stand das Zivilfahrzeug der Kripo schon vor dem R4. Mit gezogener Waffe sprangen Tammo und Fenna aus dem Auto.

Thilo erkannte seine Ausweglosigkeit. Er stieg aus dem Renault und ergab sich mit erhobenen Händen.

Auf der Fahrt zur Wache rief Fenna Fritz Bade über die Freisprechanlage an und verkündete ihm, dass sie seinen Wagen gefunden hatten.

Zuerst war Bade still. Dann hörten sie ihn schwer atmen. »Eins sag ich Ihnen, wenn da auch nur ein Kratzer drangekommen ist ...«

»Herr Bade«, fuhr Tammo ihm in die Parade, »nur zur Erinnerung: Wir haben den Wagen nicht geklaut. Wir haben ihn auch nicht in einer Halle abgestellt, deren Zahlenschloss man mit dreimal Rätselraten öffnen kann. Schön, dass Sie sich freuen, dass wir Ihnen das Vehikel wiederbeschafft haben. Bei so dankbaren Kunden macht uns die Arbeit richtig Spaß.«

»Mir geht's doch nur darum, sicherzustellen ...«, begann Bade.

Tammo ließ ihm keine Chance, den Satz zu Ende zu bringen. »Sollte derjenige, der die Kiste entwendet hat, irgendwelche unschönen Spuren daran hinterlassen haben, wenden Sie sich bitte vertrauensvoll an ihn. Einen schönen Tag noch, Herr Bade.«

Er drückte auf die rote Taste.

12. Kapitel

Zwanzig Minuten später saßen Thilo Wilken und die Kommissare sich im Verhörraum der Wache gegenüber. Jetzt ging es darum, zu erfahren, an welchen der Straftaten, die sie mit Leonie Altingas Memoiren in Verbindung brachten, Thilo beteiligt gewesen war und wer hinter den Anschlägen stand.

Fenna glaubte nicht, dass Thilo es gewesen war, der die Schüsse auf Leonie abgegeben hatte. Neske hatte recht: Woher sollte er die Waffe haben, und wo sollte er so gezielt zu treffen gelernt haben? Außerdem hatte er sich zum Tatzeitpunkt mit größter Sicherheit im Haus aufgehalten. Trotzdem mussten sie es versuchen. Möglicherweise wusste er, wer geschossen hatte, und würde ihnen den Namen preisgeben, wenn er sich selbst mit dem Vorwurf konfrontiert sah.

»Warum haben Sie auf Leonie Altinga geschossen?«, fragte sie.

»Hab ich nicht«, antwortete Thilo, den Blick stur auf den Tisch gerichtet, auf dem das eingeschaltete Aufnahmegerät stand.

»Wer war es dann?«

Thilo zuckte mit den Schultern. »Hab ich nichts mit zu tun.«

»Sie haben Lisa Ehlert mit dem Renault angefahren«, sagte Fenna, »mit voller Absicht.«

Thilo schüttelte den Kopf. »Hab ich nicht.«

»Wohin wollten Sie den R4 bringen?«

Thilo schwieg verbissen.

Fenna ging zum nächsten Vorwurf über. »Sie haben die Briefbombe gebastelt, die bei den Appelmanns hochgegangen ist.«

»Ich hab nichts damit zu tun«, beharrte der Verdächtige.

»Wer hat Ihnen die Bombe geliefert?«

Ein Kopfschütteln als Antwort. Erneut sagte er stoisch: »Ich war das nicht.«

»Sie haben das Paket vor dem Haus der Appelmanns abgelegt«, warf Tammo ihm vor.

»Ich war das nicht!«

Fenna schlug mit der Faust auf den Tisch. »Herrgott noch mal, Herr Wilken, reden Sie endlich! Wer sind Ihre Hintermänner?«

Thilo saß vor den Ermittlern wie in Stein gemeißelt.

»Warum jetzt die Erpressung?«, fragte Fenna.

Thilo hob den Blick. Er fuhr sich mit der Hand über den Mund. »Was für 'ne Erpressung?«

»Sie versuchen gerade, Fritz Bade um eine Million Euro zu erpressen.«

Thilo sprang vom Stuhl auf. »Ich? Nee, das bin ich nicht!«

»In wessen Auftrag handeln Sie?«, fragte Fenna ihn.
Sie erhielt keine Antwort.
Den Ermittlern wurde klar: Solange sie den Hintermann nicht gefasst hatten, würde Thilo Wilken schweigen und hoffen, dass ihm keine schwere Straftat nachzuweisen war.

***

»Erst zu Leonie Altinga oder erst zu Norwin Nansen?«, fragte Fenna, als Thilo Wilken in der Arrestzelle saß.
»Lass uns erst zu Norwin gehen.«
Sie marschierten durch den Ort zu dem Spirituosenladen. Nora begrüßte sie freundlich wie immer, wirkte jedoch fahriger als sonst. Wusste sie etwas darüber, ob Norwin mit den Anschlägen zu tun hatte?
Norwin beriet gerade einen Kunden. Die Ermittler hielten sich im Hintergrund, bis der Mann sich entschieden und die Ware bezahlt hatte.
Tammo wies auf die Bürotür. Norwin verstand ihn ohne Worte.
»Sie waren vorhin im Haus Ihrer Tante«, sagte Tammo.
Norwin stutzte. »Ja, da war ich. Ist das strafbar?«
»Kommt drauf an«, meinte Tammo. »Was war der Grund Ihres Besuchs?«
Norwin nahm sein Smartphone in die Hand und wischte darauf herum. »Muss ich Ihnen darüber Auskunft geben?«, fragte er gelangweilt.
Tammo nahm ihm das Mobilgerät aus der Hand und legte es auf den Schreibtisch. »Besser ist das.«
»Also gut«, sagte Norwin und atmete genervt durch. »Ich hab meiner Tante eine Kiste Champagner gebracht.«
»Und was haben Sie bei der Gelegenheit mit Thilo Wilken besprochen?«, fragte Fenna auf gut Glück.
Sie erntete einen irritierten Blick von Norwin. »Wir ... Ich hab ihn was zu einer Autoreparatur gefragt, die bei mir ansteht. Er kennt sich ein bisschen damit aus.«
»Haben Sie noch Kontakt zu Fritz Bade?«, wollte Tammo wissen.
Norwin schüttelte den Kopf.
»Sie haben ihm auch nicht zufällig einen Brief geschrieben?«
»Sagen Sie mal, was soll das?«, fragte Norwin. »Was wollen Sie von mir? Haben Sie sich auf mich eingeschossen oder was?«
Tammo trat einen Schritt näher an Norwin heran. »Ohne konkreter werden zu wollen: Wenn dieses Schreiben ein Dummejungenstreich

gewesen sein sollte«, sprach er auf den Mann ein, »sagen Sie uns das lieber jetzt. Wir gehen dann entsprechend damit um.«

»Das ist eine Chance für Sie«, sagte Fenna, »Sie sollten sie nutzen.«

Norwin hob hilflos die Hände. »Von was für einem Schreiben reden Sie?«

Norwin war wie Thilo. Aus diesen Sturköpfen war ohne stichhaltige Beweise nichts herauszubekommen.

»Okay«, sagte Tammo. »Schönen Tag noch und nix für ungut. Wir sehen uns. Garantiert!« Er hakte Fenna unter, und sie verließen das Geschäft.

»Jeder Mafioso ist redseliger als der Wilken und der Nansen«, ächzte Fenna, als sie sich auf den Weg zu Leonie Altinga machten.

Leonie öffnete ihnen mit einem süßsauren Lächeln die Tür.

»Drei Fragen«, sagte Fenna, »dann sind wir auch schon wieder weg.«

Leonie führte sie ins Wohnzimmer, blieb in der Mitte des Raumes stehen und faltete die Hände vor der Brust zusammen. »Bitte.« Sie sah die Kommissarin reserviert an.

»Ihr Neffe war vorhin bei Ihnen«, brachte Fenna mit sachlicher Stimme vor.

»Richtig.«

»Aus welchem Grund war er hier?«

Leonie wiederholte mit eigenen Worten das, was Norwin ihnen berichtet hatte, und bestätigte damit sein Alibi. »Frage Nummer zwei wäre?«, fragte sie mit provokant hochgezogenen Augenbrauen.

»Fritz Bade«, sagte Fenna. »Den kennen Sie?«

Leonie wandte sich genervt von ihr ab. Zu genervt, um jetzt noch so tun zu können, als wäre sie ihm nie begegnet. »Was geht Sie meine Bekanntschaft mit Fritz Bade an?«

»Nun«, sagte Tammo, »sie ist insofern interessant für uns, als der Mann Sie, soweit wir nachvollziehen konnten, um einen ordentlichen Brocken Ihres Vermögens gebracht hat. Wir gehen doch recht in der Annahme, dass er der Ferdinand aus Aurich ist, den Sie in Ihrer Autobiografie erwähnen?«

Leonie schwieg dazu.

Fenna stellte sie vor vollendete Tatsachen. »Herr Bade hat uns den Kontakt bestätigt, Frau Altinga. Sie brauchen uns nichts vorzumachen.«

»Es könnte ja sein«, sagte Tammo, »dass Sie Ihre Rückkehr nach Greetsiel nutzen, um sich das Geld, das Sie durch Fritz Bade verloren haben, wiederzubeschaffen.«

»Wie bitte?«

Die Hausherrin schien wirklich nicht zu verstehen, wovon sie sprachen. Oder schauspielerte sie so perfekt?

Leonie öffnete einen Schrank, hinter dessen Tür sich eine Bar verbarg. »Darauf brauche ich jetzt einen Cognac. Ich nehme an, Sie sind im Dienst und bleiben abstinent.«

Die Ermittler antworteten nicht.

Mit zittrigen Fingern füllte Leonie einen Cognacschwenker. Sie schloss die Augen und ließ den Weinbrand die Kehle hinunterlaufen. Behutsam stellte sie das Glas ab und ging wieder auf die Kommissare zu. »Fritz Bade hat nach meiner Rückkehr versucht, erneut mit mir anzubandeln, und zwar auf eine ziemlich aufdringliche Art und Weise«, berichtete sie mit fester Stimme. »Er ist bei mir abgeblitzt, aber so was von abgeblitzt. Daraufhin hat er mir ›gedroht‹, sich auf anderem Weg wieder Zugang zu meinem Leben zu verschaffen. Fragen Sie ihn ruhig mal danach, wie er sich das vorstellt. Das grenzt doch schon an Stalking. Ich jedenfalls will mit ihm nichts mehr zu tun haben.«

Leonie redete mit so überzeugendem Gesichtsausdruck, dass die Ermittler es aufgaben, sie weiter nach Fritz Bade zu fragen.

»Kommen wir zu Frage Nummer drei«, sagte Fenna. »Eine ganz persönliche Angelegenheit, die Sie allerdings öffentlich gemacht haben, sodass ich mir erlaube, Sie darauf anzusprechen.«

»Die da wäre?«, fragte Leonie und spitzte die Lippen.

»Ihr Sanatoriumsaufenthalt in den Niederlanden. Ich nehme an, der hatte einen besonderen Anlass.«

Leonie sah Fenna von oben herab an. Sie legte die Fingerkuppen gegeneinander und dachte nach. Schließlich rang sie sich zu einer Antwort durch. »Ich habe das zwar öffentlich gemacht, muss also damit rechnen, dass ich danach gefragt werde. Aber einen konkreten Grund für diesen Aufenthalt kann ich Ihnen nicht nennen.«

Fenna ließ sich nicht abschütteln. »Man geht doch nicht in ein Sanatorium, wenn es nicht nötig ist. Schon gar nicht für ein halbes Jahr.«

Leonie gestikulierte zurückhaltend. »Es war ein Aufenthalt, der einfach mal anstand. Jeder Mensch kommt doch mal an einen Punkt, an dem er eine Auszeit braucht, und ich war in der glücklichen Lage, mir ein halbes Jahr in einem Haus leisten zu können, in dem ich von allem und jedem abgeschirmt wurde und mich so richtig verwöhnen lassen konnte.« Sie zog die Augenbrauen hoch und verneigte sich erst vor Tammo, dann vor Fenna. »Sonst noch Fragen?«

»Danke, Frau Altinga, das wär's für heute«, sagte Fenna.

Leonie verabschiedete die Ermittler kühl und geleitete sie zur Tür.

»Glaubst du ihr?«, fragte Tammo, als sie auf dem Rückweg zur Wache waren.

»Nicht, was den Grund ihres Aufenthalts im Sanatorium angeht. Irgendwas stimmt damit nicht. Das war nicht einfach nur so, um mal abzutauchen und sich verwöhnen zu lassen.«

»Wieder mal weibliche Intuition?«

Plötzlich blieb Fenna stehen. Sie legte einen Finger an die Nasenspitze und hielt sich mit der anderen Hand an Tammo fest. »Warum erwähnt sie diese Episode überhaupt in ihren Memoiren, wenn sie doch nicht darüber sprechen will?«

Tammo atmete tief ein und blies die Backen auf, als er die Luft wieder aus der Lunge stieß. »Vielleicht, weil sonst eine Lücke in ihrem Lebenslauf wäre und die Leute sich fragen würden, was sie in der Zeit getrieben hat?«

Fenna sah zweifelnd zu ihm auf. »Kennst du eine Autobiografie, in der es nicht mindestens ein Dutzend Lücken gibt, um die sich niemand schert?«

»Ehrlich gesagt, ich kenne gar keine Autobiografie.«

Fenna zog Tammo am Arm. »Komm, lass uns noch mal zu Leonie Altinga zurückgehen. Mir kommt da ein Gedanke.«

Der Gedanke war so ungeheuerlich, dass Fenna sich nicht einmal traute, ihren Kollegen und Partner vorab darüber zu informieren.

Leonie öffnete auf das Klingeln nicht. Fenna nahm ihr Handy hervor und rief die Diva an. Erst als sie ihr klarmachte, dass sie Leonie auf die Wache vorladen würden, wenn sie nicht bereit wäre, ihnen zu öffnen, ließ sie sich erweichen.

»Es war nur, weil ich gleich ein Bad nehmen wollte«, erklärte Leonie mit offenkundiger Verlegenheit, als sie die Ermittler hereinließ. »Ich wollte ungestört sein. Das ist doch kein Grund, mich zu verhaften.« Sie stieß ein gekünsteltes Lachen aus. Die drohende Vorladung aufs Revier schien Wunder gewirkt zu haben. Nun bat die Diva den Ermittlern sogar einen Platz auf dem Sofa an und fragte, ob ein Tee genehm sei.

»Danke, Frau Altinga«, sagte Fenna. »Wir möchten nur noch mal kurz auf Ihren Sanatoriumsaufenthalt zurückkommen.«

Leonies Miene verfinsterte sich trotz der zu einem starren Lächeln verzogenen Mundwinkel.

Fenna suchte nach den passenden Worten. Das Thema war heikel. Sie rutschte auf die Sofakante vor und blickte der prominenten Gastgeberin fest in die Augen. »Frau Altinga, Sie haben sechs Monate in diesem Sanatorium in den Niederlanden verbracht.«

Leonie nickte gefasst. Ob sie ahnte, worauf Fenna hinauswollte?

»Unmittelbar bevor Sie dorthin gegangen sind, waren Sie mit Fritz Bade liiert. Und Fritz Bade war verheiratet.«

»Wir haben unsere Beziehung streng geheim geführt«, brachte Leonie vor. »Es ist nichts davon an die Öffentlichkeit gedrungen. Nicht einmal seine Frau hat davon erfahren und auch meine Familie nicht.«

Fenna nickte wissend. Die Aussage stimmte mit der überein, die Bade gemacht hatte. »Frau Altinga, ich frag mal ganz direkt: Waren Sie schwanger? Sind Sie deshalb ein halbes Jahr in dieses Sanatorium gegangen, das Sie so gut vor den Augen der Öffentlichkeit schützte?«

Leonie Altingas Schauspielkünste versagten. Das blanke Entsetzen stand ihr ins Gesicht geschrieben. »Wie können Sie es wagen, mich darauf anzusprechen?«, wisperte sie.

»Das erkläre ich Ihnen gerne, Frau Altinga. Ihre Reaktion sehe ich als Bestätigung meiner Vermutung an. Nun muss ich Ihnen leider eine weitere schmerzliche Frage stellen: Haben Sie das Kind lebend zur Welt gebracht?«

Leonie brauchte noch einen Cognac. Die Ermittler verfolgten stumm, wie sie sich im Raum bewegte. Wie eine Marionette wirkte sie, ihre Bewegungen waren wie fremdgesteuert. Sie hatte nicht mehr die Kraft, ihnen etwas vorzuspielen.

Ungelenk ließ sie sich wieder auf das Sofa nieder und hielt sich an dem Glas in ihrer Hand fest. »Ich habe das Kind nie gesehen«, sagte sie. »Ich habe es sofort zur Adoption freigegeben.«

Fenna überkam eine Gänsehaut. »Das Kind hat nie versucht, Kontakt mit Ihnen aufzunehmen?«

Leonie schüttelte stumm den Kopf.

»Bitte erlauben Sie mir noch eine Frage«, wagte die Kommissarin sich ein weiteres Stück in das geheime Privatleben der Leonie Altinga vor. »War das Kind von Fritz Bade?«

Leonie traute sich nicht, die Ermittler anzusehen. Sie stellte das Glas ab, fischte ein Taschentuch hervor und tupfte sich Stirn und Wangen ab.

»Frau Altinga, haben Sie meine Frage verstanden?«

Leonie Altinga schluckte. »Nein, das Kind war nicht von Fritz Bade. Bade ... Fritz ist zeugungsunfähig.« Leonie sah auf. Mit rauer Stimme sprach sie weiter. »Ich bin schwanger geworden, noch während ich mit Bade zusammen war. Es ist in der Nacht nach einer Party passiert. Ich hatte mit einem sehr charmanten Kollegen geflirtet, und das blieb nicht ohne Folgen. Der Mann hat nie davon erfahren.«

»Wusste Bade von der Schwangerschaft?«

»Nein«, sagte Leonie. »Ich habe es ihm nicht gesagt. Da kam das Desaster mit der Geldanlage dazwischen. Ich bin aus seinem Leben verschwunden, bevor er es hätte merken können.«

»Eine Frage, die mich persönlich interessiert. Warum haben Sie den Sanatoriumsaufenthalt in Ihrer Autobiografie überhaupt erwähnt? Es wäre doch niemandem aufgefallen, wenn Sie diese Zeit nicht angesprochen hätten.«

Leonies Blicke wandten sich nach innen. »Ich wollte die Schwangerschaft und die Geburt nicht erwähnen, wie Sie sicher verstehen können. Der Fehler, den ich begangen hatte, und die Entscheidung, die ich daraufhin getroffen hatte, haben mich viele Jahre lang sehr belastet. Aber ich wollte dem Kind wenigstens eine kleine Zeitspanne in meinem Leben einräumen, auch wenn das mit diesem Hinweis auf den Sanatoriumsaufenthalt nur verschlüsselt möglich war.«

»Wissen Sie, ob das Kind ein Junge oder ein Mädchen war?«

»Nein. Es kam per Kaiserschnitt zur Welt und ich hatte darum gebeten, es mir nicht zu zeigen.« Sie schluckte schwer. »Die ganze Zeit über habe ich versucht, die Schwangerschaft vor mir selbst zu verdrängen. Nachdem ich bereits meine Tochter verloren hatte, die nur acht Jahre alt werden durfte, hätte ich es nicht übers Herz gebracht, mein zweites Kind wegzugeben, wenn ich es auch nur einmal in den Armen gehalten hätte. Allerdings hätte ich mich niemals wirklich um dieses Kind kümmern können bei dem Leben, für das ich mich entschieden hatte.« Unsicher stand Leonie auf, sie ging zur Terrassentür und blickte in den Garten hinaus. »Im Grunde genommen war es eine einzige Tragödie. Ich musste dieses Leben führen, um über den Tod meiner Tochter und meines Mannes hinwegzukommen. Und dann musste ich dieses zweite Kind weggeben, um mich dem Beruf hingeben zu können, ohne den ein Weiterleben für mich nicht möglich gewesen wäre.«

Fenna spürte, wie schwer Leonie die Erinnerung an diese Episode ihres Lebens fiel. Dennoch musste sie das Thema weiter vertiefen. »Wissen Sie, ob das Kind an deutsche Adoptiveltern gegeben wurde oder an niederländische?«, fragte sie.

Leonie drehte sich zu ihr um. »Keine Ahnung. Ich habe mich damals an eine deutsche Organisation gewandt. Aber ob es letztlich nach Deutschland gekommen oder in den Niederlanden geblieben ist, das weiß ich nicht.«

»Frau Altinga, können Sie sich vorstellen, dass das Kind Sie ausfindig gemacht hat? Könnte es sein, dass Ihr Kind der Mensch ist, der hinter all den ... Vorkommnissen der letzten Tage steckt?«

Leonie schien erschrocken über diesen Gedanken. »Wie denn das?«

Fenna zögerte. »Das wird nur die betreffende Person uns sagen können, wenn sie es denn war. Aber denkbar wäre es doch, oder?«

»Ich kann Ihren Gedanken nicht folgen.« Leonie wandte den Kommissaren wieder den Rücken zu.

Fenna stellte sich neben sie und blickte genauso angestrengt hinaus. »Meine Theorie geht so«, sagte sie leise. »Ihr längst erwachsenes Kind weiß, wer seine leibliche Mutter ist. Es hat Ihre Autobiografie gelesen, und die hat viele Emotionen in ihm geweckt. Ihr Kind ist heute noch wütend und verletzt und fühlt sich zurückgesetzt, weil es nicht zu Ihnen und Ihrer Familie gehören durfte. Aus diesen Gefühlen heraus hat es zuerst Familienerbstücke zerstört. Anschließend hat es auf die Schicksalsschläge aufmerksam gemacht, die Sie erlitten haben.«

Leonie wurde blass. Fenna hakte sich bei ihr unter und führte sie zu ihrem Sofa. Sie setzte sich ihr gegenüber hin und fuhr fort.

»Vermutlich hat Ihr Sohn oder Ihre Tochter die Absicht gehabt, Sie durch diese Aktivitäten an sich selbst zu erinnern. Ihr Kind betrachtet sich als den einzigen Schicksalsschlag in Ihrem Leben, den Sie in Ihrer Autobiografie nicht ausdrücklich erwähnen. Möglicherweise hat es herausgefunden, wer dieser Ferdinand ist, den Sie erwähnen, und hält ihn, genau wie ich es getan habe, weil es vom Zeitraum her so perfekt passt, für seinen Vater. Nun versucht es, von ihm eine Art finanzieller Entschädigung für all das zu erhalten, was es seelisch erlitten hat.«

Leonie hörte still zu und ließ die Argumentation auf sich wirken. Tammo, der sich die ganze Zeit im Hintergrund gehalten hatte, nickte Fenna zu, als sie ihn aus dem Augenwinkel ansah.

»So könnte es gewesen sein«, sagte Leonie schließlich. »Dann bliebe nur noch die Frage, wer es ist.«

13. Kapitel

Am Mittag verließen Tammo und Fenna die Wache durch einen Hintereingang. Ihre Kollegen aus Aurich hatten Fritz Bade heute Morgen in einem zivilen Fahrzeug mit abgedunkelten Scheiben nach Greetsiel chauffiert. Er saß in einer Ferienwohnung am südlichen Rand von Greetsiel, die sie eigens für diesen Zweck angemietet hatten. Nun holten die Auricher Beamten die Greetsieler Ermittler ab, um sie ebenfalls dorthin zu fahren.

Tammo und Fenna trafen Fritz Bade mit leichenblassem Gesicht an. Vor ihm auf dem Tisch stand eine Aluminiumschale mit Essensresten. Die Auricher Kollegen hatten ihm auf seinen Wunsch hin Spaghetti Bolognese zum Mittagessen besorgt und die tiefgekühlte Packung in der Mikrowelle der Wohnung aufgewärmt. Doch viel Hunger hatte Bade offensichtlich nicht gehabt. Mindestens die Hälfte des Gerichts hatte er übrig gelassen. Unappetitlich sah die Masse aus Nudeln und rotbrauner Pampe aus. Wie oft mochte er sie mit der Gabel durchgepflügt haben?

Bade sprang auf, als er die Ermittler mit einem vollgepackten Einkaufsbeutel in der Hand sah. »Haben Sie das Geld?«, rief er ihnen zu.

»Nö«, sagte Tammo, »da ist Fischfutter drin.«

Fenna eilte dem nervösen Bade verbal zu Hilfe. »Quatsch, keine Panik, alles läuft wie geplant. In der Tasche ist das Paket, das Sie nachher übergeben sollen. Scheine aus Zeitungspapier, eingeschweißt in zwei starke undurchsichtige Plastikfolien, so, wie wir es besprochen haben. Am besten bereiten Sie sich schon mal innerlich darauf vor, dass es bald losgeht.« Sie hielt den linken Arm hoch und blickte auf die Armbanduhr. »In gut anderthalb Stunden legt die ›Graf Edzard I‹ ab.«

Es klingelte an der Tür. Das war die Maskenbildnerin, ausgerüstet mit Schminke, falschen Bärten, Perücken, Hüten, Basecaps und Sonnenbrillen. Außerdem hatte sie Kleidungsstücke mitgebracht, die die beiden Kommissare niemals im Leben für sich gekauft hätten. Innerhalb einer halben Stunde verwandelten die Ermittler sich in Touristen, die nicht einmal Onkel Frido, wenn sie ihm begegnen würden, als Tammo Anders und Fenna Stern würde identifizieren können.

»Ziehen Sie mal was über«, sagte Tammo zu Bade. »Oben auf dem Freideck wird es frisch. Und wenn Sie noch mal für kleine Jungs ...« Er zeigte in Richtung des Badezimmers.

»Was glauben Sie denn, wie alt ich bin?«, erzürnte Fritz Bade sich. Er zog sich einen Pulli an und stiefelte ins Bad.

Fenna sah ihren Kollegen strafend an. »Kindergarten!«

Tammo und sie verließen die Ferienwohnung und mischten sich unter die Spaziergänger auf den Deichen. Bade würde gleich ebenfalls das Haus verlassen und in anderer Richtung einen kleinen Pseudospaziergang durch den Ort drehen, den Einkaufsbeutel immer fest unterm Arm.

Um zwei Uhr trafen die kostümierten Ermittler am Neuen Deich ein, an dem die ›Graf Edzard I‹ lag. Sie suchten sich einen Tisch im Restaurant auf dem unteren Deck. Schweigend beobachteten sie die Möwen. Auf den Pfählen, die vor den Spundwänden standen, thronten die Vögel wie kleine Seekönige, die ihr Revier überwachten und aufmerksam das Schiff beobachteten.

Die Sonne schien, aber es wehte ein frischer Wind. Die wenigen Ausflugsgäste, die nach und nach eintrudelten, würden sich kaum einen Platz auf dem Freideck suchen.

Doch auch auf dem von allen Seiten geschlossenen unteren Deck fing Fenna an zu frösteln. Gleich begann die Jagd auf ein Phantom. Zwar war kein Menschenleben akut in Gefahr, anders als in Fällen, in denen der Erpresser sein Opfer in der Gewalt hatte und zu töten drohte, sollte bei der Geldübergabe etwas schiefgehen. Doch sie hatten es mit einem Täter zu tun, der unberechenbar und undurchschaubar war.

Was Fenna noch mehr bedrückte: Für Leonie Altinga stand so viel auf dem Spiel. Mit der Offenbarung der Geschichte über ihre Schwangerschaft und die Freigabe des Kindes zur Adoption hatte sie die Hülle fallen lassen, die sie sich über all die vergangenen Jahrzehnte hinweg zugelegt hatte. Auf einmal war sie Fenna nicht mehr wie eine Ikone erschienen, sondern wie ein Mensch, der heute noch unter einem folgenschweren Fehler litt, den er vor langer Zeit begangen hatte. Einem Fehler, der nicht nur ihr eigenes Leben überschattete, sondern auch das ihres erwachsenen Kindes.

Als Kommissarin hoffte Fenna, gedanklich auf dem richtigen Weg zu sein. Dann hätte sie das Motiv des Täters durchschaut und bekäme nun die Chance, seine Identität zu entlarven. Als Mensch dagegen hoffte sie beinahe, dass sie irrte. Dass sie Leonie nicht am Ende dieser Aktion deren eigenes Kind als Täter würde präsentieren müssen.

***

Vierzehn Uhr fünfzehn. Schon vor einer Stunde hatte Frido für Magda und sich selbst Tickets für den Törn mit dem Ausflugsschiff gekauft. Noch saßen sie in der Gastronomie auf dem Oberdeck und ließen sich Tee und Kuchen schmecken. Anders als Bade konnte dem spindeldürren, aber unverwüstlichen Frido nichts den Appetit verderben. Buddy lag unter dem Tisch und knabberte ein Leckerli, das Magda ihm hingehalten und das er vorsichtig aus ihren Fingern geschnappt hatte.

In einer Viertelstunde würde die ›Graf Edzard I‹ ablegen, den Sielzufluss durchkreuzen, ins Leyhörner Sieltief abbiegen und an dessen Ende durch die Schleuse fahren. Dort konnten die Gäste bei klarer Sicht, wie sie heute herrschte, einen Blick auf die Inseln Juist und Norderney werfen, während das Schiff drehte, um wieder ins Leyhörner Sieltief und zurück zur Anlegestelle zu fahren.

Nur wenige Tische waren besetzt, und sobald das Schiff abgelegt hatte, würden die Gäste voll und ganz mit ihrem Eis, der Schokolade mit Sahne oder der Krabbensuppe und mit dem schönen Ausblick beschäftigt sein. Der Kapitän würde sie dabei mit launigen Sprüchen, ostfriesischen Anekdoten und spannenden Informationen über das Naturschutzgebiet unterhalten.

Fridos Schultern strafften sich. Er wollte es nicht zugeben, doch auch er wurde jetzt nervös. Gleich, kurz bevor die Tour losging, würden Magda und er sich mit Buddy nach oben aufs Freideck setzen. Per Headset, das er unauffällig eingestöpselt hatte, würde er in ständigem Kontakt mit Tammo bleiben.

»Ich glaube, da kommt Fritz Bade«, flüsterte Magda ihrem Frido aufgeregt über den Tisch zu. »Der mit dem grau melierten Haar, der jetzt vorne an der Gangway steht.«

Ohne seine Kopfhaltung zu ändern, schielte Frido hinaus. »Der Beschreibung nach dürfte er es sein.«

Bevor der Mann sich entschließen konnte, die ›Graf Edzard I‹ zu betreten, blickte er sich mehrmals um. Der Neue Deich lag verlassen da, mit Ausnahme einer kleinen Gruppe von Touristen, die von der Deichkrone aus die Steintreppe hinabstieg.

Frido guckte den Mann scharf an. »Nu mach schon, komm aufs Schiff«, wisperte er. »Glaubst du vielleicht, der Erpresser steht auf dem Deich und winkt dir freundlich zu?«

Es sah aus, als würde Fritz Bade die ›Graf Edzard I‹ nur deshalb betreten, weil die herannahende Urlaubergruppe ihm keine Wahl ließ. Sie trieb ihn über die Gangway vor sich her. Bade war nun Fridos Augen entschwunden, doch bald würde er auf dem obersten Deck wieder auftauchen.

Der Duft einer Krabbensuppe waberte über die Tische. Frido blickte sich um.

Magda stand auf. »Jetzt nicht«, sagte sie. »Es wird Zeit, lass uns nach oben gehen.« Sie nahm die Hundeleine vom Boden auf und führte Buddy aufs Freideck. Der Schnauzermischling wurde gleich munter, als er die Möwen sah.

Wie zuvor besprochen, setzten Frido und Magda sich auf die hinterste Sitzbank. Die Bänke vor ihnen waren nach vorn ausgerichtet. Wer immer sich vor sie setzte, würde ihnen den Rücken zuwenden.

Frido setzte sich so neben Magda, dass das Ohr, in dem der Kopfhörer steckte, von ihr verdeckt war. Ein winziges Mikrofon war an der Innenseite des Kragens seiner Jacke festgesteckt, den er hochgeschlagen hatte.

Plötzlich stand Fritz Bade neben ihnen. »Ist hier noch frei?« Er deutete mit der Hand auf die Bank.

»Operation Fischfutter?«, fragte Frido. Das war das vereinbarte Codewort.

»Operation Fischfutter«, bestätigte der Mann und deutete mit dem Kinn auf den Einkaufsbeutel unter seinem Arm.

Magda machte eine einladende Geste, und Bade nahm rechts von ihr Platz, sodass sie zwischen den beiden Männern saß.

»Nu geit dat los«, stellte Frido fest, als das Schiff sich langsam in Bewegung setzte.

***

Fenna rieb sich vor Aufregung die Hände. Hatten sie bei der Vorbereitung dieser Aktion auch an alles gedacht?

Auf dem Leyhörner Sieltief war ein Krabbenkutter und auf dem Störtebekerkanal ein Segelboot mit getarnten Kriminalbeamten in Taucherausrüstung unterwegs. Auch an vier Stellen an den Ufern des Siels waren Taucher postiert. Weitere Kripobeamte hielten sich an der Schleuse auf. Ein Polizeihubschrauber stand ebenfalls bereit.

»Ob Bade die Box ins Wasser werfen soll?«, fragte Fenna.

Tammo schob die Unterlippe vor und schüttelte den Kopf. »Ich tippe darauf, dass Batman über das Schiff hinwegfliegen und ihm die Beute wegschnappen wird.«

»Mir ist nicht nach Scherzen zumute«, sagte Fenna. »Zumindest rechnet der Erpresser damit, dass das Paket im Wasser landen kann. Sonst hätte er nicht gefordert, dass das Geld eingeschweißt wird. Die Frage ist nur: Kommt er mit einem Boot daher oder nähert er sich dem Schiff unter Wasser?«

Tammo machte eine wegwerfende Handbewegung. »Wenn er mit dem Boot kommt, haben wir ihn ganz schnell. Unter Wasser wird's komplizierter. Aber das kriegen unsere Leute auch noch hin.«

Fenna massierte sich die Schläfen. »Ich möchte zu gern wissen«, sagte sie, »ob er die Übergabe im Leyhörner Sieltief plant oder im Außentief hinter der Schleuse.«

»Hinter der Schleuse wäre blöd. Da haben wir niemanden platziert.«

»Ist aber doch möglich, dass er übers offene Meer fliehen will«, sagte Fenna. »Ich hätte es besser gefunden, wenn wir auch für da draußen Unterstützung angefordert hätten.«

Tammo brauste auf. »Wie viele Leute sollten wir denn noch hierher beordern? Und das ganze Theater für einen Dilettanten! Die Kollegen, die in den Häusern an der Schleuse sitzen, haben doch die Lage im Blick. Durchs Meer zu tauchen, um mit der Beute zu fliehen, wäre Wahnsinn. Das wird der Erpresser sich kaum wagen. Und wenn sich ein verdächtiges Boot nähern sollte, wissen die Kollegen, was sie zu tun haben.«

Fenna drehte den Kopf von Tammo weg. So heftig hätte er jetzt wirklich nicht reagieren müssen. Ihre Nerven lagen genauso blank wie seine, es wurde nicht besser, wenn er sie angiftete. Sie beobachtete die Urlauber. Die hatten es gut.

Dann spürte sie Tammos Hand auf ihrer.

***

Gemächlich verließ die ›Graf Edzard I‹ den Hafen, fuhr aus dem Sielzufluss heraus und schwenkte in das Leyhörner Sieltief ein. Der Kapitän erzählte den Fahrgästen vom Störtebekerkanal, von der Klappbrücke, die darüber führte, und vom Naturschutzgebiet am Leyhörner Sieltief.

Frido und Magda, die die Tour schon mehrfach zurückgelegt hatten, weil sie so schön war und der Kapitän so nett erzählen konnte, waren diesmal zu angespannt, um dem Schiffsführer zuzuhören und die Landschaft zu genießen. Jeden Moment konnte Fritz Bade den Anruf des Erpressers erhalten.

Drei Meter tief sei das Leyhörner Sieltief, erklärte der Käpt'n gerade. Dann erläuterte er, was es mit den Pricken auf sich hatte, den dünnen Stangen, die zur Fahrwassermarkierung im Grund des Gewässers festgesteckt waren und an deren oberen Enden Zweige befestigt waren. »Bei den Pricken, die steuerbord stehen, also von See kommend an der rechten Seite des Fahrwassers«, dröhnte seine Stimme durch die

Bordlautsprecher, »sind die Zweige oben zusammengebunden. Backbord dagegen sind sie unten zusammengebunden.«

Frido scharrte mit den Füßen über den Boden, und Magda rutschte auf ihrem Sitz herum. Fritz Bade hörte nicht auf, in die Tasche hineinzugreifen, die auf seinem Schoß lag, oder die Henkel um seine Finger zu wickeln.

Plötzlich zuckte Bade zusammen. Das Bluetooth-Headset in seinem Ohr hatte den Anruf signalisiert! Er nahm den Anruf entgegen und lauschte. Plötzlich sprang er von der Bank auf und stellte sich an die Reling. Er deutete Frido an, dass er das Paket über Bord werfen solle. Sein Kopf ging mehrmals nach rechts und links. Auch Frido und Magda ließen ihre Blicke über das Wasser schweifen, soweit das von ihrem Platz aus möglich war.

Frido informierte Tammo über den Anruf. Den Bruchteil einer Sekunde später vernahm er durch sein Headset, wie Stühle polternd zurückgeschoben wurden. Einige Gäste auf dem Unterdeck schrien erschrocken auf. Dann hörte er die stampfenden Schritte der Ermittler, die die Treppen hinauf auf das Freideck liefen.

Bade zögerte.

Frido sprang auf, blieb aber einen halben Meter hinter ihm stehen. »Nun wirf schon«, raunte er.

Bade hielt die Tasche mit der offenen Seite nach unten. Das Paket rutschte heraus und platschte ins Wasser.

Frido wähnte sich in einem Actionfilm, als er den Kopf eines Tauchers, der in einen Neoprenanzug samt Kapuze gehüllt war, aus dem Wasser ragen sah. Zwei Hände griffen das Paket und zogen es hinab.

»Ein Taucher, ein Taucher! Das Paket ist weg!«, sprach er aufgeregt in sein Mikrofon. Doch Tammo stand schon neben ihm.

»Mist!«, fluchte Tammo. Fenna und er beugten sich über die Reling. »Kannst du sehen, wohin er ist?«, fragte der Kommissar.

»Durch das trübe Wasser? Ich kann nicht mal die Richtung ahnen, die er genommen hat.«

»Da ist er«, rief Magda plötzlich dazwischen. »Auf der anderen Seite, am Badesee.«

Die Ermittler, Frido und Fritz Bade drehten sich ruckartig um. »Tatsächlich«, staunte Frido. »Er steigt am Badesee aus dem Wasser. Das gibt's nicht.«

Tammo gab per Funk die Meldung an die Kollegen weiter.

Der Taucher legte die Sauerstoffflasche ab. Er verstaute das eingeschweißte Paket und die Tauchermaske in einem großen Rucksack, hängte ihn über den Rücken und lief los.

»Der Polizeihubschrauber ist auf dem Weg«, informierte Tammo die anderen. »Den kriegen wir!«

Innerhalb von Sekunden startete der Helikopter. Als er auf das Sieltief zuschwebte, lief der Taucher zum Wasser zurück. Der Krabbenkutter mit den Polizisten an Bord hatte mittlerweile Kurs auf die Stelle genommen, an der die Sauerstoffflasche lag. Der Erpresser hatte keine Zeit mehr, sie wieder anzulegen. Mit dem Rucksack auf dem Rücken sprang er ins Wasser und versuchte, ans andere Ufer zu kraulen.

»So was Bescheuertes«, schimpfte Tammo. »Das ist doch aussichtslos.«

Mit der sperrigen Last auf dem Rücken hatte der Erpresser Mühe, voranzukommen. Das Paket bot zu viel Widerstand, es wirkte wie ein Bremsklotz. Auch schien es, als drückte der Rucksack den Krauler unter Wasser.

»Der geht gleich unter«, bangte Fenna.

»Hast du etwa Mitleid mit ihm?«, fragte Tammo.

Zwei Polizeibeamte sprangen vom Krabbenkutter ins Wasser. Sie kamen schneller voran als der Erpresser. Von beiden Seiten packten sie ihn, und nach einem kurzen Gerangel, in dem der Täter unter Wasser geriet, schleppten sie ihn zum Boot. Dort wurden alle drei von der Crew an Bord gezogen.

»Täter gefasst«, meldete der Kapitän des Krabbenkutters stolz.

»Genießt ihr mal noch eure Ausflugsfahrt«, rief einer der Kollegen ins Mikrofon. »Wir treffen uns nachher auf der Wache.«

Fenna zog Tammos Hand zu sich, die das Funkgerät hielt. »Wer ist es denn?«

»Noch kein Name bekannt«, antwortete der Kollege. »Später mehr.«

14. Kapitel

Noch auf dem Freideck riss Fenna sich die Perücke vom Kopf und wischte sich den Lippenstift ab. Die Maskenbildnerin hatte ihren Mund so stark überzeichnet, dass die Kommissarin sich im Spiegel selbst nicht mehr erkannt hatte. »Jetzt bin ich wieder ich«, sagte sie erleichtert und riss Tammo den Schnäuzer von der Oberlippe.

Anderthalb Stunden mussten sie nun noch an Bord ausharren. Am liebsten wäre Fenna ins Wasser gehechtet, an Land geschwommen und zur Wache gelaufen. Frido versuchte die ganze Zeit lang, sie mit irgendwelchen lustigen Geschichten davon abzulenken, dass im Verhörraum der Erpresser auf sie wartete.

Die Ermittler sprangen als Erste von Bord, als die ›Graf Edzard I‹ endlich wieder in Greetsiel anlegte. Im Gegensatz zu Fritz Bade brachten sie nicht einmal mehr die Geduld auf, darauf zu warten, dass die Gangway installiert und freigegeben war.

Benno bildete am Neuen Deich das Empfangskomitee. »Bin mit dem Wagen hier. Geht doch ’n bisschen schneller als zu Fuß, auch wenn ihr sportlich seid.«

»Wer ist der Erpresser?«, fragten Tammo und Fenna gleichzeitig.

»Das glaubt ihr nicht. Sitzt da und spricht kein Wort.«

Fenna umklammerte seinen Arm. »Verdammt, Benno, wer ist es?«

Benno blieb stehen. »Nora Heins.«

»Nein!«

»Überzeug dich selbst.«

Der Wachtmeister öffnete mit dem Funkschlüssel die Wagentüren. Fenna huschte auf den Rücksitz. Fritz Bade setzte sich zu ihr, während Tammo sich auf dem Beifahrersitz ausstreckte.

In weitem Bogen fuhr Benno zur Wache. Schatthauser Weg, Am Zingel, Pilsumer Weg, außen um den Ort herum und über die Hafenstraße wieder hinein bis zur Hauener Hooge. Benno fuhr schneller als erlaubt, doch Fenna fragte sich, ob sie zu Fuß nicht in kürzerer Zeit ans Ziel gekommen wären.

Mit quietschenden Reifen fuhr Benno auf den Parkplatz.

»Herr Pötzschke kümmert sich um Sie«, rief Fenna Fritz Bade zu. Dann stürzten sie und Tammo aus dem Wagen und rannten in die Wache.

Ein uniformierter Kollege riss die Eingangstür auf. »Sie sitzt im Verhörraum«, sagte er und zeigte in die Richtung, in der das Zimmer lag.

Nora hockte am Tisch. Den Neoprenanzug hatte sie ausgezogen und sich eine Decke übergeworfen, die ein Beamter ihr gereicht hatte. Der

Kollege hatte bereits die Personalien aufgenommen und sie über ihre Rechte aufgeklärt.

Sie brauchten nur noch loszulegen. Doch beide, Tammo wie auch Fenna, waren sprachlos, als sie Norwin Nansens Freundin gegenübersaßen.

»In welcher Beziehung stehen Sie zu Leonie Altinga?«, war die erste Frage, die Fenna herausbrachte, als sie wieder zu Atem gekommen und die Ungläubigkeit der Erkenntnis gewichen war, dass ihre Kollegen wirklich Nora mit den Kulleraugen festgenommen hatten.

Nora sah Fenna an, als hätte die Kommissarin sie nach den Lottozahlen von übernächster Woche gefragt. »Wieso Leonie Altinga?«

»Sie sind die Tochter von Leonie Altinga?«, fragte Fenna. Sie konnte nicht länger warten, sie musste die Antwort jetzt wissen.

Nora schüttelte verständnislos den Kopf. »Was soll ich mit Frau Altinga zu schaffen haben?«

Fenna sank in sich zusammen. Es dauerte eine Weile, bis sie in der Lage war, sich einzugestehen, dass sie mit ihrer ausgefallenen, aber plausibel klingenden Theorie danebengelegen hatte. Ihr gedanklicher Entwurf vom Adoptivkind, das sich bei der berühmten leiblichen Mutter mit dramatischen Aktionen in Erinnerung bringen wollte, weil sie ihre Memoiren geschrieben, aber seine Geburt verschwiegen hatte – dieser Entwurf war ein Irrtum.

Was hatte sie Leonie zugemutet? All diese belastenden Fragen, die so vieles in der Frau aufgewühlt hatten. Und das alles für nichts. Fenna schämte sich. Sie wünschte sich, die Zeit zurückdrehen und die Szene bei Leonie Altinga auslöschen zu können.

Tammo übernahm die Befragung. »Okay, also kein Bezug zu Leonie Altinga. Warum dann die Erpressung? Aus welchem Grund?«

»Ey, Moment mal«, schnodderte Nora los. »Ich bin kein Erpresser. Ich hab nur einen Job angenommen. Ich hab den Paketdienst gespielt, mehr nicht.«

»Der Kurier also«, sagte Tammo, »nichts weiter. Ein ganz harmloser Job. Wie viel Honorar hat man Ihnen denn für diese schmutzige Arbeit geboten?«

Nora wollte etwas sagen, verstummte aber sofort wieder. »Ohne Anwalt sag ich gar nichts. Sie glauben mir ja doch nicht.«

»Den Anwalt werden Sie dringend brauchen. Ihnen drohen nämlich ein paar Jährchen auf dem Trockenen, fest verschlossen und vergittert.«

Die Antwort schien Nora zu beunruhigen. Vermutlich wurde ihr langsam klar, worauf sie sich eingelassen hatte – vorausgesetzt, sie hatte tatsächlich nur im Auftrag gehandelt.

Fenna merkte es der Verhafteten an: Nora war nicht die Erpresserin.

Etwas bäumte sich plötzlich in der Kommissarin gegen die Einsicht auf, dass sie mit ihrer Theorie danebengegriffen hatte. Tammo würde ihr jetzt wieder mit weiblicher Intuition kommen. Vielleicht hatte er ja recht. Letztlich war es aber egal, woher sie diese Sicherheit nahm, dass sie doch nicht irrte. Sie durfte jetzt nicht klein beigeben. Aufreizend langsam legte sie die verschränkten Arme auf den Tisch und beugte sich weit zu Nora Heins vor.

»Warum die Schüsse auf Leonie Altinga?«, fragte sie mit leiser, eindringlicher Stimme. »Wie war das mit dem Anschlag auf Lisa Ehlert? Und warum die Briefbombe an die Appelmanns?«

Nora wechselte die Gesichtsfarbe.

»Wie sind Sie überhaupt an den R4 gekommen? Und die Briefbombe, haben Sie die selbst gebastelt, oder hat Ihnen jemand geholfen?«

»Da kommt einiges zusammen«, schaltete Tammo sich ein. Er schlug die Beine übereinander und lehnte sich zurück. Alles an ihm drückte Sicherheit und Ruhe aus, genau das, was Nora Heins von Sekunde zu Sekunde stärker abhandenkam.

Ein Ungleichgewicht entstand im Raum. Hier die beiden Ermittler, die spürten, dass sie die richtige Fährte aufgenommen hatten. Da die Tatverdächtige, deren Schutzschild mehr und mehr schmolz wie Eis in der Sonne.

»Das war alles nicht meine Idee«, sagte Nora. »Ich hab nur ausgeführt, was man mir gesagt hat.«

Wie naiv war diese Frau? »Wer hat Ihnen gesagt, dass Sie die Drecksarbeit machen sollen? Wer ist Ihr Auftraggeber? Norwin Nansen?«

Nora stierte vor sich hin und schwieg.

Tammo schenkte sich seelenruhig ein Glas Wasser ein. Er schob die Flasche beiseite und sah Nora herausfordernd an. »Lassen Sie sich immer so leicht zu Verbrechen anstiften? Sind Sie der Typ, der Auftragsmorde begeht und in den Knast geht, während der, der den Auftrag erteilt hat, sich irgendwo in der Sonne aalt und sich mit der nächsten Frau vergnügt?«

Nora kniff die Augen zusammen. Ihr Blick wurde unruhig.

Plötzlich klopfte es an der Tür und Benno trat ein. Er bat die Ermittler für einen Moment heraus.

Tammo und Fenna überließen die Aufsicht über die Verhaftete einem Kollegen, verließen den Verhörraum und folgten Benno in ihr Büro.

Der Wachtmeister zeigte ihnen das Handy von Nora Heins. »In den letzten dreißig Minuten sind zwei Anrufe von derselben Nummer eingegangen. Der Teilnehmer ist nicht auf dem Handy gespeichert, hat aber schon oft mit ihr kommuniziert, wie wir aus dem Protokoll ersehen haben. Wir sind gerade dabei, herauszufinden, wem der Anschluss gehört.«

»Spannend«, sagte Tammo. »Sag uns Bescheid, sobald ihr den Namen habt, ja?«

»Na klar doch«, sagte Benno. »Der Anruf, mit dem Fritz Bade aufgefordert wurde, das Geld ins Wasser zu werfen, kam übrigens von einem Prepaid-Handy.«

»Natürlich«, sagte Tammo. »Nichts anderes hatte ich erwartet. Wird höchste Zeit, dass die Gesetze geändert werden und die Käufer von Prepaid-SIM-Karten sich ausweisen müssen und registriert werden.«

Sie kehrten zu Nora zurück.

Tammo tat so, als hätten sie gerade eine wichtige Information erhalten, die Noras Situation noch nachteiliger erscheinen ließ. »Ich kann Ihnen nur raten, zu gestehen. Jede Aussage, die Sie uns gegenüber machen, kann das Gericht milder stimmen.«

Nora schien in den Minuten, die sie allein mit dem schweigsamen Aufsichtsbeamten in diesem Raum verbracht hatte, in sich gegangen zu sein. »Ich hab Scheiße gebaut«, hauchte sie.

»Können Sie bitte etwas lauter sprechen?«, sagte Tammo. »So, dass das Aufnahmegerät Sie versteht.«

Fenna verpasste ihm einen Rippenstoß. »Was genau haben Sie verbockt?«, fragte sie Nora.

»Die Sache mit Lisa Ehlert.« Nora sprach stockend. »Ich sollte sie über den Haufen fahren. Aber das ging nicht«, stieß sie hervor und blickte die Ermittler an. »Ich konnte das einfach nicht. Die Frau ist vielleicht so alt wie ich. Die will doch leben. Ich kann einen Menschen nicht einfach zum Krüppel fahren.«

»Wie war das genau?«, fragte Fenna. »Bitte schildern Sie uns die Situation.«

Nora gab wieder, wie sie Lisa Ehlert aufgelauert und mit dem R4 verfolgt hatte, aber im letzten Moment vom Gas gegangen war, weil sie es nicht fertigbrachte, die Frau zu überfahren.

»Wer hat Sie auf Frau Ehlert angesetzt?«

»Den Namen kenne ich nicht«, sagte Nora trotzig.

»Und wer hat Ihnen den R4 bereitgestellt?«

Nora überlegte einen Moment. »Mir wurde gesagt, wo er steht, mit dem Schlüssel im Zündschloss. Ich hab ihn in einer Scheune abgeholt und sollte nur einsteigen und ... machen.«

»Was für eine Scheune war das und wo liegt die?«

»Eine Scheune hier in der Nähe. Sie wird nur noch als Strohlager genutzt, hat man mir gesagt. Der Bauer fährt alle paar Wochen mal mit dem Trecker hin und holt eine Fuhre Strohballen raus. Ansonsten liegt sie einsam da.«

Fenna atmete durch. »Kommen wir zur Briefbombe.«

»Die hab ich nicht gebaut«, verteidigte Nora sich. »Ich hab sie nur hingelegt und bin weggelaufen.«

»Ihren Worten entnehme ich, dass Ihnen voll und ganz bewusst war, was in dem Paket war«, sagte Fenna.

Nora nickte, ohne die Kommissare anzusehen.

Tammo zeigte auf das Mikrofon. »Würden Sie Ihre Antwort bitte hier rein sprechen?«

»Ja.« Nora wirkte genervt.

»Hatten Sie keine Angst, dass jemand Sie beobachtet?«, fragte Fenna.

Nora schüttelte den Kopf. »Ich hab mich als Mann verkleidet, mit Kapuze auf und so. Dann bin ich durch die Straße gelaufen und hab mich vergewissert, dass niemand guckt. Ist ja totenstill da, wo die wohnen. Nur in der Küche im Haus schräg gegenüber war eine Frau. Als sie einmal aus dem Raum ging, hab ich das Paket bei den Appelmanns vor die Tür gelegt und bin schnell weitergegangen.«

»Wer hat Sie zu diesen Taten angestiftet?«

Nora zuckte mit den Schultern und schüttelte den Kopf.

Fenna blickte Nora von oben herab an. »Die Schüsse auf Leonie Altinga, haben Sie die abgegeben?«

»Nein.« Nora stützte das Gesicht in beide Hände, als wollte sie sich verstecken.

Fenna beschloss, Nora immer wieder dieselben Fragen zu stellen, so lange, bis sie endlich ihren Auftraggeber nannte. Lange würde es nicht mehr dauern. Sie legte ihren Arm auf die Rückenlehne von Tammos Stuhl und lehnte sich leicht zu ihm hinüber.

Nora blickte auf und verfolgte die Bewegung. Sie schien zu begreifen, dass die Ermittler mehr waren als nur Kollegen. Ein Team, das sich auch privat gegenseitig stärkte. Eine Front, gegen die sie nicht mehr lange ankommen würde.

»Fangen wir noch mal von vorne an«, sagte Fenna. »Die Erpressung. Wer steckt dahinter?«

Bevor Nora etwas sagen konnte, klopfte es wieder an der Tür. Tammo und Fenna drehten sich um. Benno trat ein. Er hatte einen seiner quadratischen Zettel in der Hand und winkte die beiden zu sich.

Sie standen auf und guckten auf den Zettel.

›Meno Christoffers‹ stand darauf.

»Bring Frau Heins bitte in ihre Zelle«, sagte Tammo.

***

Gegen neunzehn Uhr trafen Tammo und Fenna auf der Polizeiwache in Leer ein. Die Kollegen hatten Meno Christoffers festgenommen, als er gerade sein Haus verlassen wollte. Er hatte eine große Reisetasche in der Hand und lief auf seinen Wagen zu, der vor der Eingangstür stand. Ein Trolley lag bereits im Kofferraum. Meno kam nicht mehr dazu, das weitere Gepäck zu verstauen.

Jetzt saß er den Greetsieler Ermittlern gegenüber und lächelte dieses überlegene Lächeln, das er auch während des Literaturzirkels gezeigt hatte.

»Sie sind der leibliche Sohn von Leonie Altinga«, konstatierte Fenna, und diesmal war ihr egal, wie ihr Gegenüber antworten würde. Sie wusste, dass sie nicht irrte.

Meno verzog das Gesicht zu einer Grimasse, als wollte er zum Ausdruck bringen, dass er selten eine so dumme Feststellung gehört hatte.

Fenna sah ihn unerbittlich an. »Wir werden das klären, Herr Christoffers. Wir werden Zugriff auf Ihre Papiere erhalten.«

»Na und?«, warf Meno ihr zu. »Was sagt meine Herkunft schon aus?«

»Ich vermute, Sie haben relativ früh erfahren, dass Ihre Eltern Sie adoptiert haben, und Sie waren neugierig. Sie wollten wissen, wer Ihre leiblichen Eltern sind.«

Menos Gesicht verschloss sich. Seine Hände suchten irgendetwas, woran sie sich festhalten konnten, doch da war nichts.

»Ich kann Sie verstehen«, fuhr Fenna fort. »Sie haben Ihr ganzes Leben lang darunter gelitten, dass die große Leonie Altinga überall, wo sie auftauchte, im Mittelpunkt stand. Sie machte Karriere und ließ sich bewundern, während Sie im Schatten standen und nicht damit zurechtkamen, dass Ihre Mutter Sie nicht in ihr Leben hineingelassen hatte.«

Meno faltete die Hände zusammen. Er reagierte nicht auf Fennas Worte.

»Eines schönen Tages beschloss Ihre leibliche Mutter, nach Greetsiel zurückzugehen, dahin also, wo alles angefangen hatte. Sie kaufte sich ein Haus in idyllischer Lage, richtete es hübsch ein und lebte ganz so weiter, als wäre alles in bester Ordnung. Und Sie saßen gerade mal eine Autostunde davon entfernt und mussten bei all dem zugucken wie jemand, der mit dem Leben dieser großartigen Diva nichts, aber auch gar nichts zu tun hat. Kommen da nicht Frust, Wut und Aggressionen auf?«, fragte Fenna. »Hat diese Situation dazu geführt, dass Sie beschlossen haben, auf sich aufmerksam zu machen?«

»Wenn sie bloß nicht diese Autobiografie geschrieben hätte!«, platzte es mit einem Mal aus Meno heraus. »Wenn sie geschwiegen hätte, wäre alles halb so schlimm gewesen. Aber diese Memoiren, in denen sie sich als Opfer darstellt, als ach so bedauernswerte Frau, der die Tochter und der Mann brutal weggenommen wurden. Ich«, er zeigte mit dem Finger auf sich, »ich bin ihr nicht weggenommen worden. Sie hätte mich behalten können. Aber was hat sie getan? Sie hat mich weggeworfen, verstehen Sie? Weggeworfen hat sie mich!« Er rang die Hände und verbarg sein Gesicht dahinter. »Und dann diese Schilderungen, wie sie trotz allem, was ihr widerfahren ist, die Kraft gefunden hat, so eine großartige Schauspielerin und Schriftstellerin zu werden. Ich hab das nicht ertragen!«

Eine Kollegin brachte Tee und Mineralwasser in den Raum. »Sonst noch Wünsche?«, fragte sie. Die Ermittler schüttelten den Kopf, Meno schwieg. Die Beamtin zog sich wieder zurück.

»War das der Grund, weshalb Sie den Spiegel und die Blumenvase zerschossen haben?«, wollte Fenna wissen. Sie schenkte jedem Wasser ein.

Meno umklammerte sein Glas und beobachtete es, als läge ein Geheimnis darin. »Was sind solche Gegenstände gegen ein Menschenleben?« Er pausierte kurz, bevor er fortfuhr. »Sie hat sich mit all diesen schönen Dingen umgeben, die sie ja auch in ihrer Autobiografie erwähnt. Diese Sachen waren ihr wichtig. Menschen dagegen galten nichts. Mich hat sie achtlos weggegeben, aber auf diesen Plunder war sie stolz.«

Fenna verstand ihn. Doch das änderte nichts daran, dass Meno Straftaten begangen hatte, für die er zur Verantwortung gezogen werden musste. Es fiel ihr nicht leicht, das Verhör weiterzuführen.

»Warum die Attacke gegen Lisa Ehlert? Sie hatte doch gar nichts mit Ihrem Leben zu tun? Und das Attentat auf Jan Appelmann, das dann seine Frau getroffen hat?«

Meno stieß die Luft heftig durch die Nase aus. »Ich wollte, dass Leonie sich an ihre tote Tochter erinnert und an ihren toten Mann. Ich wollte, dass all das wieder in ihr hochkocht. Ich hab gehofft: Wenn sie sich an diese Katastrophen erinnert, denkt sie auch wieder an mich. Ich war doch auch einer der Schicksalsschläge in ihrem Leben, nur mit umgekehrtem Vorzeichen. Die anderen sind gestorben, ich wurde geboren.« Er hob verzweifelt die Hände. »Und wissen Sie, was das

Grausame daran ist? Über die anderen, über die, die nicht mehr leben, hat sie in ihrer Autobiografie geschrieben. Mich dagegen, der ich lebe, mich hat sie totgeschwiegen. Totgeschwiegen! Das ist wie ermordet zu werden.« Er sah die Kommissarin an. »Wissen Sie, was ich mir gewünscht hätte?«

Fenna schüttelte stumm den Kopf und hoffte, dass er ihre Ergriffenheit nicht bemerkte.

»Ich hätte mir gewünscht, Leonie setzt einen Aufruf in die Zeitung und sucht nach mir. Aber was macht sie? Sie sucht Teilnehmer für einen Lesezirkel. Und dann komme ich dazu, und sie erkennt mich nicht. Natürlich nicht!« Er schlug mit den flachen Händen auf den Tisch und warf sich auf seinem Stuhl zurück.

Fenna hörte Meno genau zu. Sie versuchte, kein Mitleid mit ihm aufkommen zu lassen, doch jeder Satz, den er sprach, tat ihr in der Seele weh. Was musste dieser Mann gelitten haben!

»Ihnen war bewusst«, sagte sie, »dass Sie Ihre leibliche Mutter damit in den Verdacht gebracht haben, selbst Hand gegen diejenigen angelegt zu haben, die den Tod ihrer Tochter und ihres Mannes verursacht haben?«

»War mir das vielleicht egal?«, brauste Meno auf. »Und wenn sie im Knast verreckt wäre, mich hätte das kaltgelassen.«

Fenna nahm diese Aussage kommentarlos zur Kenntnis. Sie passte in das Bild, das sich aus den unendlich vielen tiefen seelischen Verletzungen ergab, die Meno erlitten hatte.

Bisher hatte Tammo das Verhör ganz bewusst Fenna überlassen. Nun stellte er eine Frage, an die Fenna sich nach Menos emotionalem Ausbruch kaum noch herangetraut hätte. Denn sie ahnte, dass Leonies Sohn einem Irrtum unterlegen war und dass sie ihm mit der Richtigstellung einen weiteren seelischen Schlag würde verpassen müssen. »Wie war das mit Fritz Bade? Warum haben Sie den erpresst?«, wollte der Kommissar wissen.

»Weil er mein leiblicher Vater ist«, sagte Meno, der nun fast emotionslos erschien. »Ich hab das nachgerechnet. Mit ihm war Leonie in der Zeit zusammen, als ich gezeugt wurde. Ich wollte ihn nicht ruinieren, aber er sollte bluten. Er sollte dafür bezahlen, dass auch er mich abgelehnt hat. Wenn Leonie mich nicht wollte, hätte doch wenigstens er mich zu sich nehmen können.«

Fenna stöhnte innerlich auf. »Herr Christoffers«, sagte sie vorsichtig, »in dieser Sache muss ich Sie korrigieren. Herr Bade ist nicht Ihr leiblicher Vater.« Sie schilderte Meno, was Leonie Altinga ihr über die heimliche Episode mit dem verheirateten Fritz Bade, über dessen

Zeugungsunfähigkeit und über die Nacht mit dem Partyflirt berichtet hatte.

Ihre Worte schienen an Meno vorbeigerauscht zu sein. Er reagierte weder mit Worten noch mit Mimik noch mit einer Geste. Er saß einfach nur da, und Fenna befürchtete, er könnte jeden Moment in sich zusammenfallen und sich in Staub auflösen.

»Sie hatten zwei Helfer«, sagte Tammo zu Meno. »Thilo Wilken und Nora Heins. Wie kam es dazu? Warum ausgerechnet die beiden?«

Menos Gesicht hellte sich auf. »Die Nora, die hab ich kennengelernt, als ich bei Norwin Nansen im Laden war. Als ich vierzehn Jahre alt war, haben mir meine Eltern erzählt, wer meine leibliche Mutter ist. Seitdem hab ich Leonie und ihre Familie verfolgt, soweit es mir möglich war.«

Tammo unterbrach ihn. »Sie haben sicher alles in sich hineingesogen, was über Leonie Altinga in der Zeitung stand?«

»Klar«, sagte Meno, »in der Zeitung und später im Internet. Auch Fine und Norwin Nansen wurden mal erwähnt. Das war in der Zeit, als bekannt wurde, dass Leonie nach Greetsiel zurückkehren wollte. Im Internet bin ich auf Norwins Laden gestoßen. Ich bin hin, weil ich ihn sehen wollte, und auf einmal stand Nora vor mir.« Menos Gesicht verklärte sich. »Eine tolle Frau.«

»Sie haben eine Beziehung mit ihr angefangen?«, fragte Tammo.

Meno lachte. »Nicht ich mit ihr, sondern sie mit mir.«

»Sie ist aber doch mit Norwin Nansen liiert«, warf Fenna ein. »Wussten Sie das nicht?«

Meno blickte sie an, als wäre sie von einem anderen Stern. »Nora hat mir erzählt, dass sie einen Flirt mit Norwin hat. Aber der kommt ja nicht in die Hufe. Der steckt doch total unterm Pantoffel seiner Mutti. Nora wollte einen richtigen Kerl.«

»Aha«, schlussfolgerte Tammo. »Einen wie Sie.«

Meno stutzte.

»Sie haben Nora dann für Ihre, nennen wir es: Aktionen gewonnen«, sagte Fenna.

Meno nickte.

»Wie viel haben Sie ihr dafür versprochen?«

Meno wiegte den Kopf verlegen hin und her. »Och, so fünfzigtausend.«

»Fünfzigtausend für drei schwere Straftaten, und die restlichen neunhundertfünfzigtausend für Sie selbst?«, fragte Fenna.

»Nein«, sagte Meno. »Der Thilo Wilken sollte ja auch seinen Teil abbekommen.«

»Wofür haben Sie den überhaupt eingespannt?«, hakte Tammo nach. »Den Anschlag mit dem R4 auf Lisa Ehlert hat Nora Heins gestanden. Thilo Wilken haben wir erwischt, als er mit dem Wagen wegfahren wollte. Was genau war seine Rolle in Ihrem Stück?«

»Der Thilo hat mir den Wagen beschafft.«

»Also doch«, sagte Tammo. »Musste es unbedingt ein Wagen von Fritz Bade sein, weil Sie den Mann für Ihren Vater gehalten haben?«

Meno nickte. »Ich wollte eigentlich einen anderen Wagen für meinen Plan mit Lisa Ehlert beschaffen, aber dann ergab sich das mit den Wilkens so schön. Und dass der R4 über Nacht spurlos verschwand, hat dem Bade sicher viel mehr wehgetan als die Million, die er mir zahlen sollte.«

»Die er zahlen sollte, obwohl er nichts mit Ihnen zu tun hat«, konnte Fenna sich nicht verkneifen, Meno vorzuwerfen.

»Wie sind Sie darauf gekommen, dass Thilo wusste, wie er Bades Oldtimerhalle öffnen kann?«, fragte Tammo.

»Nora hat mir den Tipp gegeben. Sie kannte die Wilkens von früher. Sie waren bei Bade beschäftigt, als Nora bei seiner Frau im Modeladen angestellt war. So haben sie sich kennengelernt. Die Wilkens sind überhaupt nur durch Nora zu Leonie gekommen.«

»Das ist uns bekannt«, sagte Tammo.

Meno blickte zu den Ermittlern auf. »Ostfriesland ist nun mal ein einziges großes Dorf. Um drei Ecken kennt hier jeder jeden.«

»Das will ich jetzt mal nicht weiter kommentieren«, sagte Tammo. Dann fragte er ungerührt weiter. »Wie haben Sie denn darauf reagiert, dass Ihre Nora die Frau Ehlert nicht rollstuhlreif gefahren hat?«

Meno dachte einen Moment nach. »Schwer verletzt wollte ich die Ehlert nicht sehen. Nora sollte sie nur ein bisschen touchieren. Der Unfall sollte in der Zeitung stehen, damit Leonie davon erfährt.«

»Nora Heins hat uns eine härtere Version geschildert«, wandte Fenna ein.

»Dann hat sie gelogen«, erwiderte Meno.

Tammo legte Fenna beruhigend eine Hand auf den Arm. Sein Blick blieb weiter auf Meno gerichtet. »Nun verraten Sie uns noch: Wohin sollte Thilo den R4 bringen, als Sie ihn nicht mehr brauchten? Doch nicht zurück nach Aurich, in den Stall des Besitzers?«

»Nach Holland«, sagte Meno.

Fenna rollte mit den Augen. »Bisschen genauer, bitte.«

»Ich hab einen Freund in den Niederlanden, der hat Käufer für solche Modelle an der Hand. Thilo war mit ihm bei Pilsum verabredet. Er sollte ihm den Wagen übergeben und dann mit dem Rad wieder zurück nach Greetsiel.«

»Die Umsetzung dieses Plans haben wir vereitelt«, sagte Tammo nicht ohne Stolz. »Und welches Sümmchen hätten Sie Thilo Wilken für seinen Part bezahlt?«

»Na ja, nicht ganz so viel wie der Nora. War ja auch nicht so eine heikle Aufgabe.«

Tammo blieb einige Augenblicke stumm und fixierte Meno mit einem skeptischen Blick. »Wo haben Sie so gut schießen gelernt?«, fragte er schließlich.

»Ich?« Meno lachte spöttisch. »Ich schieße nicht.«

»War's Ihr holländischer Freund, der auf Leonie geschossen hat?«

Meno schmunzelte.

»Der Name Ihres Freundes und die Anschrift?«

Meno öffnete die Hände. »Ist mir in der Aufregung entfallen.«

»Kann ich verstehen«, sagte Tammo. »Zuletzt ist Ihnen einiges durcheinandergeraten. Fritz Bade rufen Sie von einem Prepaid-Handy an, über das wir Sie niemals hätten auffinden können, und dann verraten Sie sich durch einen Anruf bei Nora von Ihrem offiziell registrierten Handy. Eine Suche im Internet, und die Kollegen hatten den Namen zu der Nummer, die im Impressum Ihrer Lektoren-Website prangt. Ziemlich stümperhaft, dieses Vorgehen, würde ich sagen.«

Meno fühlte sich offenbar veranlasst, sich für sein unüberlegtes Verhalten zu rechtfertigen. »Das Prepaid-Handy ist nach erfüllter Mission auf dem Grund der Leda gelandet«, sagte er. »Und als Nora sich nach der Geldübergabe nicht wie verabredet meldete ...«

»... haben Sie Panik bekommen«, setzte Tammo den Satz fort, »und geglaubt, sie macht sich mit dem Geld aus dem Staub.«

»So ungefähr.«

Fenna dachte darüber nach, ob Meno wirklich so viel Mitgefühl verdiente, wie sie ihm im ersten Teil des Verhörs entgegengebracht hatte. »Eine letzte Frage noch«, sagte sie. »Wo sind Sie groß geworden?«

Meno lachte. »Wollen Sie das wirklich wissen?«

»Hätte ich sonst gefragt?«

Meno kippte das Wasser hinunter, schob Tammo das Glas hin und bat um Nachschub. »Mein Vater war Deutscher, meine Mutter Holländerin. Sie haben mich adoptiert, als mein Vater für eine Reederei in Rotterdam tätig war. Später sind meine Eltern nach Emden gegangen. Da bin ich aufgewachsen.«

Die Ermittler verständigten sich mit stummem Nicken, dass sie für heute keine weiteren Fragen an Meno Christoffers hatten.

Meno stand mit ihnen auf und reichte ihnen die Hand, als wären sie gute Freunde. »Werden Sie meiner Mutter, ich meine: Leonie Altinga ... Werden Sie ihr berichten, was ich Ihnen erzählt habe?«

Wortlos drehten die Ermittler sich um und verließen den Verhörraum.

15. Kapitel

Der letzte Sonntag im September war einer dieser Tage, an denen alles, wirklich alles passte wie ein maßgeschneiderter Anzug. Es herrschten spätsommerliche Temperaturen, und der Himmel war wolkenlos. Fenna hatte bei Tammo übernachtet, was Buddy besonders behagte, da vier Füße besser wärmten als zwei.

Frido bereitete den ausgeschlafenen Ermittlern einen deftigen Brunch zu. Als er sicher war, dass die beiden ›jungen Leute‹, wie er sie nannte, alles hatten, was Herz und Magen begehrten, zog er sich dezent zurück.

»Magda wartet auf mich«, sagte er mit leuchtenden Augen, als er sich verabschiedete. »Vielleicht trifft man sich ja am Abend am Hafen. Wenn ihr mögt, lasst uns alle zusammen bei Jonne Kruskopp essen gehen.«

»Gute Idee«, erwiderte Tammo. »Vielleicht gibt's ja sogar was zu feiern.«

Frido zwinkerte ihm zu. »Möglich ist das. Es ist nie zu spät ...«

Fenna blickte verwundert von einem zum anderen, stellte aber keine Fragen. Sie nahm von dem Rührei mit Krabben, verteilte es auf einer Scheibe Schwarzbrot und leckte sich den Daumen ab. Erst als Frido mit Buddy an der Leine das Haus verlassen hatte, wandte sie sich an Tammo. »Was meintest du denn, was es heute zu feiern geben könnte?«

»Wer weiß«, antwortete er leichthin zwischen zwei Schlucken Tee, »was Magda und Frido noch so vorhaben? Guck dir doch an, wie die beiden turteln. Es wird ja immer doller mit denen.« Er goss noch etwas Sahne nach.

»Meinst du etwa, die beiden ...?« Fenna traute sich nicht, den Gedanken laut zu Ende zu denken.

»Warum nicht?« Tammo zuckte mit den Schultern und konzentrierte sich darauf, Schnittlauch gleichmäßig über sein Rührei zu streuen.

Die Musik im Radio klang aus, der Nachrichtensprecher verkündete die neuesten Meldungen. Fenna nahm die Fernbedienung und reduzierte die Lautstärke auf ein Minimum. An solch einem Tag durften Anschläge, Katastrophen und Stauhinweise gerne außen vor bleiben.

»Hast du schon Pläne, wie wir den Tag zwischen Brunch und Abendessen verbringen?«, fragte sie, als ihr klar wurde, dass Tammo sich nicht weiter zu dem Geheimnis von Frido und Magda äußern mochte.

Tammo nickte kauend und hielt sich die Hand vor den Mund, bis er den Bissen hinuntergeschluckt hatte. »Was hältst du davon, wenn wir heute Nachmittag noch mal den Ausflug mit der ›Graf Edzard I‹ machen?«

Fenna fand den Vorschlag gut, allerdings nur unter einer Bedingung: »Diesmal aber bitte ganz entspannt, ohne Verbrecherjagd und ohne ein Rudel Polizeitaucher um uns herum.«

Um kurz nach zwei erreichten sie das Schiff. Tammo kaufte die Tickets. »Komm, heute setzen wir uns oben in die Sonne.«

Fenna folgte ihm die zwei Treppen hinauf aufs Freideck.

»Diesmal gehen wir ganz nach vorn«, sagte Tammo, »in die erste Reihe.«

»Was schleppst du eigentlich die ganze Zeit diesen Beutel mit dir herum?«, fragte Fenna und zeigte auf Tammos linke Hand. »Du hast doch nicht etwa ein Paket mit eingeschweißtem Lösegeld da drin?«

Tammo schmunzelte. »So könnte man es fast bezeichnen.«

Fenna verzog das Gesicht, als hätte sie Zahnschmerzen.

»Keine Angst«, sagte Tammo und legte beruhigend den Arm um ihre Schulter. »Ist nichts weiter drin. Nur ein Fernglas. Ich will nachher mal einen Blick aufs Naturschutzgebiet werfen, wenn wir daran vorbeifahren. Und auf die Inseln will ich gucken, wenn wir durch die Schleuse sind.«

Fenna glaubte, dass das eine Lüge war. Das Fernglas transportierte Tammo in einer speziellen Umhängetasche, wenn er es überhaupt mal benutzte. Aber sie würde schon noch dahinterkommen, was er mit sich herumtrug.

Sie nahmen auf dem Freideck in der ersten Reihe Platz. Fenna stützte die Füße gegen die Schiffswand und wandte das Gesicht der Sonne zu.

Eine Viertelstunde später legte die ›Graf Edzard I‹ wie geplant ab. Langsam glitt sie über das glitzernde Wasser ins Leyhörner Sieltief. Tammo nahm mit dem Handy ein paar Fotos auf. Fenna schloss die Augen und träumte.

Plötzlich legte Tammo ihr einen Gegenstand in den Schoß.

Fenna öffnete die Augen. Sie hielt ein Paket aus braunem Karton in den Händen. »Was ist das denn?«, fragte sie verwundert.

»Das Lösegeld«, antwortete Tammo. »Aber bitte nicht ins Wasser werfen.«

Mit Mühe schaffte Fenna es, eine Ecke des Klebebands zu lösen, ohne sich einen Fingernagel abzubrechen. Sie riss das Band von der Pappe und öffnete den Karton.

Zum Vorschein kam eine Schachtel, die eine Teekanne zeigte.

Fenna öffnete die Verpackung. Doch statt einer Teekanne fand sie einen weiteren Karton vor. Darauf abgebildet war eine Zitronenpresse.

Sie klappte den Deckel des Kartons auf und zog eine große Pappschachtel hervor. Überdimensionale Streichhölzer waren darauf abgebildet.

Fragend blickte sie Tammo an. Was sollte sie davon halten?

Tammo machte ein Gesicht, als hätte er nichts mit all dem zu tun.

Fenna zog die Streichholzschachtel auseinander. Es lagen rote, gelbe und grüne Gummibärchen darin. Lachend nahm sie zwei davon heraus, steckte eins Tammo und eins sich selbst in den Mund.

»Noch eins«, bat Tammo.

Fenna griff erneut in den Karton.

Da entdeckte sie zwei rote Bärchen, die eng umschlungen auf dem Boden der Schachtel lagen. Zusammengehalten wurden sie von einem goldenen Reif, der in der Sonne glitzerte.

Ihr fehlten die Worte.

Vorsichtig, damit der Ring ihr nicht aus der Hand fiel und in einer Ritze zwischen zwei Schiffsplanken landete, nahm sie die Bärchen heraus und betrachtete das Schmuckstück. Als sie begriff, dass sie nicht träumte, fiel sie Tammo gerührt um den Hals und gab ihm einen herzhaften Kuss auf die Wange.

Er nahm ihr den Ring aus der Hand und steckte ihn an ihren Finger. »Ich denke, jetzt ist es Zeit, zu feiern. Lass uns aufs Oberdeck gehen. Ich spendier uns einen Schampus.«

Sie folgte ihm die Treppe hinab aufs Oberdeck.

Als sie die letzte Stufe erreichten, wurden sie mit lautem Applaus empfangen. Frido und Magda saßen an einem Tisch, auf dem vier Sektgläser und ein Eiskübel mit einer Magnumflasche darin bereitstanden.

Buddy, der unter Fridos Stuhl gelegen hatte, kroch hervor, sprang an Fennas Beinen hoch und leckte ihre Hand.

»Der meldet gleich seine Ansprüche als Trauzeuge an«, rief Frido ihr zu. »Habt ihr denn schon einen Termin?«

Fenna spürte, wie die Blicke von Frido, Magda und den Gästen an den umliegenden Tischen sich auf sie fokussierten. Ihre Miene verfinsterte sich. »Einen Termin? Darüber werden wir noch zu reden haben«, erwiderte sie mit strenger Stimme.

Tammo blickte sie erschrocken an.

Im nächsten Moment knuffte sie ihn in die Rippen, fiel ihm vor versammelter Mannschaft um den Hals und drückte ihn so fest, dass Buddy meinte, sein Herrchen mit lautem Gebell verteidigen zu müssen.

Ostfrieslandkrimi Empfehlungen des Klarant Verlages

„Tod am Deich“ von Ulrike Busch
Taschenbuch ISBN: 978-3-95573-584-5
eBook ISBN: 978-3-95573-585-2

Hauptkommissar Tammo Anders traut seinen Augen kaum. Durch Zufall entdeckt er eine Leiche, direkt am Deich in Greetsiel! Bei dem Toten handelt es sich um Folkert Petersen, einen der angesehensten Teehändler der Region. Einen Tag später taucht ausgerechnet Enno Duwe im Ort wieder auf. Er hatte sich als junger Mann in Greetsiel viele Feinde gemacht und war vor 25 Jahren verschwunden. Und seit jenem Tag ist auch Tina Petersen, die Tochter des Ermordeten, wie vom Erdboden verschluckt ... Kann das alles ein Zufall sein, oder ist Enno in den Mord an Folkert Petersen verstrickt? Tammo Anders und seine Kollegin Fenna Stern ermitteln in alle Richtungen. Doch dem Kommissar fällt es schwer, objektiv zu bleiben, denn mit dem Hauptverdächtigen hat er noch eine bittere Rechnung offen...

„Mordskuss“ von Ulrike Busch
Taschenbuch ISBN: 978-3-95573-627-9
eBook ISBN: 978-3-95573-628-6

Das beschauliche friesische Dorf Pilsum wird von einem brutalen Mord erschüttert. Neben dem Leuchtturm wird eine attraktive junge Frau gefunden, mit einem Gürtel bestialisch erdrosselt. Auf der Stirn der Toten prangt ein dunkelroter, sinnlich wirkender Kussmund. Was hat dieses Zeichen zu bedeuten? Tammo Anders und Fenna Stern von der Kripo Greetsiel nehmen die Ermittlungen auf. Das Mordopfer Silvia Lüders war Gast des Hotels Friesenliebe. In dem Haus treffen sich Partnersuchende aus Ostfriesland, doch anstatt Flirts und Liebe finden die Kommissare Eifersucht vor und Hass ... Ist einer der Gäste der Friesenliebe der Täter? Treibt ein Serienmörder sein Unwesen in Ostfriesland? Die Kommissare ermitteln in alle Richtungen, als der Täter erneut zuschlägt...

Klarant Verlag

Lernen Sie die Ostfrieslandkrimi-Titel des Klarant Verlages kennen und besuchen Sie uns im Internet unter:

www.ostfrieslandkrimi.de

und

www.klarant.de

Sie können dort Näheres über unsere Autoren erfahren, viele weitere interessante Bücher und eBooks finden und Leseproben herunterladen. Mit dem kostenlosen Newsletter auf

www.ostfrieslandkrimi-lesen.de

erhalten Sie aktuelle Informationen rund um das Verlags-programm, wie beispielsweise spannende Neuerscheinungen und Gewinnspiele.